단진자는 멈추지 않는다

단진자는
멈추지 않는다

박규현 장편소설

도화

차 례

장편소설 『단진자는 멈추지 않는다』는 1991년 월간 『현대문학』 6월호에 발표한 단편소설 『걸어가는 달』을 장편으로 개작한 작품이다. 시간적 배경과 공간적 배경 그리고 사회적 배경 등을 보다 넓게 서술할 수 없는 단편소설의 한계를 인식하고 장편소설로 개작하기에 이르렀다.

역사는 지나가 버린, 저기 멀리 떨어져 있는 존재가 아니다. 우리가 살아가고 있는 현재에 끊임없이 청진기를 대고 속삭인다. 잊지 말라고, 잘 기억하라고, 실수를 반복하지 말라고. 현재를 살아가는 우리도 역사에 청진기를 대고 듣는다. 과거의 소리를, 지나간 이야기를, 흘러간 슬픈 노래를. 그러고는 수시로 진로를 바꾼다. 미래의 현장으로. 새로운 역사의 장으로. 그렇게 살아왔고 그렇게 살아갈 것이다.

그런데 역사학자들에 의하면 우리의 역사는 실제로 그렇게 수월하게 전개되지 않는다는 것이다. 명제와 반명제가 대립하면서 투쟁을 거듭하며 역사가 발전한다. 시계추가 명제와 반명제 양극단을 접촉하고 중앙 지점에 도착하면서 종합된 결론이 도출된다. 역사도 그렇게 흘러간다는 것이다. 테제와 안티테제가 대립하다 진테제로 나아간다는 것. 이런 단계를 거쳐 역사 발전은 이루어진다는 것이다.

필자는 이러한 관점에서 우리나라의 1980년대를 생각해보았다. 지역 간, 계층 간, 이념 간 첨예하게 대립한 혼란의 시기였고 필자가 20대를 보낸 시대여서 관심을 두지 않을 수 없었다. 문학적으로 어떻게 평가하고 어떻게 형상화해야 할까, 글 쓰는 사람으로서 역사 앞에 어떤 책무가 봄철 새순처럼 돋아나더니 키 큰 나무가 되어 버렸다.

우리나라의 1980년대 키워드는 정치 민주화를 외친 학생 시위와 독점 자본에 저항한 노동자들의 항거이다. 군사 정부에 맞선 격렬한 시위는 광주 민주화 운동으로 번졌고 박종철 군 고문치사 사건이 발생했다. 보수와 진보의 격렬한 투쟁은 6·29 선언을 촉발시켰으며 대통령 직선제를 관철시켰다. 한 단계 성숙한 민주주의의 진일보였던 것이다. 독점 자본에 맞선 노동자들의 항거는 파업과 가두시위의 양상으로 나타나 태풍처럼 전국을 강타했다. 노동자들의 항거를 특징별로 분류해 보면 노조 조직 투쟁, 임금 투쟁, 노조 민주화 투쟁의 3가지 방향으로 전개되었던 것이다. 가진 자와 못 가진 자의 투쟁은 근로 조건 개선과 임금 인상으로 귀착되어 노동자들의 삶이 개선되는 데 크게 이바지한 것이 사실이다.

이러한 혹독한 시대에 어머니가 있었다. 어머니는 사랑이고, 아픔이며, 목격자이고, 증언자이다. 어머니는 곁을 지켜준 동반자이고 우리의 삶 그 중심 기둥이며 끈질긴 민초이다. 어느 시대이고 어머니는 뜨거운 가슴으로 현장을 지킨 역사의 푸른 나무였다. 우리의 역사는 주변 강대국으로부터 침략을 많이 받아 피로 얼룩졌으며 그 한가운데에 어머니가 있었다. 어머니는 신우대처럼 가냘프면서도 절대 부러지지 않았다. 어머니는 인고의 세월을 견딘 강인한 의지로 이 땅을 지켰다. 그러한 어머니가 울고 있다. 지금도 어머니는 사랑으로 시대를 끌어안는다. 지금 창을 흔드는 바람 소리는 어머니의 애끓는 통한의 울부짖음이다.

필자는 1980년대의 역사를 불러와 묻고 싶었다. 80년대의 상황은 완전히 끝난 것이냐고. 명제와 반명제의 갈등은 종식되었느냐고. 토요일이면 서울 세종대로 일대가 혼란스러운 것은 무엇 때문이냐고. 그렇다면 이러한 혼란과 갈등을 어떤 각도로 읽어야 하느냐고. 또한 미래에 희망은 있는 것이냐고. 결국 우리의 삶이란 무엇이냐고 독자들에게 묻는다.

2023년 6월 안양 비산동에서

단진자는 멈추지 않는다

1

빗줄기는 더욱 거세어졌다. 빗발이 국숫발 모양으로 빗금을 내리긋고 있었다. 차의 속도가 많이 줄었다. 앞차와 넉넉한 거리를 두고 헐떡거리며 빗길을 질주해 갔다. 순창댁은 와이퍼가 좌우로 빠르게 움직이는 차창만 묵묵히 바라보았다. 선영은 젖버듬히 몸을 누이고 깊이 잠들어 있었다. 차창에 마을 사람들의 표정이 하나하나 나타났다 사라지곤 하였다. 그때마다 석별의 쓸쓸한 맛을 안겨주었다.

'태인댁, 나는 시방 차를 타고 고속도로를 달리고 있는디 그대는 뭐 허고 있소. 지금쯤 집 구석구석 청소를 허고 있을 것 같소. 집은 잘 산 것이요. 내가 헐값으로 넘긴 것을 알고나 있으시오잉. 아, 거저 준 거나 다름없다 그 말이요. 우리 집을 샀다고 혀서가 아니라 나는 태인댁을 잊을 수 없을 것 같소. 지일 가깝게 지낸 사이가 아니었소. 새로 산 집에서 태인양반허고 니롱내롱허면서 행복허게 사시오잉.'

빗발이 많이 가늘어져 있었다. 트럭이 속력을 내기 시작했다. 목 관절

11

에 뻐근한 통증이 일었다. 순창댁은 계속 꼿꼿하게 허리를 세우고 앉아 있을 수 없었다. 그녀는 등받이에 몸을 누이고 지그시 눈을 감았다. 피로가 몰려와 깊은 수면 속으로 빠져들었다.

"다 왔습니다. 내리세요."

기사의 말소리가 환청처럼 들렸다. 순창댁은 번쩍 눈을 떴다.

"자다 보니께 금방이구만."

그녀는 낯선 풍경을 기웃기웃 살폈다. 트럭은 주택가 골목에 멈추어 있었다. 기사가 먼저 차에서 내렸다. 이어서 선영과 순창댁이 문을 열고 밖으로 나왔다.

"어머니 힘드셨지요?"

승용차로 먼저 도착해 있던 동철이 반갑게 맞았다.

"졸다 깨다 혔지. 동철아, 우리가 살 집이 저 집이니?"

순창댁은 두리번거리며 주위의 집들을 눈여겨 바라보더니 3층짜리 빌라를 가리켰다.

"아니어요. 바로 여기 있잖아요."

동철은 트럭 옆에 있는 이층집을 가리켰다.

"오빠, 집 좋네요. 이만하면 훌륭하네요."

선영은 이사 들어갈 집이 마음에 드는지 밝게 웃었다. 기사는 트럭 위에 올라가 밧줄을 던지면서 조였던 것을 풀기 시작하였다. 동철이 이층집에 들어갔다 나오자 안에서 주인인 듯한 여자가 따라 나왔다. 동철은 그여자를 순창댁 앞으로 안내하였다.

"어머니, 인사하세요. 주인아줌마여요."

"아이고, 처음 뵙겠습니다. 순창댁이라고 헙니다요. 잘 부탁혀요."

순창댁이 넙죽 고개를 숙였다.

"어머님이시군요. 고생이 많습니다."

주인 여자는 표정으로 눈인사만 건넬 뿐 거만한 태도였다.

"선영이 너도 인사해라."

동철이 선영을 가리켰다.

"안녕하세요. 막내여요."

선영이 정중한 고두의 인사를 올렸다.

"그래, 착하게 생겼구면."

주인 여자는 선영의 어깨를 다독거려주었다. 서로 인사를 나누는 사이 기사는 이삿짐을 땅에 내려놓고 있었다. 인사가 끝나자 주인 여자는 이삿짐을 내려놓는 분주한 광경을 보고도 남의 일처럼 무관심한 태도로 몸을 돌이켜 안으로 들어갔다. 그러더니 끝내 나타나지 않았다. 동철과 기사가 장롱을 내려놓는 사이 선영과 순창댁은 자질구레한 짐들을 집 안으로 들여놓았다.

"긍게 요 집이 살아갈 곳이란 거여? 근디 워찌 시언헌 곳으로 올라가지 않고 땅 밑으로 내려간대야. 비가 오면 물이 방으로 들어오겠네 그리여."

선영네가 들어가 살 집은 반지하였다. 순창댁은 기대했던 1층이나 2층이 아닌 것에 무던히 실망 어린 표정이었다. 그러나 순창댁은 곧 표정을 바꾸었다.

'내가 한 푼 돕지도 못 허고 동철이 단독으로 얻은 방인디 투정허게 생겼는가. 나는 감당헐 능력이 없당게. 돈이 없단 말이시. 시골집을 판 돈이 쪼깨 있지만 고건 비상금이랑게. 억수로 고마운 것이여. 따뜻헌 보금자리랑게. 낮에 어두우면 불을 켜고 비가 와서 방으로 물이 들어오면 바가지로 퍼내고 그러면 될 것이구만. 그런디 너무 허는 것 아니여. 아무리 싸가지가 없다 혀도 그렇지. 그럴 수 있당가. 되되허게 굴면 뭐가 나온당

가. 앞으로 위아래층에 가깝게 살 것인디 고개만 삐죽 내밀고 쥐새끼처럼 쪼르르 들어가더니 코빼기도 안 내미는 것이 잘헌 짓이냐고. 그게 도시의 이웃이라는 것이냐구. 참말로 너무 허는구만. 그리여 잘들 혀보자구. 너는 너고 나는 나다 이런 식인디 그리여 좋당게. 나도 들소 같은 아들이 둘이나 있고 봉선화처럼 예쁜 딸이 있당게. 부러울 게 없는 것이여. 앞으로 갸들이 벌고 내가 벌면 한세상 떵떵거리며 살아갈 수 있당게.'

"형님, 제가 있으니까 걱정하지 마세요. 형님은 직무나 충실히 수행하세요. 선영과 어머님이 너무 고생하시는 것 같아 제가 서둘러 이사시킨 것입니다."

동석은 동철의 이 말이 믿음직스러웠다. 동철이 취직까지 했으니 충분히 설득력 있게 들렸던 것이다.

동석의 근무지는 일정하게 정해져 있지 않았다. 수시로 상황에 따라 바뀌기 때문에 불편하고 어려운 점이 많았다. 낯선 곳에 대한 지역적 특성을 파악하지 못한 채 갑자기 배치받으면 신변에 대한 위험이 컸다. 대학생들은 으슥한 곳에 숨어 있다가 경찰차나 전경들에게 화염병을 던져 치명적 상처를 입히곤 하였던 것이다.

동석이 'C-283-쥐포'라는 암호명을 부여받고 근무한 지 한 달이 되는 날이었다. 맑게 갠 일요일이었다. 연일 계속되던 시위가 뜸하자 막사에서 부대원들과 휴식을 취하고 있었다. 휴식 시간이지만 동석은 자리에 눕는다든가 바둑을 둘 수 없었다. 수경 정도의 고참이 되어야 발 뻗고 쉴 수 있지 동석이처럼 이경 정도의 신참들은 눈코 뜰 사이가 없었다. 세숫물을 떠와라, 군화를 닦아라, 등을 두드려라, 막사 주위 잡초를 뽑아라, 경계 근무를 서라, 주문이 꼬리를 물고 이어졌다. 신참들은 고참들의 하수인 노릇을 하느라 고역을 치르기 일쑤였다. 신참 하나가 고참들 앞에서 부당한 것에 대한 개선 요구를 하다가 직사하게 몰매를 맞고 병원에 입원한 적도 있었다. 그래서 동석은 죽을상을 지으면서도 매우 공손하고 날렵하게 시중을 들었다.

동석이 아이론으로 장익수 일경의 바지에 날을 세우고 있는 날이었다. 장익수 일경뿐만 아니라 대부분 상급자들의 바지를 칼날처럼 세워주어야 만족해하였다. 동석은 아이론에 힘을 가하며 날을 세우기 위해 정성을 쏟고 있는 중이었다.

"최동석 이경 면회다."

고민철 상경이 방긋 웃으며 말했다.

"저 말입니까?"

동석은 바지에 날을 세우던 동작을 멈추고 벌떡 일어나 막대기처럼 빳빳하게 부동자세를 취했다.

"그럼 우리 소대에 최동석이가 두 명이냐. 빨리 나가봐라. 여자더라. 꽤 예쁘던데."

동석은 그때 문득 생각했다. 선영이 아니면 숙경일 것이라고.

"네, 알겠습니다. 다녀오겠습니다."

동석은 우렁찬 목소리로 말하고는 다시 엎드려 바지를 다리기 시작했다.

"최동석 이경, 내가 하겠다. 어서 나가봐라."

장익수 일경이 아이론을 인계받아 직접 옷을 다렸다.

"감사합니다. 그럼 다녀오겠습니다."

동석은 충성, 이라고 힘차게 외치며 거수경례를 하고는 막사 밖으로 나왔다.

"동석 씨, 저여요."

여자 친구 숙경이 문밖에서 기다리고 있었다.

"숙경이가 왔구만."

동석은 숙경을 와락 끌어안았다.

"사람들이 보잖아요."

숙경은 몸을 뒤틀며 수줍어하였다.

두 사람은 나란히 걸어 면회실로 향했다.

"우리 집이 안양으로 이사했다고 하던데 알고 있나?"

"그래요?"

"모르고 있었구나."

"지금 처음 들어요."

"직장은 다닐 만하고?"

"힘들긴 해도 익숙해져서 다닐 만해요. 월급 잘 나오고요."

"다행이구만. 우리 밖으로 나갈까?"

"그래요. 제가 맥주 사드릴게요."

"그럼, 잠깐만 기다리라구."

동석은 숙경을 면회실에 남겨놓고 본부 사무실로 향했다.

"최 이경, 지금 시국이 80년대 상황이라는 것 알지. 언제 어디에서 터질지 모르는 상황이야. 노동자들까지 임금 인상을 외치며 거리로 쏟아져 나오는 판국이야. 애인이나 끼고 외박할 수 있겠나. 내 개인적으로는 그렇게 해주고 싶지만, 상부에서 전통이 하달되어 일절 외박을 금하고 있네. 짧은 시간이지만 진하게 놀다가 들어오라구."

중대장 김칠구 경감이 외박 불허 이유를 장황하게 늘어놓았다.

"네, 알겠습니다."

동석은 외출증을 받으며 크게 외쳤다.

순창댁의 안양 생활이 편안하고 만족스러운 것은 아니었다. 선영과 동철에게 밥을 해주면서 집이나 지키는 것이 순창댁의 임무였다. 시골에 살 때 들로 산으로 쏘다니면서 거친 농사일을 할 때와는 판이하게 달랐다. 순창댁은 변화도 없고 단순하게 살아가는 안양 생활이 싫었다. 혼자서 지하 방을 외롭게 지켜야 하는 하루의 생활이 고통스러웠다. 순창댁이 살고 있는 집에는 세 가족이 살고 있었지만 서로 내왕하지 않았다.

'워찌 그럴 수 있당가. 친허게 지내면 누가 물어간당가. 요상스런 사람들이여. 이웃 간에 오고 가면서 싱글벙글 웃으며 오지게 살면 얼매나 좋을까잉.'

또 하나 빼놓을 수 없는 것은 경제적으로 여유가 없다는 점이었다. 동철이 벌긴 해도 세 식구가 먹고 살기에는 부족했다. 그래서 순창댁은 해결책을 다방면으로 모색해 보았으나 신통한 방법을 찾아내지 못하였다. 육신이 건강하기 때문에 부지런히 뛰어 한 푼이라도 벌어야 된다는 것이 순창댁의 생각이었다.

그날도 순창댁은 바구니를 들고 시장 곳곳을 돌아다니며 무슨 장사를 해야 할지 마땅한 것을 찾기 위해 고심했다. 파라솔 밑의 떡볶이 장사, 파라솔 밑의 붕어빵 장사, 소주를 파는 포장마차, 좌판상 위의 채소 장사 등.

'무신 장사를 혀야 헐지 모르겠네잉. 하나를 골라야 허겄는디 용기가 나지 않는구먼. 장사를 혀봤어야 허지. 장사를 허다가 아는 사람이라도 만나면 창피혀서 워쩐대여. 아니여 시방 고런 것 따질 때가 아니랑게. 반대하는 선영과 동철에게 우김질로 간신히 승낙받았는데 용기가 나지 않

으니 큰일이랑게.'

순창댁은 머리에 수건을 덮어쓰고 앉아 채소를 파는 좌판상 아줌마들을 눈여겨 바라보았다. 손님들이 줄을 대고 있는 것은 아니었지만 심심하지 않게 채소를 사서 들고 총총히 떠나갔다. 오이, 깻잎, 마늘, 대파, 상추, 배추, 무, 양파, 콩나물, 시금치, 감자 등 좌판상에 놓여 있는 종류들이 다양하였다.

'많기도 허네. 이건 적은 돈으로 장사를 헐 수 있는 것이 아닌감. 쪼깨 있는 비상금으로 시작혀 보는 거여. 그리여 괜찮은 장사여. 집집마다 요런 것들로 반찬을 만들어 먹으니까 말이여.'

마음에 와닿는 좌판상 때문에 순창댁은 걸음을 옮기지 못하고 뻣뻣이 서서 지켜보았다. 곁에서 이걸 발견한 좌판상 아줌마가 순창댁에게 말을 건넸다.

"아줌마, 하나 사세요."

"물건들이 참 싱싱허네요. 쪼깨 구경 좀 헐라고 그래요. 지도 장사를 한번 혀볼까 허고요."

어색한 표정으로 순창댁이 사투리를 구사하자 좌판상 아줌마가 찬찬히 올려다보았다. 무척 촌스럽게 보였던 모양이었다.

"이것 아무나 못 해요. 힘들어요. 그렇지만 용기가 있으면 덤벼보세요. 용돈은 벌어 쓸 수 있어요."

피부색이 유난히 까만 아줌마가 친절하게 말을 건넸다.

"물건은 워디서 혀오나요?"

"그건 간단해요. 전날 전화만 하면 아침 일찍 좌판으로 배달이 와요. 팔다가 남으면 리어카에 싣고 집으로 가져 갔다가 다음날 팔기도 하고 그래요. 리어카만 하나 있으면 돼요."

아줌마가 소상하게 알려주었다. 좌판상 주변에는 빈 리어카가 군데군데 주차해 있었다.

"친절허게 알려주어서 고맙구만이라우. 무 2개만 주시오잉."

아줌마는 검정 비닐 속에 무를 넣어주었다. 순창댁은 계산을 끝내고 그걸 오른손에 들고 뒤뚱거리며 집을 향해 걸음을 옮겼다.

일반적으로 노동자들의 항거는 세 가지 측면에서 이루어졌다. 노조 조직 투쟁, 임금 투쟁, 노조 민주화 투쟁. 이렇게 세 가지 측면에서 노동 운동은 활기를 띠었다. 80년으로 들어서는 벽두 한국수출공단의 대명사인 구로공단 내 남화전자의 노조 결성 투쟁(3월 4일)으로 시작된 신규 노조 결성 투쟁은 중앙국제특허법률사무소(3월 25일), 대성모방(5월 4일), 서울통상(5월 16일)으로 이어지며 계속되었다.[1]

1979년 10월 26일(10·26 사건) 이후 투쟁의 전 기간에 걸쳐 폭발적으로 일어난 것은 노동자 계급 즉 자신들의 처지를 개선하기 위한 임금 인상 투쟁 등 근로 조건 개선 투쟁이었다. 그것은 정치적 이완기의 틈을 비집고 솟아오른 노동자 계급의 분노와 절규 그 자체였다. 이 투쟁을 활성화 시킨 계기는 해태제과의 노동 시간 8시간 쟁취와 청계피복노동조합의 임금 인상 10% 및 10인 이상 사업체 퇴직금제 실시의 쟁취였다.[2]

금속노조 남서울지역지부에서 한일공업, 세진전자 등 9개 분회가 어용 지부장의 퇴진을 요구하며 80년 5월 3일부터 농성을 시작하였고, 그 후 대한중기, 새한자동차 등이 가세해 12개 사업장 지부가 금속노조 민주화 추진위원회를 구성, 농성에 들어갔으며 이것은 노동 기본권 확보 전국 궐

1 김장한 외 지음, 『80년대 한국 노동 운동사』(서울:도서출판 조국, 1989), p.24.
2 김장한 외 지음, 앞의 책, p.25.

기 대회(5월 13일)가 개최되는 데 있어서 결정적인 계기가 되었다. 비록 이러한 노력이 직접적으로 정치권력 획득 투쟁으로까지 나아가지 못했지만 80년 당시로서는 최초의 정치적 요구를 내건 투쟁으로 의의가 자못 컸다.[3]

대제전선도 80년 당시 활기를 띠기 시작하던 노동운동과 무관하지 않았다. 신규 노조 결성을 하려는 노동자들과 이것을 저지하려는 회사 간부진과의 마찰을 필두로 노사간 갈등이 표출되었다. 업체마다 불어닥친 노조 결성 바람은 무서운 속도로 퍼져나갔다. 그 열기는 활활 타오르는 불꽃처럼 대제전선 노동자들에게도 뜨겁게 점화되었다. 신규 노조 결성 과정에서 주동자 5명이 해고 조처되었다. 노동자들은 해고자의 원상 복귀 투쟁을 전개하였다. 총파업과 가두시위를 통한 단결력 과시로 해고자 5명이 복직되고 임금 인상 20%의 목표를 달성한 게 80년 당시의 수확이었다.

그러고는 조용한 가운데 7년여의 세월을 보내고 87년 상반기를 맞이하였다. 87년은 노동 운동이 전국을 휩쓸어 파업과 가두시위가 태풍처럼 업체를 강타했던 시기였다. 투쟁 양상이 더욱 격렬해졌다는 점과 노조 민주화 투쟁이라는 슬로건을 내건 것이 80년의 노동 운동과 크게 다른 점이었다.

대제전선에도 노조 민주화 투쟁이 전개되었다. 노동자들은 노조 간부들을 어용이라고 몰아붙인 뒤 노조위원장 직선제를 내걸고 격렬하게 반발하였다. 업무를 계속 추진하면서 수시로 사내 농성을 하다 노조 민주화를 외쳤으나 별 효과가 나타나지 않자 총파업을 단행하고 새로운 노조위원장 직선제를 주장하였다. 머리띠를 두르고 "어용 노조 물러가라"는 구

---

3 김장한 외 지음, 앞의 책, p.27

호를 격렬히 외쳤다. 그러면서 노동자들은 직선제로 새로운 노조위원장을 선출하고 노동자 대표로 인정할 것을 회사 측에 요구하였다. 파업 닷새를 맞이하여 회사가 도탄에 빠지려는 위기 상황에서 경영자들은 민주노조를 인정하기에 이르렀다.

이제 대제전선 노조는 경영자들과 대등한 위치에서 임금 협상과 생산력 증대를 꾀하고 있으며 근무 여건 개선을 위해 노력하고 있다. 8시간 노동 시간 쟁취와 여자들에게 산가를 30일 이상 실시한다는 성과를 거두기도 하였다. 그렇지만 노동자들은 아직도 많은 불만을 가지고 있다. 무엇보다 물가 상승률을 임금 인상률이 따라가 주지 못해 생활고에 허덕이고 있다는 점이다. 노조 측은 임금 인상 20%를 요구하였으나 10% 선에서 매듭지어짐으로써 노동자들의 불만은 가중되어 갔던 것이다.

동철은 작업 도중 채근식 선배로부터 "13시 광장"이란 암호를 전달 받았다. 알았느냐는 채근식 선배의 물음에 동철은 고개를 끄덕이는 것으로 의사 표시를 했다.

동철은 첫 봉급을 타보고는 문제가 있음을 발견하였다. 봉투는 두툼한 것 같았지만 실질적으로 가정 경제를 꾸려나가기 어려웠던 것이다. 월세, 전기세, 가스비, 수도 요금 등 비용을 빼고 나면 실제로 생활에 쓸 수 있는 돈은 많지 않았던 것이다. 그 점을 생각해 새로 들어온 지 얼마 안 된 동철이지만 선배들의 임금 인상 요구에 공감을 가질 수 있었다.

동철은 얼레에 감기는 피복의 양호 상태를 점검하고 있었다. 자동 얼레에 감기는 과정을 곁에 서서 세밀히 관찰하는 작업이었다. 만약 피복이 벗겨져 불량한 부분이 나오면 콘부레샤를 정지시키고 고무를 덧씌워 유약을 바르는 작업이었다. 동철은 뻣뻣이 서서 자동 얼레를 유심히 지켜보다 1시를 알리는 괘종시계 소리를 들었다. 이때였다. 채근식 선배가 크게 외쳤다.

"13시 광장!"

동철은 채근식 선배가 외친 말에 따라 행동을 개시하였다. 콘부레샤 스위치를 off로 놓아 일체 기계를 정지시켰다. 그러고는 작업모를 푹 눌러 쓴 채 사내 광장으로 뛰기 시작했다. 광장으로 나갔을 때 이미 다른 사람들도 무리 지어 과별로 질서 정연하게 줄을 서고 있었다. 동철은 검사과 맨 뒷줄로 가서 섰다. 온몸이 땀으로 후줄근하게 젖어 있었다. 땀방울이 이마에서 흘러내려 자꾸만 눈 속으로 파고들었다. 동철은 눈을 슴벅거리다가 손등으로 쓱 훔쳐주었다. 그런 다음 미리 준비한 띠를 꺼내 머리를 질끈 동여매었다. 흰 바탕에 붉은 글씨로 임금 인상이라고 쓰여 있었다. 광장에 모인 사람들은 앞에 서서 마이크를 들고 있는 노조위원장 장표식 동지의 선창으로 출정가를 불렀다. 노랫소리가 사내 광장을 송두리째 쮀혼들었다.

동지들 모여서 함께 나가자./ 노동자 정기가 우리에게 있다./ 무엇이 두려우랴 출정하여라!/ 억눌린 노동자 해방을 위해/ 나가 ⋯⋯나가! 목숨을 걸고/ 출정가를 힘차게, 힘차게 부르세!

동철은 가사를 정확히 알 수 없었지만, 선배들의 노랫소리에 따라 힘차게 목청을 뽑았다. 회사 정문 쪽에는 벌써 신고받고 출동한 전경들이 벌 떼처럼 모여 있었다. 그들은 회사 안으로 들어오지 않고 노동자들이 밖으로 나가는 것을 막기 위해서 농성하는 현장만 쳐다보며 정문 주변을 밀집 방어하고 있었다.

동철은 노래가 끝나자 정문 쪽을 유심히 바라보았다. 전경들이 회사

단진자는 멈추지 않는다

안으로 진입하여 최루탄을 발사하며 진압 작전을 개시하면 엄청난 피해가 있을 것이라는 두려움 때문이기도 했지만, 그 전경들 속에 동석이 형이 끼어 있을 것 같은 생각이 들었기 때문이었다. 그러나 동철은 곧 그런 생각을 떨칠 수 있었다. 검정 헬멧을 쓴 흑골단을 발견할 수 없었기 때문이었다.

'동석이 형은 흑골단이라고 했으니까 저기에는 없을 것이여.'

동철은 노조위원장 장표식의 지시에 따라 동료들과 함께 앉은 자세에서 어깨동무하였다. 파도타기를 하면서 임금 인상, 임금 인상, 죽기 전에 살길 찾자, 라는 구호를 외쳤다.

"사기꾼 사장 허만기는 물러가라! 적자 적자 운운하지 말고 회사 재정 공개하라!"

이런 구호를 외치며 두 시간가량 농성을 계속하였지만, 경영자 측에서는 아무런 반응이 없었다. 임금을 더는 인상할 수 없으며 농성이 계속될 때 폐업하고 문을 닫을 수밖에 없다고 하면서 협상할 기미조차 보이지 않았다. 여기에 분개한 노조 간부들이 전경들의 정문 방어선을 뚫고 시내로 나가자고 주장하였다. 그러나 홍보부장 채근식 선배나 조직부장 표일영 선배는 불가론을 내세웠다. 양측이 서로 피해를 보면서 감정 대립으로 확산되어 가는 것을 우려하여 신중론을 펼쳤다. 어려움을 참고 농성을 계속해보자는 주장이었다. 동철도 전경들이 정문을 철통같이 지키는 상황에 그걸 뚫기 위해 전진하는 것은 무리라고 생각했다. 결국 농성을 계속하자는 쪽으로 뜻을 모았다. 나중에는 징, 장구, 북, 꽹과리까지 동원하여 농악놀이로 뜨거운 열기를 북돋우었다. 동철로서는 처음 참가하는 파업 현장이었지만 낯설게 느껴지지 않았다. 가난한 사람들의 아픔과 서러움이 뜨겁게 가슴에 와닿았다. 이 노동자의 소리는 좀 더 인간답게 살아보자고 외치는 힘없는 민중의 함성이었다. 이 외침은 억눌린 자들의 아픈 절규였다.

'이 모임은 약자끼리 함께 힘을 합해 보고자 하는 동병상련의 집합이다. 이 모임을 아무도 깰 수 없다. 이 모임이 깨지면 인간다운 우리의 요구도 깨진다. 나는 끝까지 뜻을 같이하련다. 이 직장에 있는 동안 약자이므로 약자 편에 서서 뜻을 같이하련다. 이 길만이 나의 살길이다.'

동철은 구호를 외치면서 주먹을 그러쥐었다. 앞으로 걸어가야 할 길이 눈앞에 보였다.

'노조원들의 함성이 메아리치는 골목으로 나아가리라.'

그는 주먹을 그러쥐고 사기꾼 허만기 사장 물러가라, 고 외쳤다. 연단 위에서는 허만기 사장 허수아비를 흔들며 물러가라는 구호를 계속 독려하였다. 그러다가 자금부장 정만철이 허수아비를 높이 들어 올리며 화형식을 하자고 외쳤다. 그러자 노조원들이 일제히 박수를 치며 함성을 질렀다. 이때 정만철 자금부장이 석유를 뿌린 허만기 사장 허수아비에 불을 붙였다. 순식간의 일이었다. 불꽃이 너울거리며 춤을 추었다. 노조원들의 구호 소리가 더욱 격렬해졌다. 사내 광장은 불꽃과 아우성으로 충만하였다.

해는 서산을 넘어가고 조금씩 어스름이 밀려오고 있었다. 각 과 대표가 식빵과 우유를 돌렸다. 그걸 먹고 밤을 새워야 하리라.

그러나 동철의 그러한 결심은 곧 산산이 부서진 꿈이 되어 버렸다. 허만기 사장 허수아비가 다 타고 한 줌의 재로 가라앉을 즈음 정문을 지키던 전경들이 최루탄을 발사하며 광장 쪽으로 진군해 들어왔던 것이다. 무방비 상태로 있던 노조원들이 격렬하게 저항하였다. 쇠 파이프와 각목을 휘두르며 저항하는 노조원도 있었다. 그러나 그러한 저항은 전경들의 강한 위력 앞에 힘을 쓰지 못하였다. 방패를 앞세우고 마구 질주해오는 전경들의 인해전술 앞에 노조원들은 직사하게 얻어맞고 발로 짓밟혔다. 그 과정에서 조직부원 조규식 동지의 오른팔이 부러져 막대기처럼 덜렁거렸다. 그리고 이마 위에서는 피가 흘러내렸다. 선혈이 낭자했다. 동철이 친구 영구의 도움을 받아 조규식 동지를 둘러업고 병원으로 뛰었다.

C-283-쥐포, 라는 암호명을 받고 충남대 정문 앞에 서 있던 동석은 오른쪽 다리를 연신 주물러 주었다. 그러나 욱신욱신 쑤셔오는 다리의 통증은 좀처럼 가시지 않았다.

'이 새끼들에게 당했다니까. 조심해야겠어. 치명상을 입을 수도 있으니까 말이야. 몽둥이로 머리를 맞았다면 어떻게 되었겠어. 생각할수록 아찔하다니까.'

동석은 화염병을 던지며 데모하는 학생들을 보면 우선 두려웠고 천적을 만난 듯한 저항감을 느꼈다. 전경에 들어오기 전에는 그래도 학생들을 두둔하는 개혁자의 대열에 끼어 친구들과 무던히 논쟁을 벌인 적도 있다. 그러나 전경에 들어와 데모를 진압하고 주동자를 체포하며 학원 프락치로서 학원 정보를 캐내는 임무를 띠고 생활하면서 동석은 학생들을 저항 상대자로 생각하게 되었던 것이다.

그는 며칠 전 검은 헬멧을 쓰고 도청 앞에서 데모 주동 학생을 체포하려다 그들의 몽둥이에 맞았다. 그러나 다행히 심한 상처는 아니어서 걸을 수 있었던 것이다. 그때 동석은 시위하는 학생들의 포위망 속에서 간신히 탈출해 위기의 순간을 용케 극복했던 것이다.

"최동석 몹시 아프지?"

곁에 서 있던 장익수 일경이 말을 건넸다.

"아닙니다. 견딜만합니다."

동석은 오른발을 들어 가볍게 흔들어주었다.

"그만한 게 다행이야. 맞아 병신 되기 십상이거든. 노일구 일경이 학생들에게 다리를 맞아 회복 불능 상태에서 중간 제대를 했다구. 전경들이 학생들에게 구타당해 사고 나는 게 비일비재하다구. 조심해야 한다니까. 전경들치고 조금이라도 피해를 보지 않은 사람 없다구. 화염병에 맞아 화상을 입고 얼굴이 탈바가지가 된 사람도 있고 말이야."

고민철 상경이 피해 사례를 열거하였다. 그러나 전경들이 학생들에게 피해를 당하는 사례를 모두 열거하지는 못하였다. 최루탄과 방패를 든 전경들이라고 하지만 어디까지나 방어적 자세이지 공격적인 태도는 아니다 보니까 시위 진압에 나서는 날이면 꼭 한 명 이상 부상자가 발생하였다.

"어느 때는 울화가 치밀어 정말 때려죽이고 싶을 때가 있더라구요. 화염병 세례를 받고 나면 그렇던데요."

동석은 그렇게 말을 하다 무전기에서 삐삐, 울려오는 신호음을 들었다.

"여기는 본부. C-283-쥐포 나와라."

"여기는 C-283-쥐포. 근무 중 이상 없음."

"여기는 본부. 알았다. 학생들이 교문 밖으로 뛰쳐나올 기미는 보이지 않는가?"

"여기는 C-283-쥐포. 그럴 기미가 보이지 않음."

"여기는 본부. 그러면 충남대 정문 앞에 대기하고 있는 부대를 이동시켜도 되겠는가?"

"여기는 C-283-쥐포. 그렇지 않음. 학생들이 교문 밖으로 진출하지 못하는 것은 교문 주위에 배치된 대 전경 병력 때문으로 파악됨. 따라서 계속 배치할 필요가 있음.”

“여기는 본부. 알았다. 계속 관찰하라.”

동석은 무전기를 다시 안주머니 깊숙이 찔러 넣었다. 그러고는 담배를
한 대 태워 물었다. 다리는 아까보다 아주 가볍게 느껴졌다. 통증이 줄어
움직이는 데는 크게 불편을 느끼지 못했다.

“최동석, 너만 태우냐. 어서 내놓아.”

장익수 일경이 맡겨놓은 담배를 달라고 하듯 당당하게 말했다.

“장 일경님도 태우시게요?”

“그럼 너만 입이냐. 의리가 있어야지.”

“그럽시다. 같이 피워야지요.”

동석은 주머니 속에서 담배를 한 가치 꺼내 곁에 서 있는 장익수 일경
에게 건넸다. 장일경은 낚아채듯 담배를 가져가더니 불을 붙여 물었다.
충남대 정문 주위는 쥐 죽은 듯 고요했다. 그러나 그것은 대 시위가 전개
되기 위한 초반의 적막인지도 몰랐다. 그러한 생각에 미치자 바짝 긴장되
었다. 동석은 담배를 피우면서도 주위를 유심히 살폈다.

“너희들 근무 중에 담배 피우게 되어 있나?”

분대장 오승근 순경이 정복 차림으로 뚜벅뚜벅 걸어 동석 가까이 다가
왔다. 동석과 장익수 일경은 재빠르게 담배를 땅에 놓고 발로 밟았다. 그
러고는 똑바른 자세로 서서 언제 담배를 피웠냐는 듯 시치미를 뗐다.

“나는 보지 못했다. 증거가 없으니까 안 피운 것으로 해두지. 그렇지만
너희들 좀 비겁한 것 아니니? 담배 피웠다고 혼나는 게 낫지, 비겁하게 시
치미를 떼어야겠어?”

“충성, 시정하겠습니다!”

동석과 장 일경이 우뚝 선 자세로 힘차게 외쳤다.

"앞으로 조심하도록."

오승근 순경은 위엄 어린 말을 남기고 전경들이 밀집해 있는 다리 쪽으로 걸음을 옮겼다.

"담배 한 대 태우다 얻어맞을 뻔했잖아."

장익수 일경이 발로 밟고 있던 담배를 세차게 문지르며 말했다.

"장 일경 님, 학생들 동태가 예사롭지 않습니다. 저쪽을 보십시오."

동석이 발견한 것은 정문 쪽으로 이동해 오는 학생 시위 행렬이었다. 동석과 장 일경이 자리 잡고 있는 곳은 정문 입구 안쪽 향나무 밑이었으므로 학생들의 이동 상태를 한눈에 바라볼 수 있었다.

"학생들이 정문 쪽으로 이동하는 것은 사실인데 반드시 저 행렬이 정문 밖으로 나갈지는 알 수 없지. 평화적인 교내 시위를 하기 위해 정문까지 이동해 왔다가 다시 뒤돌아 가거든. 전경들 때문에 정문 밖으로 나가지 못하는 이유도 있고."

"하여튼 보고해야 하겠습니다."

"그래 그렇게 하자구."

동석은 가슴 속에서 무전기를 꺼내 중대 본부를 불렀다.

"여기는 C-283-쥐포. 본부 나오십시오."

"여기는 본부. 무슨 일이냐."

"여기는 C-283-쥐포. 학생들이 정문 쪽으로 서서히 이동해 오고 있습니다."

"여기는 본부. 알았다, 오버."

동석은 무전기를 다시 속주머니 깊숙이 찔러넣고는 학생들의 이동 상태를 면밀히 관찰하였다. 정문 밖 100m쯤 떨어진 곳에 있던 중대 병력이 떼 지어 정문 쪽으로 진군해 들어왔다. 헬멧을 착용하고 방패를 든 전경들이 정문을 완전히 차단하였다.

학생들은 아침이슬이란 노래를 우렁찬 목소리로 합창하며 정문 가까이 이동해 왔다. 남녀 가릴 것 없이 한 몸이 되어 어깨동무하고 물밀듯 이동해 왔다. 그들은 가슴 속과 뒷주머니에 화염병을 간직하고 있을 것이었다. 어깨동무하고 전경들을 몸으로 밀어붙이기 시작했다. 이때 그대로 두면 몸싸움에서 대형 사건이 발생하기 십상이었다. 전경들이 최루탄을 발사하기 시작했다. 순식간에 정문 주위가 뿌연 연기 속에 휩싸였다. 학생들이 코를 싸잡고 달아나기 시작했다. 그러나 많은 학생이 재채기를 토해내면서도 화염병을 던지며 저항했다. 정문 주위는 최루가스와 깨진 화염병에서 나온 불덩이의 물결로 어지러웠다. 전경들이 정문 안으로 진입해 들어와 흩어져 가는 학생들 뒤에다 계속 최루탄을 발사하였다. 작전 개시 명령이 떨어지면 빨리 시위대를 해산시켜야 한다. 그것이 전경들의 중요한 행동 강령이다.

동석은 그런 상황 속에서 주동자 학생 한 명을 장익수 일경과 함께 연행하여 개처럼 질질 끌고 정문 쪽으로 향했다. 그 학생을 구하기 위한 특공대인 듯한 학생 다섯 명이 쇠 파이프를 들고 달려들다 곁을 포위하고 따라오던 흑골단 대원들의 저지를 받았다. 쇠 파이프를 휘둘러 흑골단 대원 두 명이 가벼운 상처를 입었다. 동석은 자신이 직접 연행한 학생을 붙잡고 잠시 심문하였다.

"이름이 뭐지?"

"……."

그러나 학생은 묵비권을 행사하였다. 수염이 덥수룩한 학생은 초췌한 모습이었다.

"너 이 새끼 계속 묵비권을 행사할 거야?"

동석은 울화가 치밀어 버럭 소리를 질렀다.

"이름은 대지 못하겠다. 그러나 할 말은 있다. 너희들은 누구 편이냐. 젊은 놈들이 그렇게 속을 빼놓고 생활해야 쓰겠냐. 어서 나를 풀어주어라. 나는 이 땅의 민주화를 위해 일한 죄뿐이 없다."

"쵀 이경, 지금 뭐 하나. 어서 차에 집어넣어."

분대장 오승근 순경이 차가운 음성으로 냉갈령스럽게 말했다.

"동정 같은 것은 금물이야. 아무것도 물어볼 것이 없다. 차에다 처넣어. 그래야 주둥이를 닫을 것 같다."

동석이 학생을 차에 태우지 않고 멈칫거리자 오승근 순경이 재차 음성을 높였다.

"충성! 알겠습니다!"

동석이 오승근 순경을 향하여 거수경례를 붙이며 큰소리로 외쳤다.

"경례는 무슨 경례냐. 어서 차 속에 처넣기나 해."

동석은 학생을 질질 끌고 버스(닭장차) 쪽으로 향했다. 학생은 발을 버둥거리며 거부의 몸짓을 하였다.

"매판 독점 재벌 처단하라! 공안 통치 종식하라! 보안법을 철폐하라, 철폐……!"

학생은 구호를 외치다 전경들의 힘에 밀려 던져지듯 차에 실려졌다. 차에 실려지는 과정에서 버티기를 하다 지친 탓인지 학생은 탈진 상태에 도달해 있었다. 학생은 의자에 시체처럼 누워 착 까라진 상태로 꼼짝하지 않았다.

동석은 차에서 내려와 대원들이 있는 정문 쪽 향나무 밑으로 가다 피 흘리며 쓰러져 있는 동료 한 명을 발견하였다. 나무줄기로 가려져 약간 으슥한 곳이었다. 동석은 금방 알아볼 수 있었다. 같은 중대 곽장태 상경이었다.

"곽 상경님, 정신 차리세요!"

동석이 어깨를 잡고 흔들어 보았지만 곽장태 상경은 말을 하지 못하였다. 눈을 뜨고 동석을 알아보는 것으로 보아 의식은 있어 보였다. 얼굴은 벌건 피로 얼룩져 있었다. 숨을 헐떡이며 연신 신음을 토해내었다. 곁에는 헬멧이 박살 난 채로 버려져 있었다.

"이쪽으로 오세요! 부상입니다!"

동석이 손을 까불며 외치자 장익수 일경과 고민철 상경이 급히 달려왔다.

"아니 이게 누구야?"

급히 달려온 고민철 상경이 굳은 표정으로 동석과 부상자를 번갈아 쳐다보았다.

"곽장태 상경입니다."

"죽일 놈들! 학생들 짓거리구만."

"지금 이렇게 구경만 하고 있을 때가 아닙니다."

장익수 일경이 동석과 고민철 상경의 도움을 받아 곽장태 상경을 등에 업고 정문 쪽으로 뛰었다.

2

순창댁은 시장으로 나와 좌판에 오늘 판매할 채소들을 진열해놓았다. 그녀는 좌우로 소복하게 채소를 쌓아놓고 가운데 앉아 거년스런 좌판을 둘러보았다. 가게를 갖고 장사를 하는 사람들과 비교하니 왜소하게 느껴져 자꾸만 몸이 움츠러들었다. 좌판 바로 맞은편에 부여식당이 있고 그 왼쪽으로 형제철물점이 있었다. 부여식당 오른쪽에 있는 삼보부동산이란 붉은 글씨의 간판이 강렬하게 눈을 자극해왔다.

안개가 걷히면서 따가운 햇살이 시장 골목으로 불티처럼 내려와 앉았다. 서서히 아스팔트 바닥이 달구어져 한낮에는 푹푹 찌는 듯한 더위가 기승을 부릴 것이었다. 옆에서 순창댁과 나란히 앉아 채소를 팔고 있는 아낙은 연신 부채질하면서 순창댁에게 시선 한번 주지 않았다. 순창댁은 손님을 빼앗길지 모른다는 경쟁의식 때문일 것으로 생각했다. 이제 장사를 시작하는 순창댁으로서는 그녀와 각을 세울 필요가 없었다. 시장 바닥의 생리도 잘 모르고 장사 초보자인 순창댁으로서는 그녀의 도움이 필요

했기 때문에 용기를 내어 나긋나긋한 표정으로 말을 걸었다.

"앞으로 많이 부탁헙니다요. 지는 순창댁이라고 허는디요. 장사를 처음 시작해서 잘 모른당게요."

"반갑네요. 저는 덕장댁이라고 부릅니다. 서로 친구 해서 잘 지내봅시다."

그때야 곁에 있던 아낙이 빙긋 웃으며 말을 건넸다.

"그래야지라우. 친허게 지내봅시다."

"남편이 일찍 저세상으로 떠나가서 아이들 가르치기 위해 시작한 장사였는데 벌써 20년 가까이 됩니다. 순창댁은 과부가 아니겠지요?"

"남편이 있으면 이런 장사 허겠소. 과부된 지 오래되지는 안 혔어도 지나온 시간들이 지긋지긋허요."

"순창댁은 아이들을 몇이나 두었소?"

"지는 아들 둘에 딸 하나를 두었구만이라우. 아들 하나는 취직해서 회사에 다니고 하나는 전투경찰에 들어가 군 생활을 하고 있구만이라우. 딸은 고등학교에 다니구요. 덕장댁은 몇이나 두었남요?"

"저는 아들만 둘 두었습니다. 모두 회사에 다닙니다. 각자 저희가 번돈으로 장가가고 기반 잡기 위해 성실한 편입니다. 애들은 이제 장사 그만하라고 성화지만 그래도 몸 성할 때 한 푼이라도 벌기 위해 나옵니다. 자식들한테 손 벌리기 싫더라구요."

덕장댁과 이야기를 하고 있을 때 새댁으로 보이는 젊은 여자가 덕장댁네 좌판을 구경하더니 발걸음을 옮겨 순창댁네 좌판으로 이동해 왔다. 그녀는 배추 2포기, 무 2개, 오이 3개를 요구하였다.

"인상이 참 좋으시네요."

새댁은 밝게 웃으며 기분 좋은 표정을 지었다.

"칭찬해주시니 고맙구만이라우. 새댁은 얼굴이 참 예쁘네요잉."

순창댁도 칭찬으로 응수했다.

"오늘은 유독 기분이 좋네요. 그럼 많이 파세요."

계산을 끝낸 새댁이 채소가 든 검정 봉지를 들고 몸을 돌이켰다.

"자주 오시오잉. 새댁한테는 특별히 싸게 팔 것잉게."

순창댁은 배시시 웃으며 손을 흔들어 보였다.

"순창댁, 참 수완이 좋네요. 우리 20년 장사한 사람 뺨치는데요."

곁에서 이 광경을 물끄러미 지켜본 덕장댁이 한마디 하였다.

"그건 아니겄지요. 과찬이랑게요."

순창댁은 덕장댁의 말을 액면 그대로 믿지 않았다. 인사치레로 하는 말이겠거니 생각했다.

형제철물점 셔터가 올라가고 있었다. 순창댁은 좌판에 앉아서도 그 광경을 빤히 바라볼 수 있었다. 거의 같은 시각에 삼보부동산 셔터도 올라갔다. 부동산 사내는 훤칠한 키에 미남형의 고운 얼굴이었다. 부동산 사내는 가게 문을 열고 입구를 비로 쓸면서 힐끗힐끗 순창댁을 건너다보았다. 순창댁은 부동산 사내와 시선이 마주치자 얼른 시선을 피했다. 시장은 서서히 사람들의 물결로 북적거리기 시작했다.

"장사 개시 첫날의 소감이 어떻습니까?"

낯선 사내가 나타나 좌판 위에 놓인 채소들을 눈여겨 바라보았다.

"누구신디요?"

"맞은편에서 형제철물점을 하는 맹호근입니다."

"그런가요잉. 지는 순창댁이라고 불러요. 잘 부탁헙니다요."

"인사나 드려야 될 것 같아서 왔어요. 그럼 많이 파세요."

형제철물점 맹호근 사장이 몸을 돌이키려고 할 때였다.

"맹 사장님, 그럴 수 있습니까. 옛날에는 저한테 친절을 베풀더니 이제 순창댁이 오니까 저를 통 모른 척해도 되는 겁니까."

덕장댁이 불만스러운 표정으로 말했다.

"그럴 리야 있겠습니까. 덕장댁은 옛날의 동지가 아닙니까."

"왠지 질투가 나는데요."

"덕장댁은 농담도 잘하십니다."

두 사람에게 수고하시라는 친절한 말을 남기고 맹 사장은 철물점으로 돌아갔다. 한낮이 가까워지면서 기온이 올라가 턱턱 숨이 막혔다. 순창댁은 신경질적으로 부채질을 하였지만 덥기는 마찬가지였다.

"어서 오세요. 싸게 팝니다. 헐값으로 주고 갈랍니다. 더워서 어디 장사 하겠소. 저기 아줌마 이리 오세요. 골라보세요."

덕장댁은 많이 팔 욕심에서 더위도 잊은 채 걸걸한 목소리로 손님들을 불렀다. 무엇보다 순창댁은 자신의 손님을 빼앗아 가는 것이 매우 불쾌하였다. 그렇다고 덕장댁을 향하여 직설적으로 불만을 표출할 수도 없었다. 이제 발붙이고 장사 시작한 신참이 고참 덕장댁에게 좀 거북한 일이 있다 하더라도 입술 깨물며 당분간 참아야 한다고 생각했다. 덕장댁이 손님을 싹쓸이하듯 끌어가자 순창댁은 수건으로 파리만 날렸다.

'상도덕이란 것이 있는디 이래도 되는감? 참말로 시상이 요로코롬 불공정허면 워떻게 살아간대여.'

순창댁의 가슴에서 부글부글 울화가 치밀어 올랐다. 순창댁은 옆에 앉은 덕장댁을 아니꼬운 시선으로 매섭게 노려보았다.

"무 한 개에 500원, 그냥 싸게 팔고 갈랍니다. 무조건 500원, 골라잡으세요."

그래도 덕장댁은 눈치를 채지 못했는지 손님을 부르는 일에만 열중이었다.

점심을 먹고 난 후였다.

"새로 오신 아줌마 같은데요."

낯선 사내가 나타나 활짝 웃으며 인사했다.

"누구신데 그러시요잉?"

"저는 저기에서 삼보부동산을 하고 있습니다."

사내는 오른손으로 가게 간판을 가리켰다.

"그라요? 반갑구만이라우."

"저는 공대철이라고 합니다. 앞으로 잘 부탁합니다."

"지는 순창댁이라고 불러요. 지가 먼저 부탁을 드려야 허는디 거꾸로 되었네요잉."

순창댁은 밝게 웃으며 인사를 건넸다.

"공 사장님, 저는 보이지 않나요. 순창댁하고만 계속 이야기할 겁니까."

잠시 손님의 발길이 뜸하던 때 덕장댁이 시기의 눈길을 보내왔다.

"덕장댁, 이런 때는 좀 모른 척하시오. 꼭 촉새처럼 톡 불거져야 쓰겠소."

"그러니까 나는 여자가 아니란 말이요? 상당히 섭섭하네요."

"누가 지금 여자 아니랬소. 이분이 새로 오셔서 인사하는 거니까 이해하시오."

"지 땜에 두 분 사이가 불편혀서야 워디 쓰겠소. 지는 상관허시지 말고 두 분이 정답게 이야그 나누시오잉. 지는 장사나 헐라요."

순창댁은 시선을 거두어 기웃거리는 아낙들을 살폈다. 그녀들은 금방 살 듯 기웃거리다 휭, 하니 떠나버리곤 하였다.

"장사하시는데 괜히 찾아와 방해되지 않았는지 모르겠네요. 미안하구만요. 많이 파십시오. 그럼 저는 갑니다."

공대철 사장이 순창댁에게 꾸벅 절을 올리고는 총총히 떠나갔다.

"살펴 가시오잉."

순창댁도 꾸벅 고개를 숙여 인사했다. 그녀는 어질러진 채소를 만지작거려 가지런하게 정돈하였다. 손님들은 유독 덕장댁에게로만 몰렸다. 소복하게 쌓아놓은 순창댁네 좌판에 비하면 덕장댁네 좌판은 많이 축나 있었다. 채소를 쌓아놓은 수심 어린 표정의 순창댁과 많이 팔고 홀가분한 기분으로 연신 방긋거리는 덕장댁과는 대조적이었다.

해가 서산으로 기울면서 더위가 한풀 꺾였다. 간혹 선선한 바람이 불어와 안면을 때렸다. 물건을 다 팔고 좌판을 정리한 덕장댁이 옷을 툭툭 털더니 아랫배에 찬 주머니의 지퍼를 열고 돈은 꺼내었다. 꼬깃꼬깃 접힌 지폐가 한 움큼 손에 쥐어 있었다. 덕장댁은 한 장씩 가지런하게 각을 맞추었다. 그러고는 침을 뱉어가며 돈을 세었다. 그러한 덕장댁의 몸뻬는 흙이 덕지덕지 묻어 있었다.

"순창댁, 우리 오늘 소주 한잔할까요?"

덕장댁은 머리에 쓴 수건을 벗어 목에 걸치고는 꽤 여유 있는 태도로 말했다.

"물건이 요렇게 많이 남았는디 어디를 가겄소. 먼첨 가시오잉. 오늘 물건을 다 팔지 못하면 워떻게 혀야 쓴다요."

"떨이해요. 싸게 팔아버려야 한다니까요. 내일까지 놓아두면 채소가 시들시들해서 좋지 않거든요. 본전이라도 받고 다 팔아버려야 한다니까요."

"덕장댁, 폭폭허요. 워떻게 혀야 물건을 떨이헐 수 있남요?"

"그냥 막 소리쳐요. 떨이라고 말입니다."

"누가 그걸 몰라서 그래요. 말이 통 나오지를 않으니께 허는 소리지요. 오늘 못 팔면 내일 팔아요. 먼첨 가시오잉."

"그럼 나 먼저 가요. 다 팔고 천천히 오시오."

덕장댁은 빈 리어카를 끌고 시장 골목을 벗어나기 시작했다. 순창댁은 덕장댁의 그러한 뒷모습을 부러운 시선으로 바라보았다. 덕장댁이 빠져나간 자리엔 어스름이 웅크리고 있었다. 빨리 팔고 집으로 가야 한다는 생각에서 순창댁은 큰소리로 떨이를 외치기 위해 목에 힘을 주었다. 턱밑을 손끝으로 꼬오옥 누르며 침을 꿀꺽 삼키고는 떨이를 외쳤다. 그러나 말소리는 목구멍 속에서만 뱅글뱅글 돌 뿐 밖으로 나오지 않았다. 순창댁은 답답했다. 길 가는 사람들이 좌판 곁으로 지나쳐가는 것을 속수무책으로 바라만 보았다. 만약 떨이를 외친다면 길 가는 사람들이 순창댁의 어색한 목소리를 듣고 웃어댈 것만 같은 두려움이 앞섰다. 순창댁은 끙끙대다 결국 떨이 한번 외치지 못했다. 덕장댁의 빈자리에는 진한 먹빛 어둠이 똬리를 틀고 앉아 있었다. 시장 골목 네온사인 불빛들이 어지럽게 춤을 추었다.

'다 팔기는 애당초 글러버린 것이구만. 별수 있는감. 그냥 싣고 돌아가야지. 안 팔린 것은 내일 팔고 또 집에서 먹기도 혀야지.'

순창댁은 자리를 털고 일어나 남은 채소를 리어카에 싣기 시작했다. 그래도 많이 팔았다는 성취감으로 첫날의 결과에 만족하기로 하였다. 몸을 움직일 때마다 배꼽 밑 돈주머니 속에서 동전들이 딸랑거렸다. 돈주머니가 꽤 묵직하게 느껴졌다. 길 건너편 형제철물점은 환하게 불을 밝힌 채 여전히 손님을 기다리고 있었지만, 삼보부동산은 셔터가 굳게 내려와 있었다. 좌판 바닥에 깔았던 가마니를 한쪽 구석에 단정하게 갖다 놓고는 대강 바닥을 비로 쓸었다. 그러고는 남은 물건을 실은 리어카를 끌고 서서히 시장 골목을 벗어나기 시작했다. 시장 생리에 아직 적응하지 못한 순창댁으로서는 종일 긴장해서 생활한 탓인지 피로가 엄습해왔다. 공복에서 생기는 허기까지 겹쳐 몸을 비틀거리며 걸음을 옮겨야 했다. 순창댁은 비릿한 시장 골목을 벗어나 버스가 다니는 한길로 나왔다. 과천과 안양역 쪽으로 달리는 차들이 쏜살같이 질주해 갔다. 씽씽 달리는 차들이 무서워 순창댁은 차도에서 인도로 리어카를 끌어 올렸다.

'오사허게 힘이 드네 그리여. 뭐시 요렇콤 무겁당가.'

순창댁은 한산한 인도를 따라 부산히 걸음을 옮겼다. 가로수 은행나무 잎사귀들이 가로등 불빛 속에서 푸른 색종이처럼 한들거렸다. 손등으로 연신 이마의 땀을 훔치며 가던 걸음 멈추지 않았다. 주공아파트 옥상에 둥실 떠오른 보름달이 종종걸음으로 순창댁을 따라오고 있었다. 순창댁이 걸음을 옮길 때마다 발밑에 깔린 달빛들이 뿌연 안개처럼 일렁거렸다. 순창댁은 묵묵히 리어카를 끌었다. 우람하게 버티고 서 있는 육교 옆을 지나자 늘비하게 늘어선 포장마차가 나왔다. 포장마차에서 새어 나온 울긋불긋한 불빛들이 어지러웠다. 걸음을 옮기는데 갑자기 길바닥에서 매운 내가 훅 끼쳐오더니 콧속이 간질간질해졌다. 이어서 코허리가 시큰해지면서 거푸 재채기가 쏟아졌다. 눈물·콧물이 줄줄 흘러내렸다.

'참으로 요상한 것이네. 내가 감기에 걸린 것도 아닌디 말이여. 무신 재채기가 나오고 그란대여.'

순창댁은 연신 눈물·콧물을 훔치다 희성촌 언덕배기 입구에 이르렀다. 씩씩거리며 언덕을 오르자 그때까지도 보름달이 종종걸음으로 따라오고 있었다. 그녀는 재우쳐 언덕을 올랐다. 가쁜 숨을 몰아쉬며 언덕을 오르는데 리어카가 갑자기 가벼운 물체로 둔갑하여 손쉽게 따라오는 것이었다. 이상하다 싶어 순창댁은 고갤 돌려 뒤를 응시했다.

"순창댁, 힘드시지요. 접니다. 어서 올라가십시오."

맹호근 사장이 끙끙대며 뒤에서 리어카를 밀었다.

"맹 사장님이 워찌 리어카를 민데요. 그냥 놓아두시지라우. 혼자서도 수월하게 올라갈 수 있는디요."

"서로 돕고 살아야지요. 호랑이 무서워 한동네에 사나요. 용케 퇴근길에 만났군요. 어서 갑시다."

"맹 사장님이 고렇게 도와주시면 미안혀서 워쩌야 헌데요. 너무 그러면 부담이 된당게요."

"별소리를 다 하십니다. 돕기는 내가 무얼 도왔다고 그러십니까. 리어카를 보니까 떨이하지 못한 것 같은데요. 앞으로 기술이 늘어나면 다 팔수 있을 겁니다."

리어카가 좌회전하여 방향을 꺾자 경사가 완만한 비탈길이 나왔다.

"덕장댁은 떨이를 하고 일찍 귀가헀는디 나만 늦었구만이라우. 이것도 생각보다 쉬운 일이 아닌디요."

"그럴 겁니다. 뭐든지 첫날은 힘이 들거든요."

"다 왔구만이라우. 밀어주어서 쉽게 올라왔는디 이 은혜를 워떻게 갚어야 헐까요잉"

리어카가 멎은 곳은 이층집 대문 앞이었다.

"무슨 말씀을 그렇게 하십니까. 제가 퇴근하다 우연히 만나 리어카를 조금 밀어주었을 뿐인데요."

"그럼 먼저 올라가시지라우. 지는 짐을 풀고 천천히 들어가야 허겠구만이라우."

순창댁은 멀어져 가는 맹 사장의 뒷모습을 잠시 물끄러미 바라보았다.

참으로 고마운 분이라고 생각하면서. 선영이 학교에서 돌아왔는지 반지하 창유리엔 뿌연 불빛이 하늘거리고 있었다. 순창댁은 리어카에 있는 짐을 땅에 하나하나 내려놓았다. 그리고는 리어카를 담벼락에 세워두었다. 대문 턱이 높아 리어카가 안으로 들어갈 수 없었다. 리어카에서 끌어 내린 짐을 집 안으로 옮겼다.

"늦으셨네요."

선영이 앞치마를 두르고 나와 순창댁의 일을 도와주었다.

"쪼깨 늦었다. 동철이 오빠는 왔니?"

"아직 안 들어왔어요."

"선영아, 장사도 쉬운 일이 아닌 것 같혀."

"첫날이라 더욱 힘들었을 거여요."

"저녁 식사는 워떻게 준비했니?"

"물론이지요."

"고맙다. 기특한 내 새끼!"

순창댁은 선영의 어깨를 토닥거려 주었다.

순창댁이 몸을 씻고 저녁을 먹으려고 할 때 동철이 직장에서 퇴근해 돌아왔다. 세 식구가 한자리에서 저녁을 함께하였다. TV에서는 9시 뉴스가 진행되고 있었다. 세 사람은 밥을 먹으면서 TV에서 시선을 떼지 않았다. TV에서는 학생들의 시위 사태를 톱뉴스로 보도하고 있었다. 연일 계속되는 시위로 불안을 느낀 정부는 단호한 의지로 불법 집회를 막겠다고 호언장담하였다.

"어머니, 장사 하실 수 있겠어요? 힘드시면 오늘이라도 그만두어요. 제가 있잖아요."

"동철이 너는 무신 소리를 그렇게 허냐. 좀 힘이 들기는 혀도 못 견딜 정도는 아닌 게 마음 놓아라잉."

"나는 어머니보다 오빠가 더 걱정되는데요."

"선영이 너는 엉뚱한 소리를 하고 그러냐. 나는 사내대장부 아니냐. 걱정하지 말거라."

그때 TV에서는 파업 농성 중인 울산 평산유리공장 노조원들을 연행해 가는 참혹한 장면이 방영되고 있었다.

"선영이 말이 맞다. 잘 듣거라잉. 저 텔레비를 보면 알 것 아니겠냐. 노동운동을 허다 짤리면 너는 물론이고 우리 식구 모두 고생혀야 헌다 그 말이여. 돈을 벌어놓아야 너도 장가가고 헐 것잉게, 고렇게 알거라잉."

"어머니도 별걱정을 다 하십니다. 나만 배부르게 잘 먹고 살면 그게 무신 의미 있습니까. 다 함께 잘 살아야지요. 거기 직장 아니면 없습니까. 저는 두려운 게 없습니다. 제가 잘 알아서 처신할 것이니까 믿고 있으세요."

"그리여 내가 니를 믿지 않고 누구를 믿겠냐잉. 그리도 에미는 그게 걱정이 된다. 니가 나중에 애기를 낳아 키워보면 알 것이다잉. 노동운동 헌다고 거리로 나오지 말고 착실허게 니 일이나 잘해야 써. 그리야 과장, 부장이 너를 이쁘게 봐서 잘 이끌어 주지 않겠냐잉."

"알았어요. 걱정하지 마세요."

동철은 어머니에게 걱정 말라고 하였지만 회사에서 벌어지고 있는 파업 사태가 마음에 걸렸다. 만약 노동운동에 참여하고 있는 사실을 말씀드리면 펄쩍 뛰며 깜짝 놀랄 것이었다. 사실대로 말씀드릴 수 없다는 것이 찜찜했다. 선풍기가 거실 구석에서 덜덜거리며 돌아갔다. 밤인데도 날씨가 후덥지근했다.

다음날 동철은 퇴근하자마자 조규식 동지를 찾았다. 캔 주스를 한 박스 사서 들고 병실 문을 열었다. 마침 조규식 동지는 누워서 문 쪽을 바라보고 있다 불쑥 들어서는 동철과 시선이 마주쳤다. 그러자 조규식 동지는 벌떡 일어나 반가운 미소를 지었다. 많이 수척해진 얼굴이었다.

"최동철 동지, 어서 와요."

"선배님, 건강은 좀 어떻습니까?"

두 사람은 손을 맞잡고 따뜻한 온기를 나누었다.

"진단은 6주 나왔는데 나중에 정상적으로 움직일 수 있다고 하니까 괜찮겠지요. 나를 병원으로 옮겨 입원시킬 때 수고를 아끼지 않았다고 들었소. 덕분에 치료가 쉬워진 것 같소. 고맙소."

"별말씀을 다 하십니다. 저는 제 도리를 했을 뿐입니다. 정상적으로 돌아올 수 있다고 하니까 다행이군요."

동철은 조규식 동지의 오른팔을 만져보았다. 붕대를 감고 석고를 발라 무처럼 우악스러워 보이는 조규식 동지의 팔은 거대한 외계인의 것처럼 낯설게 느껴졌다.

"조금 입원해 있다가 퇴원해서 통근 치료를 받아야 할 것 같아요. 괜히 입원해서 돈 많이 쓸 것 있습니까."

"그건 걱정하지 마십시오. 노조 측에서 회비로 충당한다는 말을 들었습니다."

"말은 고맙지만, 쓸데없이 돈 낭비할 필요 없을 것 같습니다. 지금 회사 상황은 어떻습니까?"

"채근식·염길만·장표식 동지가 연행 되어가 아직 돌아오지 못하고 있습니다. 계속된 파업은 삼가고 생산량이 크게 지장을 받지 않는 범위 내에서 사내 농성을 하고 있습니다. 우리의 주장이 약속한 시한부 날짜까지 지켜지지 않으면 전면 파업에 돌입하겠다는 엄포를 놓고 있습니다.”

“내가 없어도 조직 관리가 잘되고 있겠지만 우리의 주장은 꼭 관철되어야 합니다.”

“염려 마십시오. 선배님들의 뜻을 받들어 억압받고 가난한 노조원들을 위해 힘을 아끼지 않을 것입니다.”

“최동철 동지, 임금 인상 25%와 보너스 100% 추가 지급이라는 우리의 요구가 너무 과하다면 조금 낮추어서라도 노사간 합의를 보는 게 낫지 않을까요. 시간만 끌면 회사도 손해고 노조원들도 많이 다치게 되어 서로 피해만 보게 될 테니까요. 조직부장 표일영 동지에게 내 뜻을 좀 전해주시오.”

“네, 그렇게 하지요. 그럼 편히 쉬세요. 또 들르겠습니다.”

동철은 조규식 동지가 권하는 우유를 한 잔 마시고 병실을 나왔다. 밖은 어두웠다. 거리의 차들이 헤드라이트 불빛을 밝히고 무섭게 질주해갔다. 멀리 보이는 네온사인 불빛들이 요란하게 밤을 흔들어 깨우고 있었다. 동철은 횡단보도 곁에 서 있다 지나가던 빈 택시를 잡았다.

“포일리 좀 갑시다.”

택시가 군포사거리에서 우회전하여 4차선 아스팔트 길을 달렸다. 동철은 표일영 동지를 만나 조규식 동지의 뜻을 전할 생각이었다. 열려진 창으로 더운 밤바람이 세차게 몰아쳐 왔다. 머리카락이 요란하게 춤을 추면서 어지럽게 너울거렸다. 동철은 차창을 올려 약간의 틈만 남겨놓았다. 동철은 등을 세우고 똑바로 앉아 묵묵히 앞만 바라보았다. 파업 농성을 하지 말고 근무만 열심히 하라던 어머니의 말이 떠올랐다. 동철은 어머니의 말도 일리가 있다고 판단하였다. TV를 통해 연일 시위에 얽힌 사고 소식을 접하면서 아들이 걱정되지 않을 리 없을 것이었다.

어머니가 민주화와 민중의 소리를 이해하시겠는가. 어머니는 그것들보다 더 깊은 모성의 바다에 안주하고 계시지 않는가.

'어머니, 저는 젊습니다. 새로운 문화를 창달하기 위해 투쟁해야 합니다. 국가와 민족의 밑거름이 되고 싶습니다. 그게 제 소신입니다.'

동철은 택시에서 내려 음료수를 한 박스 사서 들고 표일영 동지 댁을 향하여 걸음을 옮겼다. 허름한 단층집들이 다닥다닥 어깨를 맞대고 있는 골목을 걸었다. 한 번 찾아간 적이 있지만 밤이라서 그런지 쉽게 찾을 수 없었다. 골목이 꺾어지는 구석마다 소복소복 쓰레기가 쌓여 있었고 그곳에서는 코를 찌르는 냄새가 진동하였다. 골목은 어두웠고 불거진 보도블록에 발이 채여 중심을 잡지 못하고 휘청거려야 했다. 몇 번을 물어 간신히 표 동지 댁을 찾을 수 있었다. 대문을 두드리자 안에서 여자의 목소리가 들렸다. 판자로 짜인 대문은 허름하기 이를 데 없었다.

"누구세요?"

"접니다. 최동철입니다."

"잠깐만 기다리세요."

실내화 끄는 소리가 들리고 곧 문이 열렸다.

"안녕하세요!"

표일영 동지 부인은 본 적 있는 동철을 알아보았다.

"계시지요?"

"계세요. 들어오세요."

동철은 허리를 구부정하게 꺾은 채 안으로 들어가다 문틀에 머리를 치받았다. 쿵, 하는 소리가 들리자 표 동지 부인이 움찔 놀라며 몸을 돌렸다.

"괜찮으세요?"

"괜찮습니다."

먹먹한 통증이 전해져 동철은 고통스러웠지만 머리를 만지작거리며 대수롭지 않다는 표정을 지었다. 만약 고통스러운 표정을 지으면 표 동지 부인이 얼마나 미안해하겠는가.

"어서 오라구. 최동철 동지가 우리 집까지 찾아오고. 누추한 집이라서 이것 어떻게 하지."

"저도 반지하에 사는걸요. 땅속 굴에서 살고 있는 셈이지요. 그래도 이곳은 지상 아닙니까."

장롱과 냉장고 등이 방을 차지하고 있어 세 사람이 간신히 누워 잘 수 있는 정도의 좁은 방이었다. 천장엔 주먹만 한 구멍이 펑 뚫려 있었다.

"나는 이렇게 사니까 최동철 동지가 이해해요."

"그런 말씀 마십시오. 이게 표 선배님만의 어려움입니까. 얼마나 많은 노동자가 열악한 근무 조건 밑에서 생활하며 가난하게 살아갑니까."

"사실은 그래요."

"조규식 동지 병문안을 다녀오는 길인데요."

"아, 그래요? 나도 입원 당시 가보고 지금껏 가보지 못했는데 수일 내에 찾아가 봐야 할 것 같소."

그때 표일영 동지 부인이 쟁반에 과일을 내왔다.

"잘 먹겠습니다."

"마땅히 대접할 것이 없네요. 많이 드세요."

두 사람은 포크로 과일을 찍어 입어 넣고 우직우직 씹었다.

"사실은 조규식 동지가 전하라는 말씀이 있어서 이렇게 찾아왔습니다."

"그게 뭐지요?"

"임금 인상 25%와 보너스 100% 추가 지급안이 너무 과하다면 조금 양보를 해서라도 노사 간 합의를 도출하면 어떻겠느냐는 말씀이던데요."

"최동철 동지는 어떻게 생각합니까?"

"작년에 월급이 5% 인상되었는데 거기에 불만이 많습니다. 임금 인상이 3년째 한 자리 숫자에서 머물러 물가 상승을 따라가지 못했습니다. 그 결과 노조원들의 생활고가 가중되었고 불만이 눈덩이처럼 커졌습니다. 따라서 25% 인상안은 적정선이라고 생각합니다."

"그 점은 나도 공감하고 있어요. 조규식 동지의 뜻도 이해가 가는데 다른 동지들이 찬성할지 모르겠군요."

표일영 동지는 노조 조직부장 자리를 맡고 있으나 장표식 노조위원장이 연행되어 가는 바람에 임시 노조위원장직을 수행하고 있었다.

자정이 가까워질 무렵 곁에 앉아 TV를 보던 표 동지 부인이 꾸벅꾸벅 졸자 동철은 서둘러 집을 나왔다. 표일영 동지가 문밖까지 따라 나와 배웅하여 주었다. 동철은 동굴 속처럼 깜깜한 골목을 빠져나왔다. 표일영 동지의 구차하게 사는 모습이 자꾸만 눈앞에 어른거렸다. 보증금 500만 원에 월 20만 원의 집세를 지불하며 어렵게 살아가는 표 동지였다. 회사 근무 10년째인데 지금껏 월세를 면치 못하고 있다는 점이 마음에 걸렸다.

'성실하게 열심히 일하는데 왜 가난하게 살아야 하는지. 몸 바쳐 일하면 그만큼 생활이 부드럽게 풀려 경제적 안정을 획득해야 하지 않는가. 일반 대중들이 노동자들의 생활상과 열악한 근무 현장을 얼마나 알고 있을까. 자기가 배부르면 남 배고픈 것을 모르고 사는 것이 우리의 현실 아닌가.'

동철은 막힌 하수도 구멍처럼 목구멍에 뭔가가 꽉 박혀 있는 것만 같은 답답함으로부터 벗어날 수 없었다. 한길로 나온 동철은 지나가던 택시를 잡아타고 집으로 향했다.

임시 노조 집행부는 긴급회의를 갖고 표일영 동지가 요구한 사항을 심의하였다. 그 과정에서 노조의 요구안을 한 계단 낮추어 임금 인상 20%와 보너스 50% 추가 지급을 골자로 하는 노조 측 협상안을 의결하였다. 그리고 그것을 전 노조원이 참석한 정례 집회에서 의안으로 상정하였다. 노조원들은 열렬한 박수를 보내어 집행부의 의결안에 대 찬동을 표시하였다. 문제는 회사 측과 협상 타결이 이루어질까 하는 점이었다.

표일영·정만철·소영구·최동철·김기홍 등으로 구성된 임시 노조 집행부가 회사 측과 협상 타결을 위해 머리를 맞대고 의견을 교환하였지만, 회사 측이 적자라는 명분을 내세워 노조 측의 요구안을 전면 거부하였다. 회사 측은 노조 측을 설득하려고 하기보다는 직장 폐쇄라는 최종 카드를 가지고 노조 측을 위협하였다. 직장 폐쇄라는 것은 실현 가능성이 있는 것이라기보다는 노조를 협박하기 위한 술책으로 으레 사용해온 무기였다. 노조원들은 그 점을 잘 알고 있었다. 그래서 노조원들은 아무도 회사의 위협에 동요의 눈빛을 보이지 않았다. 노조원들은 입을 모아 전면 파업을 요구하였다.

"여러분의 행동에는 회사를 송두리째 박살 내겠다는 저의가 깔려 있다고밖에 볼 수 없습니다. 2년째 계속 적자입니다. 여러분의 요구는 받아들일 수 없습니다."

얼굴을 붉히며 강경하게 나오는 허만기 사장의 음성은 격앙되어 있었다. 노조 임시 집행부와 회사 측의 대좌에서 허만기 사장의 이 격앙된 음성이 서로 등을 돌리게 하는 결정적 계기로 작용하였다.

퇴근하여 동철은 표일영 동지가 요구한 약속 장소로 나갔다. 곰팡내가 나는 지하 다방에 임시 집행부 노조 측 간부들이 머리를 맞대고 앞으로 노조 측 활동 방향에 대해 의견을 나누었다.

"전면 파업으로 맞서야 합니다."

소영구 동지가 강경하게 말했다.

"저도 동감입니다. 그래야 구속된 노동자들도 구할 수 있고 우리도 살아갈 수 있습니다. 여기서 주저앉으면 노조의 힘이 약화되어 있으나 마나 하는 조직이 된다, 이 말입니다. 끝까지 투쟁을 벌여 우리의 요구를 관철해야 합니다."

정만철 자금부장의 말이었다.

"회사가 재벌 기업이어서 우리가 며칠간 전면 파업을 한다고 해도 경영진은 크게 동요하지 않을 것입니다. 회사는 우리를 누르기 위해 강경하게 나오고 있는 겁니다. 우리도 거기에 정면으로 맞서야 합니다."

임시 집행부 부위원장직을 맡고 있는 김기홍 동지의 주장이었다. 그는 상기된 얼굴로 침을 튀기며 말했다. 동철은 발언을 삼가고 듣고만 있었지만, 충분히 뜻을 같이할 수 있었다. 결국 지하 다방 모임은 전면 파업을 단행한다는 쪽으로 뜻을 모았다.

곽장태 상경이 퇴원해서 본부로 출근하는 날이었다. 중대장 김칠구 경감이 맨 앞에 나가 곽 상경을 뜨겁게 포옹해주었다. 곽장태 상경은 충성이라고 외치며 거수경례를 절도 있게 하다 중대장 가슴에 안겼다. 소대장 노장일 경사, 분대장 오승근 순경도 나와 곽장태 상경과 뜨거운 악수를 하였다. 누구보다 곽 상경은 동석을 보자 반가워하였다.

"최동석 이경 고마워. 덕분에 내가 이렇게 건강하게 돌아왔지 않는가."

"그동안 걱정 많이 했습니다. 퇴원하여 이렇게 돌아오시니 무척 반갑습니다. 불행 중 다행이라고 해야겠군요."

두 사람은 활짝 웃으며 뜨겁게 악수하였다.

"최 이경, 여러 가지로 고마웠어. 그 은혜 잊지 못할 거야."

"저는 제 할 일을 했을 뿐입니다. 너무 그렇게 생각하지 마십시오."

두 사람은 잡았던 손을 풀고 나란히 걸어 청사 안으로 들어갔다.

"오늘 우리 중대 교육이 있는 날입니다. 곽 상경님은 쉬셔야지요."

"최 이경, 무슨 소리야. 나 이제 건강하다고. 교육받는 데 힘이 드나. 훈련도 아니잖아."

"그렇긴 해요."

대원들이 교육받기 위해 이층 회의실로 질서 있게 입실하고 있었다.

"곽장태 상경, 지금 어디 가나. 자네는 교육받지 않아도 된다. 의무실로 가서 쉬도록 하라."

곽 상경을 발견한 소대장 노장일 경사가 말했다.

"아닙니다. 건강합니다. 교육을 받고 싶습니다."

"그래? 그럼, 마음대로 해."

8개 중대 중 6개 중대가 유사시 시위 진압을 위해 시내에 나가 배치되어 있고 2개 중대가 교육받는 날이었다. 대원들은 안면에 밝은 미소를 지으며 시위 진압을 위해 현장에 나가지 않은 것을 다행으로 생각하고 있었다. 두꺼운 전투복과 방독면을 착용하고 거기다가 방패까지 든 채 한여름 찌는 듯한 시내를 활보하기란 여간 고역이 아니었다. 거기에 비하면 가벼운 옷차림으로 에어컨이 가동 중인 회의실에서 교육받는 일은 얼마나 편안한가. 그러나 교육 중에 싸워야 하는 것이 하나 있었다. 안락한 곳에 앉기만 하면 달콤하게 찾아오는 졸음이 문제였다. 만약 졸았다가는 소대장으로부터 조인트 까지기 일쑤였지만 자신도 모르게 적병처럼 찾아오는 수면은 막을 길이 없었다. 동석은 허리를 꼿꼿하게 세우고 앉아 교육하는 자에게서 시선을 떼지 않았다. 어떤 일이 있어도 졸면 안 된다는 강박관념에서 눈을 크게 뜨고 교육하는 대대장 육필수 경정의 말에 귀를 기울였다. 대대장 육필수 경정은 전투경찰의 임무와 시위 진압 시 안전 사항을 소형 칠판에 하나하나 써가면서 교육을 진행하였다.

　－데모 진압 일반 수칙－[1]
　*데모 군중은 적이 아니므로 적대감을 갖거나 가해 행위를 하지 않는다.
　*데모 군중은 흥분하기 쉬운 집단이므로 감정적이고 자극적인 언행을 일절 삼간다.
　*데모 군중은 범법자이므로 의연하고 당당한 자세로 대치하여 신념과 사명감으로 엄중히 다스린다.
　*데모 진압은 최초 5분 이내의 초동 진압에 있으므로 초동 단계에서 신속 과감하게 진압한다.
　*슬기로운 데모 진압은 피차간에 부상자 없는 안전 진압에 있음을 명심하여 반드시 특별 안전 수칙을 준수해야 한다.

　*체포 연행술 11대형: 소매 잡기·내려 잡기·어깨 누르기·손목 꺾기·팔 비틀기.
　*체포 연행술 21대형: 어깨 누르기·손목 꺾기·팔 비틀기·얽어 비틀기

---

1 유인철 저, 『암호명－B.295, 물넷?－상권』(서울:도서출판 영재, 1990), p.192.

·꺾어 올리기·받쳐 올리기.

 *체포 연행술 31대형: 팔 어깨 받치기·팔 뒤로 잡기·겹쳐 올리기·들어올리기.

 *도수 방어: 손목 잡기·양팔 잡기·소매 잡기·목 조르기·멱살 잡기·허리 잡기·띠 잡기·뒷목 조르기·뒤허리 잡기·뒤띠 잡기.[2]

 —특별 정훈 교양 교육—[3]

 *전경은 이 나라의 주인이다.

 *체제 수호와 안정의 확보 그리고 절대 충성.

 *정보 활동의 강화.

 *시설 점검 등 대형 기습 시위 대책 강화.

 *전 대원의 무술 유단자화 및 사노맹 그리고 학내 불법 단체 조직 결성 상황 파악.

 *주동자 검거 색출 의법 조치—흑골단 책임 완수.

 *정권 전복 기도 시위 세력 철저 격리.

동석은 소형 칠판에 제시되는 교육 내용을 꼼꼼하게 노트에 기록해두었다. 동석은 교육받으면서 밀물처럼 서서히 밀고 들어오는 잠과 무던히 싸워야 했다. 꾸벅꾸벅 졸다 교관으로부터 질타받고 번쩍 눈을 뜨며 깨어나곤 하였다. 현장 시위 장면과 시위 진압 실태를 영상으로 보여주며 교육할 때는 소리에만 의식을 집중하고 눈을 감아 버렸다. 그는 잠깐이나마

---

2 유인철 저, 앞의 책, p.232.

3 유인철 저, 『암호명—B.295, 물넷?—중권』(서울:도서출판 영재, 1991), p.105에서 변용.

단진자는 멈추지 않는다

수면을 취하고 싶었다. 그런데 참으로 이상한 일이었다. 의도적으로 잠을 청하자 오히려 의식이 또렷해지는 기이한 현상과 만났다. 잠은 오지 않고 스피커에서 흘러나오는 소리가 더욱 낭랑하게 귓속으로 날아와 박혔다.

교관은 주동자를 연행할 때 감정적으로 행동하지 말라고 당부하였다. 학생들은 적이 아니기 때문에 감정을 내세워 구타하지 말고 그물망 덮어 씌우기 전술로 3~4명이 1명을 가볍게 연행해오라는 당부를 잊지 않았다. 특히 최루탄을 발사할 때는 학생들이 밀집된 곳을 피하고 그 바로 앞이나 뒤에 발사하라는 당부였다. 얼굴 같은 피부에 최루탄 파편을 맞으면 결정적 상해를 입을 수 있다고 주장하였다. 시민과 학생이 함께 시위를 벌이는 혼란의 와중에서 어디가 전후방이란 말인가. 이론과 실제가 얼마만큼 다른가 하는 것을 시위 현장에 직접 나가 진압해본 경험이 있는 동석은 깨달을 수 있었다.

교육이 끝나자 동석은 기지개를 켜면서 회의실을 빠져나왔다.

내무반으로 들어오자 삼삼오오 동료들이 모여 수군대었다.

"장익수 일경님, 무슨 일이십니까?"

동석은 장 일경 가까이 다가가 손을 잡아당기며 물었다.

"사고가 발생했다!"

"사고라니요?"

동석은 어리둥절한 표정을 지었다.

"제4중대 소속 김일순 이경이 시위를 진압하다 시위대의 습격을 받아 숨진 거야."

"큰일 났는데요."

"아마 뇌출혈로 숨진 것 같아."

"드디어 불행한 사태가 발생하고 말았군요."

TV에서는 연일 김일순 이경 사망 사건을 집중적으로 보도하였다. 가족들은 의혹을 품고 철저한 진상 규명을 요구했다.

김일순 이경 장례식날은 줄기차게 비가 내렸다. 장례식은 도 경찰청 정문 앞에서 경찰장으로 거행되었다. 비를 맞으며 서 있는 동석의 심정은 착잡했다. 경찰과 학생은 서로 적대 관계가 아닌 상생의 관계인데 이런 사태가 발생하다니. 이건 남의 일이 아니잖은가. 김일순 이경의 시신을 실은 영구차가 동석의 앞을 지나칠 때는 눈가가 얼얼해 오더니 핑 눈물이 돌았다.

'참으로 요상스런 계집이여. 어찌 나를 못 잡아먹어서 한이대야. 지는 뭐 잘난 것 있냐고. 지나 내나 서글픈 과부 신세 아닌감. 서로 돕고 살면 을매나 좋을까잉. 내가 지 밥줄 흔드는 것도 아니구 말이여. 고렇다고 내가 지 애인을 빼앗아 가는 것도 아니잖아. 지 벌어먹고 내 벌어먹고 각각 살아가는디 서로 으르렁댈 필요가 있는감. 내가 자리를 잘못 잡았어도 한참 잘못 잡았당게. 참으로 요상한 일이여. 뭣 땀시 그란대여. 도란도란 이야그 험서 재미있게 지내면 을매나 좋을까잉. 내 얼굴에 똥이라도 묻었남. 징그러운 표정으로 꼭 나를 쳐다보아야 쓰겄어. 지가 그런다면 내도 질 수가 없구만. 가는 방망이 오는 홍두깨라고 혔으니 말이여. 워디 혀보자구. 꼭 여우처럼 생겨가지고 말이여. 형제철물점 맹호근 사장이나 삼보부동산 공대철 사장을 보면 실실 웃는 게 사람 잡아먹겄더라구. 뭣 땀시 맹 사장이나 공 사장에게 은밀한 웃음을 보내는지 모르겄당게. 고것뿐이 아니당게. 갖은 아양을 떨면서 내 손님꺼정 싹싹 쓸어가는 것은 무신 심보인지 모르겄당게. 지헌테 오는 손님이나 잘 대접혀서 물건 팔면 되는 것이제 뭣 땜시 내 손님꺼정 끌어가는 것이여. 내도 한 푼이라도 벌어야 먹고 살 것 아닌감. 내를 죽이겠다는 심보가 아니고서야 그럴 수 있는감. 워디 두고 보자구. 지가 계속 고렇게 나가면 신상에 안 좋을 것이구만. 덕장댁 지가 을매나 강헌지 모르지만 내도 질 수 없당게. 그래도 다른 것은 참을 수 있을 것 같혀. 그란디 공 사장이나 맹 사장에게 추파를 던질 때는 못 참겠더라구. 속이 울렁울렁험서 확 뒤집힐 것만 같당게. 요상헌 일이여. 나허고 아무 관계가 없는 일인데도 자꾸만 신경이 쓰인단 말이여. 뭣 땜에 그란대여. 덕장댁 저 눈짓 좀 보랑게. 내가 거짓말허고 있는 게 아니랑게. 저 꼿꼿한 시선을 보라구. 계속 형제철물점만 뚫어져라 바라보는 저 시선 땜시 내가 미치는겨. 지가 형제철물점만 눈이 빠지게 쳐다보면 맹호근 사장이 나타나 눈을 깜작깜작험서 신호를 보낼 것으로 착각허는 갑인디 그건 워디까지나 짝사랑인 것이여. 슬픈 사랑이랑게. 짝사랑은 이루어질 수 없다구 허든디 말이여. 오살 육시럴 헐 년. 야 인년아, 후딱 장사나 혀. 워디를 고렇게 쳐다보는 것이여. 돈 많고 이 골목에서 유명허신 맹 사장님이나 공 사장님이 너 같은 것을 좋아허겠냐. 일찌감치 찬물 마시구 속 차려라잉. 착각은 자유라고 허지만 지발 정신 차려라잉. 못 올라갈 나무는 아예 쳐다보지 안 허는 것이 좋은 것이여. 내가 맹 사장이나 공 사장허고 니롱내롱허지도 안 허는디 뭣 땜시 질투허는 것이여. 질투가 아니라구? 내는 고렇게 느껴지는디 워찌 헐 것이여. 지발 덕장댁, 나를 사시로 바라보지 말라구. 앞으로 계속 그러면 안 좋을 것이구만. 굼벵이도 건드리면 꿈틀허는 벱인 게 고렇게 알고 있으라구. 그란디 내가 지금꺼정 뭐 허고 있었대야. 아니 내가 덕장댁을 질투허고 있었다구? 고것은 아니 당게. 저것 보라구. 무신 억하심정으로 손을 까불어 내 손님을 억지로 끌어가느냐구. 미치구 환장허겄당네. 지만 먹고 살라고 그러나. 내도 좀 벌

어 먹고 살자. 이 거랑말코 같은 년아! 아이구 열불 나. 이걸 어찌 혀야 헌대여.'

순창댁은 얼굴이 붉으락푸르락 화끈거려오자 두 손으로 양 볼을 감싸며 마음을 진정시키려 노력했다. 그러나 그러한 노력에도 불구하고 순창댁의 인내에는 한계가 있었다. 한 푼이라도 벌기 위해 구슬땀을 흘리고 있는데 면전에서 자신의 손님을 끌어가는 덕장댁의 비양심적인 행동에 순창댁은 울분을 느꼈다. 순창댁은 자신이 덕장댁으로부터 귀싸대기를 한 대 얻어맞은 기분이었다.

손님이 순창댁네 좌판을 기웃거렸다. 손님은 곧 물건을 사려는 사람처럼 애정을 가지고 채소들을 눈여겨 바라보았다. 그 손님을 향하여 덕장댁이 외쳤다.

"싸게 줄 테니까 이쪽으로 오시오. 그냥 싸게 팔고 갈랍니다."

"그쪽이 더 쌉니까?"

손님이 덕장댁네 좌판으로 걸음을 옮겼다. 순창댁은 덕장댁의 그런 행동을 용서할 수 없었다. 윤리적으로 납득할 수 없었다. 순창댁은 격하게 올라오는 울화를 참지 못했다.

"덕장댁, 그리도 되는 것이여. 시방 너무 허는 것 아니여?"

경직된 표정으로 순창댁이 언성을 높였다.

"순창댁, 기분 나빴어?"

덕장댁은 별것도 아닌 것을 가지고 그런다는 표정으로 입가에 거늘한 미소를 머금었다. 순창댁은 덕장댁의 그러한 능글능글한 태도가 강한 거부감으로 다가왔다. 사람을 무시하지 않고서야 그러한 웃음이 나올 리 없다고 순창댁은 판단했다.

"그럼 내는 부처라도 된다는 말이여. 그러면 못 쓰는 벱이여. 알고 보니 순전히 얌체구만. 순 악질 여사라구."

"지금 무엇이라고 했는가. 순창댁 다시 한번 해 봐."

갑자기 덕장댁은 굳은 표정으로 돌아가 꼿꼿한 시선을 순창댁의 동공에 꽂았다. 그러면서 덕장댁은 소매를 걷어붙였다.

"다시 허라면 내가 못헐성 부른가."

"어디 해 봐. 니가 눈에 보이는 것이 없는 모양인데 그렇게 욕을 해도 되는 것이여. 어디 다시 한번 해보라고."

덕장댁은 좌판에서 일어나 순창댁 곁으로 다가와서는 씩씩거리며 소매를 걷어붙인 팔로 삿대질하였다.

"요런 싸가지 없는 년이 워디다 대고 주먹질이여! 너 죽고 나 죽고 한번 혀보자구."

"그래 한번 해보자고. 이게 어디서 굴러다니다 온 것이여. 날아온 돌이 박힌 돌을 빼내려고 한다던데 그 식이구먼."

덕장댁이 순창댁의 턱 밑에 바싹 손끝을 대고 쿡쿡 찌르는 시늉을 하였다. 두 사람의 송곳 시선이 공중에서 서로 부딪쳤다. 두 사람의 뜨거운 시선이 충돌하는 부분에서 불꽃이 일었다.

"그렇게 끝까정 잘혔다는 것이구만."

"그럼 내가 뭘 잘못했다는 것이여?"

"워디 고럼 조목조목 따져보자고. 워쩌서 내 손님을 끌어가냐구."

"어떤 사람이 니 손님이고 어떤 사람이 내 손님이냐. 손님들이 이름표라도 써 붙이고 다닌다는 말이냐. 소리쳐서 손님을 불러 모아 물건 팔아먹는 것은 죄가 아니라고. 손님을 불러 모으는 것도 다 상술이고 능력이야."

"그렇게 내 좌판에서 물건 구경을 허는 사람꺼정 불러가도 된다는 말이구먼. 그런 것은 있을 수 없는 뻡인 것이여. 그리고 말이여, 내가 공 사장님이나 맹 사장님허고 담화하고 있으면 비웃고 지나가느냐구. 뭣 땀시 질투허냐 그 말이여."

"뭐 질투? 질투는 지금 니가 하고 있으면서 무슨 소리 하냐!"

"그리고 말이여, 내도 자릿세를 내면서 장사를 허는디 워찌 껄적지근 허게 생각허고 있느냐 그 말이여. 내를 잡아먹을라고 허는디 그러지 말더 라구. 상부상조허면서 살아야 쓰는 것 아니여?"

"상부상조 같은 소리 말라구. 나는 너만 보면 입맛이 떨어지니깐. 니가 맹 사장님과 공 사장님 빽으로 이 골목에서 돈 좀 벌어보겠다는 속셈인데 나는 그게 기분 나쁘다구."

"시방 긍게 반말로 찍찍 내뱉어야 쓰겄어. 요런 싸가지 없는 것이 아까 부터 반말로 찍찍 내뱉고 있어."

순창댁이 참다 참다 건디지 못하고 덕장댁의 멱살을 잡았다.

"뭐 싸가지 없는 것. 너 말 다 했냐. 그리고 멱살까지 잡아."

덕장댁도 한 걸음 물러설 수 없다는 강렬한 자세였다. 그녀는 순창댁의 멱살을 잡고 사정없이 혼들었다. 두 사람은 서로 멱살을 잡고 밀어붙이며 힘겨루기하였다. 그러면서 두 사람은 침을 튀기며 갖은 욕설을 퍼부었다. 그러다가 순창댁이 힘에 밀려 좌판 채소 위로 벌렁 넘어지고 말았다.

"너 이년, 워디 너 죽고 나 죽고 혀보자."

채소 위에서 뒹구는 순창댁의 가슴 위로 덕장댁이 올라타 얼굴을 쥐어 뜯었다. 이쯤 되자 순창댁은 힘이 부족해 저항할 수 없음을 깨닫고는 최후 수단으로 덕장댁의 머리카락을 움켜잡았다. 그러고는 사정없이 잡아 당겼다. 순창댁이 머리카락을 잡아당기자 덕장댁은 비명을 지르며 배 위에서 미끄러져 내렸다. 두 사람은 서로 머리카락을 움켜잡고 엎치락뒤치락 뒹굴었다. 시장 사람들이 달려와 싸움을 말리기 위해 시도해보았지만 야물게 머리카락을 움켜잡아 좀처럼 떨어지지 않았다.

"지금 구경만 하는 겁니까. 비키시오, 비켜!"

맹호근 사장이 달려와 숨을 헐떡이며 사람들을 헤쳤다.

"창피하게 이게 무슨 짓입니까. 어서 손을 놓으세요!"

맹 사장이 호통을 치며 두 사람의 어깨를 잡고 서로 떼어놓으려 하였지만 쉽게 뜻을 이루지 못하였다. 움켜잡은 머리카락 때문에 두피가 벗겨질 수도 있어 무리하게 떼어놓을 수 없었다.

"아니 지금 이게 무슨 해괴한 싸움입니까!"

삼보부동산 공대철 사장도 뛰어나와 싸움을 뜯어말렸다. 맹호근 사장이 순창댁의 팔을 잡고 있는 사이 공대철 사장은 덕장댁의 팔을 잡고 양쪽에서 반대 방향으로 서서히 잡아당겼다. 그러자 근육질의 남성들 앞에서 두 여자는 힘에 밀려 서로 얽혔던 것을 풀지 않을 수 없었다.

"싸우면 안 됩니다. 서로 이해하며 지내야지. 자, 우리 가게로 갑시다."

맹호근 사장이 순창댁의 팔을 잡고 형제철물점 쪽으로 끌었다. 순창댁은 계속 씨부렁거리며 덕장댁을 비난하다 못 이기는 척 걸음을 옮겼다.

"덕장댁은 우리 가게로 갑시다."

공대철 사장은 덕장댁의 팔을 잡고 삼보부동산 쪽으로 끌었다.

두 여자가 떠나간 좌판 여기저기 무들이 나뒹굴고 있었으며 배추가 갈기갈기 찢긴 채 짓이겨진 모습으로 널려 있었다.

그날 순창댁은 좌판을 정리하고 귀가하다 포장마차에 들러 소주를 마셨다. 남편 없이 살아가며 돈벌이를 한다는 것이 얼마나 힘겨운지를 뼈저리게 느낄 수 있었다. 순창댁은 덕장댁에 대한 저항감에서 비롯된 울분을 달래기 위해 연거푸 소주잔을 비웠다. 얼큰하게 취기가 올라와 얼굴이 자꾸만 화끈거렸다.

계산을 끝내고 포장마차 밖으로 나와 어두운 밤하늘을 그윽이 올려다보았다. 별들이 좌우로 몸을 흔들고 있었다.

'말 혀보시오잉. 당신은 알 것이구만. 내가 뭣 땀시 고생허며 살아야 허는지를. 워찌 당신만 먼저 갔소잉. 덕장댁이 뭣 땀시 나를 쩔고 까불고 그런다요. 하늘나라에 기신 관계로 당신은 다 알 것 아니요. 워찌 나를 잡아먹을라고 그런다요. 내가 무신 죄를 지었길래 요 고생을 허는지 모르겄당게요. 당신이 없다고 맨맛허게 보고 그러는 갑인디 나는 미치겄당게라우. 방금 뭐라고 혔소잉? 뭣시라고 이야기 헌 것 같은디요. 꿋꿋허게 살아가라고요? 강하게 견뎌내라고요? 고거야 알지만 살아가기가 요렇게 힘든 것을 워찌 혀야 헌다요.'

순창댁은 육교 옆에 세워진 리어카를 끌고 집으로 향했다. 일정한 간격으로 세워진 가로등이 눈을 부릅뜨고 있었다. 이마에 흘러내리는 땀방울을 손등으로 연신 훔쳐내면서 앞으로 나아갔다. 묵직하게 끌려오던 리어카가 가볍게 느껴져 순창댁은 고개를 뒤로 돌렸다. 소녀 하나가 뒤에서 리어카를 밀고 있었다.

"너는 누구니?"

소녀는 고개를 푹 수그린 채 대꾸 없이 묵묵히 리어카를 밀었다. 참으로 이상한 일이라고 생각하고 순창댁은 리어카를 세웠다. 그러고는 다시 물었다.

"너는 누구니?"

"어머니, 저여요."

그때야 소녀가 가로등 불빛 속에서 이를 내놓고 활짝 웃었다.

"선영이구나. 저녁을 준비허지 않고 워찌 나왔니?"

"다른 때보다 귀가가 늦어 나와 보았지요."

"그럼 워찌 내 앞에 나타나지 않고 뒤로 갔니?"

"어머니를 놀라게 해주려고 그랬지요."

"동철이 오빠는 돌아왔는지 모르겠다잉."

"아직 안 돌아왔어요. 친구들하고 어울리겠지요. 오빠가 일찍 들어오는 날은 별로 없었잖아요."

"그리여 고건 그랬지. 그럼 가자구나."

순창댁은 손잡이를 힘있게 움켜잡고 리어카를 끌기 시작했다. 앞에서 끌고 뒤에서 밀자 리어카는 아까와 달리 잘가닥거리며 가볍게 굴러갔다. 거리의 차량들이 소음을 뿌리며 순창댁 곁을 지나쳐 갔다. 순창댁은 그녀와 반대 방향에서 질주해오는 차량들의 헤드라이트 불빛을 정면으로 받을 때마다 거센 빛줄기에 의해 눈을 질끈 감지 않을 수 없었다.

"선영아, 리어카를 밀지 않아도 된다. 에미는 하나도 힘이 들지 않어."

"걱정하지 마세요. 어서 가기나 하세요. 아니면 제가 리어카를 끌고 갈 테니까 어머니는 뒤에 따라오세요."

"아니다. 에미는 하나도 힘이 들지 않어. 싸게싸게 가자구나."

어머니가 끌고 딸이 미는 리어카가 속도를 내기 시작했다. 동편 하늘에 떠 있는 눈썹 같은 조각달이 종종걸음으로 따라오고 있었다.

순창댁과 덕장댁은 고개를 모로 돌린 채 서로 반대 방향을 응시하였다. 우연히 시선이 맞닥뜨리기라도 하면 흥, 하면서 팩 돌아서곤 하였다. 두 사람 사이에는 보이지 않는 살벌한 긴장감이 감돌았다.

맹호근 사장이 나타나 순창댁에게 다가갔다.

"순창댁, 갑시다. 내가 점심을 살 테니까. 할 얘기가 있소."

"무신 이야그인디요?"

"식당에 가서 이야기합시다."

"사장님의 호의를 거절헐 수는 없지요. 그럽시다잉."

순창댁은 좌판을 검정 비닐로 덮어놓고 부여식당으로 향했다.

덕장댁은 자신을 빼고 두 사람만 부여식당으로 들어서자 몹시 불쾌한 표정을 지었다.

'맹 사장님, 너무한 것 아니요. 알고 지낸 기간을 따져도 내가 먼저일 텐데 순창댁만 쏙 빼갈 수 있는 것이요. 상당히 기분이 나쁘네요.'

덕장댁이 그러한 생각을 곱씹으며 부글부글 끓어오르는 화를 억누르고 있을 때였다.

"순창댁, 화장실 좀 갔다 올 테니까 잠깐만 앉아 있어요."

"후딱 댕겨오시오잉."

맹호근 사장이 화장실에 간다면서 밖으로 나와 덕장댁네 좌판으로 향했다.

"덕장댁, 오해하셨나요. 같이 갑시다. 할 이야기가 있소."

맹 사장은 덕장댁의 팔을 잡고 강압적으로 일으켜 세웠다.

"팔 놓고 이야기합시다. 혹시 잘못 찾아온 것 아니요? 나는 순창댁이 아니란 말이요. 순창댁과 다정하게 이야기하면서 식사하세요. 나에게는 볼일이 없을 텐데요."

덕장댁은 팔을 뿌리쳤지만 맹호근 사장의 손아귀 속에서 빠져나오지 못했다.

"그런 소리 말고 빨리 갑시다. 내가 긴밀히 덕장댁과 할 이야기가 있소."

"내가 가야 할 자리가 아닌 것 같은데……."

덕장댁은 말끝을 흐리며 앉았던 몸을 일으켜 세웠다.

"맹 사장님, 좌판을 비닐로 덮어놓아야 할 것 같은데요."

"그래요. 그렇게 합시다."

맹 사장이 손수 검정 비닐로 좌판을 덮었다. 그는 덕장댁의 팔을 잡고 부여식당 쪽으로 끌었다. 그러자 덕장댁은 못 이기는 척 걸음을 옮겼다. 맹 사장은 부여식당 순창댁이 앉아 있는 맞은편 자리에 덕장댁을 주저앉혔다. 그런 다음 맹 사장은 두 사람을 옆에서 바라볼 수 있는 탁자 세로 쪽에 앉았다. 어느 쪽으로도 치우치지 않는 곳에 좌정한 셈이었다. 두 여자는 정면으로 바라보이는 자리에 앉아 있으면서도 시선은 제각각 엇갈려 엉뚱한 곳에 있었다. 덕장댁은 줄곧 창밖 좌판 쪽만 쳐다보았고 순창댁은 창 반대쪽 주방 쪽만 응시했다. 맹호근 사장은 그런 두 사람의 시선을 보고 어디서부터 이야기를 시작해야 굳어진 분위기가 자연스럽게 풀어져 원만한 화해가 이루어질지 어려운 고민에 봉착하였다.

"한두 살 먹은 어린아이가 아니잖아요. 무엇 때문에 싸우고 삽니까. 살면 얼마나 산다고. 그것도 꼭 아이들처럼 머리카락 움켜잡고 싸워야 합니까. 이해관계를 떠나서 조금씩 양보할 줄 알아야지요. 비 온 뒤에 땅이 더 굳어진다는 말도 있지 않소."

맹 사장은 밥이 나오기 전에 화해시켜야 한다고 생각하고 말문을 열었다.

"지도 생각해 보니까 별것 아닌 것을 가지고 싸운 것 같아 마음이 편치 못합디다요. 맹 사장님 말씀이 백번 옳으신 말씀이랑게요."

순창댁이 물을 한 모금 마시고는 땀직땀직 말을 받았다.

"나도 순창댁과 친하게 지내고 싶은 심정이요. 순창댁이 먼저 시비를 걸지 않았다면 이렇게까지 사태가 발전되지는 않았을 거요.”

"덕장댁, 누구에게 잘못이 있고 없다는 시비는 따지지 맙시다. 그러다가 또 싸움이 날 가능성도 있고 그렇게 한다고 해서 앞으로 갈등이 완전히 없어진다는 보장도 없지 않소. 잘잘못을 떠나서 앞으로는 그런 일이 없도록 서로 노력하며 살아야 하지 않겠어요.”

"그래요. 옳으신 말씀 같네요. 앞으로 그렇게 지내도록 합시다. 자, 순창댁 악수합시다.”

덕장댁이 활짝 웃으며 먼저 손을 내밀었다. 그러자 순창댁도 슬그머니 손을 내놓아 서로 맞잡았다. 옆에서 빙긋 웃으며 지켜보던 맹호근 사장이 박수를 쳤다.

"자, 이제 한잔씩 합시다.”

맹 사장이 세 사람 앞에 놓인 빈 잔에 술을 따랐다.

"자, 잔을 들어요. 우정을 위하여 건배!”

맹 사장이 큰소리로 외쳤다. 세 사람은 소리가 나게 잔을 부딪쳤다. 세 사람은 거의 동시에 잔을 비웠다.

3

아침저녁으로 제법 선선한 바람이 불어왔다. 여름이 마지막 꼬리 부분에 가 있었다.

순창댁이 채소를 다 팔고 어스름이 내리는 거리를 따라 귀가하던 때였다. 시장 골목을 벗어나 한길 인도로 접어들었을 때였다. 불쑥 검은 물체가 나타나 순창댁의 앞을 가로막았다.

"순창댁, 납니다. 이제 귀가하세요."

삼보부동산 공대철 사장이 멋쩍게 씩 웃으며 말했다.

"워찌 여그 기신가요?"

순창댁은 걸음을 멈추었다.

"순창댁 좀 만나보려고 기다렸소. 갑시다. 저녁이나 하면서 이야기 좀 합시다."

"나는 들을 이야그가 없는 것 같은디요."

"꼭 할 이야기가 있소. 아주 중요한 이야기입니다."

순창댁은 끝까지 완강하게 거절할 수 없었다. 꼭 할 이야기가 있다고 하는데 그게 무엇인지 궁금했으며 공 사장의 표정이 그냥 보내지 않겠다는 강렬한 의지로 넘쳐 있어 못 이기는 척 따라가지 않을 수 없었다. 리어카를 시장 입구 두꺼비식당 앞에 세워놓고 안으로 들어갔다. 식당 안은 많은 사람으로 북적거렸다. 공 사장은 순창댁에게 무엇을 먹을 것인지 물어보지도 않고 대뜸 생등심과 공깃밥을 주문하였다.

"공 사장님, 생등심이 을매나 비싼 것인지 알기나 허요? 된장찌개로 먹읍시다."

"순창댁은 가만히 계세요. 오늘은 제가 대접하니까 드시기만 하면 됩니다."

공 사장은 두 사람의 빈 잔에 소주를 따랐다.

"내가 순창댁에게 저녁을 살 일이 있소. 그래서 이렇게 모신 거니까 이해해주세요."

"고것이 무신 일인디요?"

"꼭 밝혀야 한다면 이야기할 수 있소. 지난번 두 분이 싸웠을 때 내가 목격하지 않았소. 그래서 사과시켜드려야 하는데 그러지를 못해서."

"공 사장님도 소심허십니다. 그 문제는 맹 사장님이 잘 처리허셨습니다."

"내가 한발 늦었다 그 말입니다. 미안하게 되었네요."

"우리가 싸운 것은 챙피스러운 일인 게 될 수 있으면 이야그를 안 허면 좋겠는디요."

"그럽시다. 나도 그렇게 생각하고 있소. 고기가 익은 것 같은데 어서 드세요. 우선 소주부터 한잔할까요."

공 사장은 소주잔을 들고 건배할 것을 요구하였다. 두 사람은 소리 나게 잔을 부딪쳤다. 순창댁은 가볍게 잔을 비웠다. 누렇게 익은 고기를 상추에 싸서 입 안에 넣고는 우직우직 씹기 시작했다. 장사를 끝내고 귀가하는 이때쯤이면 늘 공복감을 느꼈다. 연한 고기를 씹을 때마다 입 안에서 연신 군침이 돌았다.

"꼭 헐 이야그가 있다고 혔는디 그게 무신 일인가요?"

"아까 이야기했는데요. 두 분 사과를 못 시켜 미안해서 그런 거라고. 중요한 것은 내가 순창댁하고 자리를 같이하고 싶어서 그런 겁니다."

"공 사장님, 너무 싱겁네요. 나는 무신 긴한 이야그가 있는 줄 알고 따라왔는데."

"순창댁, 기분이 나쁘다면 용서하시오. 그냥 가자고 하면 안 따라오실 것 같아서 그랬습니다. 순창댁 곁에 이 공대철이 있다고 믿고 있으면 마음이 든든할 겁니다. 어려운 문제가 있으면 언제고 말씀하세요. 힘닿는 데까지 도와드릴 테니까요."

어려운 문제가 있으면 이야기하라는 대목에서 순창댁은 가슴이 뭉클하는 고마움을 느꼈다. 말이라도 도와주겠다고 나서니 남편 잃은 순창댁으로서는 큰 위로가 되지 않을 수 없었다.

'내가 복은 있는 갑인디 말이여. 맹 사장이나 공 사장이 서로 돕겄다고 나서면서 나에게 관심을 보이는 것을 보면 말이여. 그런디 어찌 부담이 되는지 모르겄당게. 아니여 부담을 느낄 것 없당게. 사람들끼리 서로 돕고 사는 것이 우리네 세상살이 아니던가 말이여.'

저녁을 먹고 식당 밖으로 나왔을 때는 두 사람 다 얼큰히 취한 상태였다.

"공 사장님, 잘 먹었습니다요. 이 고마움을 워떻게 갚아야 헐까요."

"무슨 말씀을 그렇게 하십니까. 약소합니다."

"공 사장님, 그럼 지는 가봐야 쓰겄는디요. 잘 살펴가시지요."

"저는 걱정 마십시오. 남자 아닙니까. 순창댁이 리어카를 끌고 가려면 힘들겠는데요."

"빈 리어카니까 힘들지 않당게요. 걱정 마시라니까요."

"그래도 제가 리어카를 좀 밀어드릴게요. 어서 가시지오."

"괜찮은디요. 혼자 끌고 갈 수 있당게요."

순창댁이 쇠로 된 타원형 손잡이를 움켜잡고 리어카를 끌며 앞으로 나아갔다. 공 사장이 뒤에서 밀어주자 리어카는 훨씬 가볍게 인도를 따라 굴러갔다. "괜찮당게요, 괜찮당게요"를 연발하며 순창댁은 집을 향하여 걸음을 재촉했다. 동편 하늘엔 반달이 떠서 지상에 은색의 장막을 드리우고 있었다. 반달은 순창댁이 걸어가는 속도에 맞추어 조금씩 앞으로 움직여 갔다.

"달아 달아 밝은 달아."

이렇게 순창댁이 읊조리자 뒤에 따라오던 공 사장이 "이태백이 놀던 달아." 하고 이어받았다.

"풍경 좋수다!"

맹호근 사장이 불쑥 모습을 드러냈다.

"맹 사장님이 워쩐 일로 기신가요?"

순창댁은 주춤 걸음을 세웠다.

"우연히 만난 것이요. 한동네에 살다 보니까 귀갓길이 같아서 만난 것 같은데 반갑네요."

"맹 사장 아니요?"

리어카를 밀던 공대철 사장이 고개를 들고 아는 체를 했다.

"나야 귀갓길이지만 공 사장이 어찌?"

"나도 순창댁을 우연히 만났소."

"그럼, 우리 잘되었네요. 순창댁이랑 같이 가서 호프나 한잔씩 합시다."

맹호근 사장이 순창댁의 앞길을 가로막고 이런 제안을 했다.

"지는 안 되는구만이요. 두 분이 같이 가서 드세요. 지는 그냥 돌아가야허겄는디요. 술을 좋아허지 않고 몸도 피곤혀서 집으로 가야 허겄당게요."

순창댁이 리어카를 끌어당기며 귀가하겠다고 강력하게 나오자 맹호근 사장은 슬그머니 앞길을 비켜주었다. 덜거덕거리며 리어카가 인도를 따라 불안스레 굴러갔다. 순창댁은 뒤를 돌아보는 것 없이 앞만 쳐다보고 묵묵히 걸음을 옮겼다.

뒤에 남겨진 공 사장과 맹 사장은 우두커니 서서 순창댁의 뒷모습을 마냥 바라보았다. 두 사람 사이에는 한동안 서먹한 침묵이 흘렀다. 순창댁의 모습이 시야에서 가물가물 사라지자 맹호근 사장이 말했다.

"아까 호프 마시자고 한 것 어떻게 생각하십니까?"

"글쎄요."

공 사장은 말끝을 흐리며 내키지 않는다는 투였다. 사실 공 사장은 맹 사장과 마주 보고 앉아 술을 마시고 싶지 않았다. 왠지 맹 사장이라는 인물이 부담으로 다가오면서 거북하게 느껴졌던 것이다. 곰곰 생각해보면 몹시 기분 나쁜 친구였다. 순창댁과 함께 밤길을 가는데 불쑥 나타나 분위기를 깬 것부터가 기분 나빴고 순창댁 앞에 자주 나타나 알랑거리는 행동이 비위에 거슬렸다.

"마음이 내키지 않으면 다음 기회에 마십시다."

"그럽시다. 오늘은 속이 좋지 않아서 좀 그렇네요."

거북한 순간을 피하기 위해 공 사장은 거짓말을 하였다. 두 사람은 헤어져 각자 반대 방향으로 걸음을 옮겼다. 공 사장은 멀리 주공아파트 창에서 흘러나오는 불빛을 향하여 성큼 걸음을 떼어놓았다.

시장 안에는 이런 소문이 파다하게 퍼져 있었다. 순창댁과, 공 사장과, 맹 사장이 삼각관계를 이루어 서로 밀고 당기는 싸움을 한다는 것이었다. 소문은 네발 달린 짐승처럼 달려 이웃으로 이웃으로 번졌다. 시장통 사람들은 순창댁에 대해서는 낯설어도 공 사장과 맹 사장에 대하여는 그들의 성품까지도 훤히 알고 있었다. 그들은 소문을 듣고 그럴 만도 하다고 고개를 끄덕거렸다. 공 사장이나 맹 사장은 주색에 밝기로 이미 알려져 있었으며 거기다가 순창댁의 인상이 서글서글한 것이어서 충분히 있을 수 있는 일로 여겼다.

이런 소문을 들은 공 사장과 맹 사장 부인들은 격한 반응을 보였다. 한날한시에 약속이나 한 듯이 달려와서 다짜고짜 순창댁의 멱살을 잡았다. 맹 사장 부인은 이성을 잃은 여자로 돌변하여 앙칼지게 대들었다.

"네가 우리 남편을 건드릴 수 있어? 이 더러운 년아!"

덕장댁은 곁에서 말릴 생각도 안 하고 먼 산만 쳐다보았다.

"어디서 굴러온 년이여! 우리 집안을 풍비박산 내려고 작정했냐! 더러운 잡년아, 너는 죽어야 마땅한 년이여, 인년아!"

두 사람은 순창댁의 멱살을 잡고 흔들다 사정없이 팽개쳐 버렸다. 그러자 좌판 구석에 소복하게 쌓아놓은 배추 더미 속으로 순창댁의 머리가 박혔다. 항변도 못 해보고 배추 더미 속에 머리가 박힌 순창댁이 신음을 토해내고 있을 때 소식을 전해 들은 맹 사장과 공 사장이 가게에서 바람처럼 달려 나왔다. 헐레벌떡 달려온 맹 사장과 공 사장은 각각 자기 부인의 팔을 꼼짝 못 하게 움켜잡았다.

"당신 미쳤어. 모두 사실이 아니라고. 헛소문이여."

"당신 참아. 나 그런 사람 아니여."

두 남자는 두 여자 앞에서 변명하기에 급급했다.

"유부남을 건드리는 여자는 사람도 아니라구."

"내가 오늘 요절을 내버릴 것이란게."

두 여자는 가쁜 숨을 몰아쉬며 입에 게거품을 물었다.

"별 미친년들이 와서 행패를 부리고 허는디, 그리도 쓰는 것인지 모르 겠네. 시장 사람들 나는 결백헌게 고렇게 믿어주시오잉. 내가 뭣 땀시 거 짓말을 허겄소. 참말로 오늘은 재수 옴 붙은 날이네요잉. 혼자 산다고 고 렇게 괄시허면 못 쓰는 것이오."

순창댁은 머릿결을 어루만지며 모여든 사람들을 향하여 한탄 조로 말 했다. 그녀는 두 여자에게 대항하여 싸울 수 없다는 힘의 열세를 이미 간 파한 것이었다.

맹 사장과 공 사장은 각각 자기 부인을 자신들의 가게로 끌고 갔다. 그 녀들은 순창댁에게서 멀어지면서도 눈을 부릅떴다.

"당신 빨리 말해보시오. 소문이 사실이지요? 믿을 만한 소식통에 의해 나는 들었으니까 거짓말을 마세요. 이제 끝장을 내려고 작정을 한 것 같 은데 어디 이야기나 좀 들어봅시다."

맹 사장 부인은 형제철물점 안으로 들어와서도 자리에 앉지 못하고 심 하게 서성거리며 날을 세웠다.

"그건 확실한 오해여. 나는 순창댁과 덕장댁이 싸웠을 때 식사를 같이 하면서 사과시킨 일뿐이 없다고."

"무슨 소리 하는 거요. 덕장댁이 보통 사이가 아니라고 그러던데."

"쓸데없는 헛소문을 믿고 당신 그러기야. 덕장댁도 헛소문을 듣고 그러는 거지. 나는 떳떳하다고."

싱글싱글 웃으면서 맹 사장은 가볍게 말했다. 그러자 맹 사장 부인은 화가 난 자신을 조롱하고 있다고 생각하면서 치밀어오르는 분노를 참지 못하고 맹 사장의 멱살을 잡았다.

"당신은 나를 갖고 노는 거예요. 나는 심각하게 말하는데 그 얄팍한 웃음으로 진실을 은폐시키려고 그러세요. 당신 죽고 나 죽고 해보자구요."

이쯤 되자 맹 사장의 얼굴이 하얗게 변하였다. 여자에게 멱살을 처음 잡혀본 맹 사장으로서는 땅에 떨어진 자존심으로 인하여 가슴 깊은 곳에서 불길처럼 분노가 치밀어 올랐다.

"이런 싸가지 없는 년 좀 보소! 어디를 잡아. 아니다 하면 아닌 줄 알아야지 꼬치꼬치 따져서 어쩌자는 거야. 이 우그라질 년이!"

맹 사장은 멱살 잡은 부인을 가게 구석으로 거칠게 밀쳐 버렸다. 그러자 그녀는 나무토막 쓰러지듯 넘어져 구석 화분 사이에 쑤셔박혔다.

"오매 사람 죽이네! 사람 죽여!"

그녀는 소리지르며 일어나기 위해 몸을 꿈틀거렸다.

"사모님, 정신 차리세요. 괜찮으세요?"

점원 아가씨가 달려가 꿈틀대며 일어나려는 부인을 부축하여 주었다.

"악바리를 만나서 내가 고생하는구먼. 나 바람이나 피우는 악질 남편 아니라고. 기분 더럽구먼. 술이나 한잔해야지 못 견디겠네."

맹 사장은 투덜거리며 가게를 나갔다.

맹 사장 부인과 대조적으로 공 사장 부인은 공격적으로 나오지 않고 눈물을 짜면서 서럽게 항변하고 나왔다.

"당신 바람피워도 되는 거여요. 그 소문이 사실이지요? 당신은 사람도 아니라구요. 나를 사랑한다고 밥 먹듯이 속삭여 놓고 다른 여자에게 추파를 던질 수 있어요. 입이 있으면 말해보라구요. 이제 우리는 끝장이라구요. 어디 그 여자하고 잘살아 보세요."

부인이 자리에서 일어나 삼보부동산 밖으로 나가려고 하자 공대철 사장은 팔을 부여잡고 주저앉혔다.

"소문이 사실 아니니까 그걸 믿지 말라구. 나는 당신을 속인 일 없으니까 그렇게 알라구. 내가 당신을 두고 바람피운다는 게 말이나 되는 소리야. 자 그만 울음을 그치라구. 나에게는 당신뿐이야."

공 사장은 순창댁과 함께 저녁을 먹었다고 이야기하지 않았다. 그 자체가 크게 문제 될 것이 없지만 사실대로 말하면 상상력을 발휘하여 엉뚱한 오해로 발전될 수도 있기 때문이었다.

"당신 잘 알고 있으라구. 누군가가 순창댁을 골탕 먹이려고 의도적으로 헛소문을 퍼뜨렸을 거야."

공 사장의 설득에 부인은 어느 정도 진정되는 기미를 보였다.

"그 누군가가 누군데요?"

"그건 나도 모르지."

공 사장은 그 누군가가 덕장댁이라고 말하지 않았다.

순창댁은 억울하고 분한 마음에 가슴을 쥐어뜯었다. 그녀는 어질러진 채소를 정리할 생각도 하지 않고 오도카니 앉아 울적한 심사 속에서 헤어나오지 못했다. 손님들이 와서 기웃거리다가 그냥 발길을 돌이키곤 하였다. 덕장댁은 채소를 들고 흔들며 떨이를 외치다 순창댁을 향해 이렇게 말했다.

"순창댁, 괜찮아? 그러니까 행동을 조심해서 해야 한다구. 물론 사실이 아니겠지만 그런 소문이 돌아다니는 건 순창댁에게 근본적인 책임이 있다구. 이만큼 당한 것을 다행으로 생각하고 앞으로는 행동에 신중을 기해야 한다니까. 만약 머리채를 잡고 질질 끌며 시장 구석구석을 헤집고 다녔어 봐. 그런 봉변이 어디 있겠어. 사장님 부인들이 화가 나면 충분히 그럴 수 있는 여자들이라구. 내가 함구하고 있으려고 하다가 순창댁을 생각해서 하는 소리이니까 오해는 말라구."

'불난 데다 부채질하는구먼.'

순창댁은 덕장댁의 말에 대꾸하지 않았다.

'그리여 너는 고소헐 것이다. 내가 니 마음을 모르겠냐. 어쩌고저쩌고 떠드는 너는 백 년 묵은 횐여우여. 내가 고것을 알고 있당게. 속이 씨언허지야. 내가 또 남들에게 우세를 당허도록 바라고 있을지 모르지만 앞으로는 이런 일이 없을 것잉게 고렇게 알고 있거라잉. 그리여 내가 시방 요러고 있을 때가 아니랑게. 절망허고 서러워 혀야 누가 와서 위로해 줄 것인가잉. 그리여 이곳은 타관이랑게. 나를 잡아먹을라고 허는 사람들이 있당게. 그럴수록 이를 앙다물고 일어나야 헌다구. 내가 눈물을 보여서 뭐 헌당가. 눈물은 절망의 씨앗이랑게. 그리여 워디 두고 보자구. 니년들이 사장 부인이면 다 허냐. 자기 남편 하나 알뜰허게 건사 못허는 것들이 뭐 잘났다고 까부는 것이여, 시방. 내가 땅속에 묻히기 전에는 니년들로부터 받은 수모를 잊지 못헐 것이구먼. 그리여 잊지 못헌당게. 워디 두고보드라구. 고렇지만 내는 맹 사장님이나 공 사장님헌티는 눈곱만큼도 감정이 없당게. 좋으신 분들인디 나 때문에 오늘 속상혔을 것이구먼.'

어수선한 심사로 인하여 시간 가는 줄도 몰랐다. 해가 서산으로 기울자 제법 선선한 바람이 불어와 아늠살을 간지럽혔다. 먼저 좌판을 정리한 덕장댁이 먼저 간다는 인사 한마디를 건네고는 빈 리어카를 끌고 시장 골목을 벗어나 성모병원 쪽으로 향했다. 여느 때와 마찬가지로 순창댁도 팔다 남은 채소를 정리하여 다시 리어카에 싣고 어스름이 내리는 골목을 벗어나기 시작했다. 사람들의 발길이 뜸해진 시장 거리는 한산하여 썰렁했다. 순창댁은 평소 귀가하던 때와 비슷한 시각에 집으로 돌아가고 있지만 여느 때와 달리 마음은 착잡했다. 거리의 네온사인 불빛들이 하나둘 켜지면서 현란스레 춤을 추었다. 휘황찬란한 불빛들이 자꾸만 순창댁의 시야를 어지럽게 만들었다.

'오늘은 뭣 땀시 불빛들이 이렇게 어지럽당가. 아니제. 불빛들이 어지러운 게 아니랑게. 내 마음이 어지러운 것이랑게. 뭣 땀시 마음이 자꾸만 약해져가는 것인지 모르겠네. 말해보시오잉. 내가 뭣 땀시 지집년들에게 수모를 당혀야 헌대라우. 당신은 하늘나라에서 내려다보고 있으니께 훤히 알고 있을 것인디 워찌 말이 없으시오잉. 당신은 매정허요. 이제야 알겄는디요. 세상이 을매나 험헌 것인가를 말이요잉. 끝없는 사막이랑게요. 발이 푹푹 빠지는 모래밭이랑게요. 폭폭허요. 걸어도 걸어도 모래밭이랑게요.'

순창댁은 걸음을 옮길 때마다 자신이 모래밭 속으로 푹푹 빠져들어 가고 있다고 생각했다. 끙끙 힘을 써도 리어카가 끌려오지 않고 제자리에서 꼼짝하지 않았다.

"제가 도와드릴까요?"

사내의 음성이 그녀의 귓가에 환청처럼 다가왔다.

"누구신디요? 괜찮당게요."

순창댁은 뒤를 돌아보지 않고 리어카를 끌어당겼다.

"바퀴가 하수도 구멍에 박혀 있네요. 그냥 앞만 보고 리어카를 당긴다고 나아가나요."

어디서 많이 들어본 귀에 익은 사내의 음성이었다. 순창댁은 걸음을 멈추고 고개를 뒤로 돌렸다.

"워쩐 일로 여그 기신가요. 누군가 혔더니 맹 사장님이셨군요."

리어카가 정차해 있는 곳은 삼화아파트 정문 앞이었다. 그곳은 보도블록을 들어내고 한창 하수도 공사를 하고 있는 곳이었다.

"퇴근하는 중이요. 우연히 만난 거지요."

"맹 사장님, 먼첨 가시오잉. 남들이 보면 또 요상헌 소문이 퍼질 것이랑게요."

"한동네에 사는 사람끼리 함께 귀가하는데 무슨 소문이 퍼진다고 그러십니까."

"무단시 오해살 일을 헐 필요 없을 것 같은디요."

"오늘 낮에 일어난 일 때문에 그러는 모양인데 염려 놓으시오. 내가 사과할게요. 정말 미안하게 되었습니다. 우리 집사람한테도 잘 이야기했어요."

"잘 알아들었구만이라우. 그럼 맹 사장님 먼첨 가시오잉. 지는 천천히 갈라요. 절대 같이는 갈 수 없으니께 고렇게 알고 있으시오잉."

순창댁은 끙끙대며 리어카를 당겼지만 꼼짝하지 않았다.

"제가 밀어드릴게요."

하수도 구멍에 빠진 리어카는 맹 사장의 도움으로 쉽게 끌어 올려졌다.

"고맙구만이라우. 먼첨 가시랑게요."

"그래요, 그럼. 천천히 와요."

맹 사장이 팔을 당차게 휘두르며 앞질러 휘적휘적 걸어 나갔다. 순창댁은 리어카 쇠막대를 움켜잡고 끄으응, 하고 힘을 썼다. 그러자 리어카가 움직이기 시작했다. 리어카가 인도를 따라 잘가닥거리며 희성촌을 향해 전진하기 시작했다. 하늘엔 은가루를 뿌린 듯 별들이 촘촘히 박혀 있

단진자는 멈추지 않는다

었다. 가로등 불빛으로 인하여 인도는 대낮처럼 밝았다. 이마 위에서 땀방울이 방울져 흘렀다. 땀방울이 흘러 눈으로 들어올 때마다 눈알이 슴벅거렸으며 전방 시야가 정확하게 가늠되지 않고 흐물거려 보였다. 하늘 저편에서 반짝이는 별 무리가 폭포처럼 쏟아져 내렸다.

동철은 임시 노조 집행부가 전면 파업을 결정한 것에 찬동을 표시하였지만, 마음은 무겁기만 하였다. 사회의 초년생인 동철은 파업을 강행하여 회사가 파경 직전까지 가는 그런 상황을 원하지 않았던 것이다. 부양가족을 생각해도 동철에게는 귀한 직장이었던 것이다. 삶을 풍요롭게 해주는 직장 생활에 부푼 기대를 했던 건 사실이었다. 그러나 현실은 예상했던 것보다 큰 오차를 두고 저만큼 떨어져 있었다. 기대했던 것이 아닌 낯선 현장이 동철을 몹시 어리둥절케 하였으며 젊은 혈기를 분노로 떨게 하였다. 부분 파업과 협상 전개, 그리고 협상 결렬. 전면 파업과 협상 타결, 그리고 협상 내용 불이행. 그래서 또 전면 파업과 협상 타결. 그리고 노조 간부 해고와 협상 내용 지키지 않고 지지부진 시간 끌기. 그래서 또 전면 파업. 소용돌이치는 투쟁의 연속이었지만 뾰족한 돌파구는 찾아지지 않았다.

전면 파업을 단행하기로 한 날 동철은 동지들과 약속한 장소로 나갔다. 회사로 나가지 않고 약속 장소에 모여 농성하기로 의견을 모았었다. 장소는 안양 시내 한복판 삼원극장 옆 버스 정류장이었다. 사내 시위는 일반에게 알리는 데 한계가 있을 뿐만 아니라 일단 사내에서 파업을 단행하고 시위를 벌이면 전경들이 정문을 차단하여 회사 밖으로 시위대가 진출하지 못하도록 저지하기 때문에 회사 밖에서 농성을 벌이기로 뜻을 모았다. 그렇게 함으로써 회사 간부들의 부당성을 폭로하고 성토하여 노조 측 입장을 강화해보자는 속셈이었다. 그리하여 노조 측 요구를 회사가 수용하도록 하자는 전략이었다.

동철이 11번 버스를 타고 가서 약속 장소에 나타났을 때 벌써 많은 동지들이 나와 머리에 띠를 두르고 농성 준비를 서두르고 있었다. 다들 조금은 심각한 표정들이었다. 거리는 서늘한 냉기가 감돌았다. 임시 노조 집행부 표일영 위원장이 부산하게 움직이며 준비물을 점검했다. 징·꽹과리·장고·북을 든 대원들이 표일영 위원장과 밀담을 나누기도 하였다. 대원들이 인도를 점거하고 앉아 있는 바로 뒤에는 대형 현수막이 바람에 팔랑거렸다. 그 현수막에는 "대제전선 허만기 사장 물러가라!"는 표어가 빨간 글씨로 선명하게 쓰여 있었다. 소영구 동지와 정만철 동지는 인쇄물을 준비하여 길 가는 사람들과 구경하는 사람들에게 나누어 주었다. 우리의 요구라고 명명된 인쇄물은 노조 측 요구 사항들이 낱낱이 기록되어 있고 회사 간부들의 부당성과 착취 행위가 기술되어 있었다. 마이크 시설까지 끝내자 10시 30분이었다. 김기홍 임시 노조 집행부 부위원장이 마이크를 들고 선창하는 것을 시작으로 농성 모임의 포문을 열었다. 몇 번의 구호를 외친 다음에는 꽹과리와 장구 등 악기를 동원하여 흥을 돋우었다. 그런 다음에는 출정가를 합창하였다.

노래가 끝나자 '우리의 요구' 사항이 하나하나 열거되었다. 김기홍 동지가 먼저 외치고 그다음 노조 대원들이 후창하는 형식으로 이루어졌다.

– 우리의 요구 –

1. 기본급을 20% 인상하라.

2. 보너스를 50% 즉각 지급하라.

3. 민주 노조를 즉각 인정하라.

4. 연행되어 간 동지들이 석방되어 돌아오면 안락한 생활을 할 수 있도록 복직을 허용하라.

5. 회사 예산을 투명하게 전면 공개하라.

6. 여자관계가 복잡한 허만기 사장은 즉각 물러가라.

7. 여성 동지를 위한 산가 3개월 휴무제를 즉각 실시하라.

8. 잔업 수당을 지급하고 8시간 근무제를 철저히 이행하라.

노조원들의 외침은 자동차와 시민들이 오고 가는 거리 저편으로 산산이 부서져 날아갔다. 기동력을 발휘하여 빠르게 나타난 전경들이 방패를 들고 노조원들 주위를 에워쌌다. 시위대가 차도를 점거하지 못하도록 도로 쪽으로 이중 인간 띠를 만들어 이동을 차단했다.

점심은 빵과 우유로 간단히 때우고 농성을 계속했다. 그때까지도 회사 간부들이 농성장에 나타나지 않았다. 간부들은 기계가 모두 멈추어 버리고 작업자들이 모두 빠져나간 썰렁한 빈껍데기 회사만을 지키고 있을 것이었다. 시간이 지나가도 회사 간부들이 코빼기도 내밀지 않자 노조원들은 더욱 열을 올려 구호를 외쳤다.

"허만기는 물러가라, 물러가라!"

안양 시내 1번가 일대가 구호의 물결로 출렁거렸다.

동철이 이렇게 구호를 외치고 있을 때 소영구 동지가 다가와 옆구리를 집적거렸다.

"동철아, 잠깐 나와 봐."

동철은 잽싸게 몸을 일으켜 세웠다. 그는 소영구 동지를 따라 지하도로 들어갔다. 지하도 분식 센터 앞에서 영구가 동철의 팔을 부여잡았다.

"동철아, 너는 어떻게 생각하니?"

"무얼 말이야?"

"전경들이 계속 구경만 하고 있을 것 같니?"

"글쎄. 지금까지 관망하고 있으니까 별일 없을 것 같은데."

"내 생각은 달라. 허만기 사장이 경찰에 연락해 강제 해산을 요구했을 거야. 최루탄 10발 정도면 완전하게 해산시킬 수 있다구."

"네 말을 듣고 보니까 그럴 것 같기도 하다."

"그래서 하는 얘긴데 미리 우리가 수를 쓰는 거야. 하나씩 농성장에서 빠져나와 역전 앞으로 가는 거야. 그곳에서 다시 농성을 하자는 것이지. 그러니까 전경들을 따돌리자는 계산인데 잘될지 모르겠다."

"그러면 일단 표일영 위원장과 상의해 보자고."

"그래 그렇게 하자구. 그런데 동철아, 우리 지하도로 내려온 김에 칼국수 한 그릇씩 시켜 먹고 가자. 배고파 어디 견딜 수 있겠니."

"지금 시간이 없는데. 배고파도 조금만 참자고."

"그래 그럼 나중에 먹자고."

분식 센터 앞을 지나 지하도 밖으로 나가기 위해 계단을 오르자 갑자기 콧날이 시큰해 오더니 재채기가 쏟아져나왔다. 재채기를 토해내기는 영구도 마찬가지였다. 불길한 생각이 앞섰다.

"동철아, 전경들이 최루탄을 발사해 우리 대원들을 뿔뿔이 해산시킨 것이 아닐까."

"내 생각도 그렇다. 어서 가보자구."

지하도 밖으로 나온 동철과 영구는 그들의 예상이 적중하였음을 확인하였다. 농성장 뒷벽에 걸린 현수막이 바람에 날리고 있었고 대원들은 수건으로 코를 싸맨 채 골목으로 몸을 숨기고 있었다. 최루탄 파편과 대원들이 남긴 옷가지, 그리고 인쇄물들이 농성장에 어지럽게 흩어져 있었다.

연행되어 경찰차로 끌려가는 대원들도 눈에 띄었다. 최루탄 가스가 안개처럼 풀어져 거리를 점령하고 있었다. 거리의 시민들도 수건으로 코를 막은 채 종종걸음을 쳤다.

동철과 영구는 삼원극장 앞에 서서 펑 뚫린 하늘만 망연자실 바라보았다. 둘이는 한동안 침묵했다.

'또 오늘의 요구가 수포로 돌아갔구나. 그렇다고 이 정도의 장애물 앞에서 포기할 수는 없는 것 아닌가. 노조원들의 권익 보호를 위해 노조원들 하나하나가 똘똘 뭉쳐야 하리라. 그래서 회사 간부들과 맞서야 하리라. 회사 간부들을 적이 아닌 갈등의 동반자로서 대해야 하리라. 회사 간부들은 파괴의 대상이 아니다. 다만 순화의 대상자일 뿐이다. 나누어 먹자는 것이고 함께 회사를 발전시키자는 것 아닌가. 회사 운영을 같이하자는 것이지 회사 운영을 막자는 것은 아니잖는가.'

동철은 왠지 무모하게 끝났다는 허탈감에서 벗어날 수 없었다. 영구도 동철과 심사가 비슷한지 계속 침묵으로 일관하였다. 두 사람은 국민은행 쪽으로 무작정 걸음을 옮겼다.

동석은 숙경의 편지를 받고 반갑게 펼쳐 들었다. 연일 계속되는 시위 진압과 훈련으로 몹시 피로해 있었던 차에 숙경의 편지는 한 컵 청량음료로 시원하게 다가왔던 것이다.

　사랑하는 동석 씨에게
　강물처럼 빠르게 흐른다는 세월이 요즈음 왜 그렇게 더디게 가는지요. 매일 손가락을 꼽아 기다리고 있습니다. 그동안 건강하게 잘 있었는지요. 전경 생활이 얼마나 고달플까 그 점을 생각하면 마음이 아프고 더욱 동석

씨가 그리워집니다. 동석 씨가 염려해준 덕분으로 이 숙경이는 잘 있습니다.

동석 씨, 나는 동석 씨가 그리워질 때마다 책갈피 속에 끼워 넣어준 잎새들을 뒤적거려 봅니다. 동석 씨는 나에게 푸른 잎새처럼 싱그러움과 가냘픈 떨림을 잊지 말라고 하셨지요. 책갈피 속에 든 잎새들을 바라보고 있으면 내 앞으로 푸른 들판과 거기에서 풀을 뜯는 젖소들의 평화로운 풍경이 그림처럼 떠오릅니다.

동석 씨는 나에게 꽃들의 슬픈 전설을 들려주기도 하셨지요. 그때 들려준 이야기들이 조용한 밤이면 하나하나 생각이 납니다. 달력 위에 매일 동그라미를 표시하며 어서 빨리 동석 씨가 제대하는 날을 기다리고 있습니다. 그리하여 우리는 결혼행진곡을 들으며 축복의 화촉을 밝혀야 하지 않겠어요. 저는 그런 꿈을 꾸며 설레는 마음을 달래어 봅니다.…… (하략)

편지를 다 읽고 난 동석은 안면에 활짝 미소를 머금었다. 하루의 피로가 깨끗이 씻겨나갔다. 동석은 내무반 사물함 속에 편지를 넣고도 한참을 들뜬 감정에서 벗어나지 못했다. 동료들은 무슨 사건이나 되는 것처럼 편지 건을 화제로 삼아 부러워하는 눈치들이었다. 동석은 잠을 자기 위해 자리에 누워서도 좀처럼 숙경의 얼굴을 지우지 못했다. 그리운 숙경의 모습이 눈을 감은 어둠 속에서도 오롯이 떠오르는 것이었다.

'고요한 이 밤에도 숙경은 나를 그리워하고 있으리라. 몸을 뒤척이며 숙경은 내 가슴에 안겨 오는 꿈을 꾸고 있겠지.'

다음날 동석은 대원들과 함께 중앙호텔 광장으로 나갔다. 충남대생들의 시위가 있을 거라는 정보를 받고 급히 출동한 것이었다. C−283−쥐포, 라는 암호명을 갖고 동석은 시위 진압에 투입되었다. 동석은 가슴 속에 무전기를 휴대하였다. 복장은 사복 차림이었다. 동석은 일반 시민들

속에 끼어 시위대가 있는 곳까지 근접할 수 있으며 작전 상황에 따라서 주동자를 쉽게 체포할 수 있었다.

동료들과 함께 일반 시민 속에 끼어 거리를 거닐며 시위대가 나타나기를 기다렸다. 방패를 든 제복 차림의 전경들은 지하도 입구와 호텔 주위 곳곳에 삼삼오오 짝을 지어 경계 근무를 수행했다.

동석은 역전 쪽으로 걸음을 옮기다 무전기에서 삐삐거리는 신호음이 전달되자 재빨리 으슥한 곳으로 가 몸을 낮추고 발신되어 나오는 내용을 수신했다.

"C-283-쥐포, 나와라. 여기는 본부."

"C-283-쥐포. 근무 중 이상 없음."

"C-283-쥐포, 들어라. 오늘은 중앙호텔을 중심으로 곳곳에서 동시다발적으로 시위를 벌인다는 정보를 입수하였다. 그러므로 어느 한 곳에 병력을 집중적으로 투입할 수 없는 처지다. 이 점을 고려하여 최소 인원으로 최대 검거 효과를 거둘 수 있도록 최선을 다하라. 15시에서 17시 사이시내 중심부를 강타한다는 학생들의 과격 시위 정보가 있으므로 14시쯤 시청 정문 앞으로 이동하여 대기한다."

"C-283-쥐포, 알겠습니다."

동석은 무전기를 다시 가슴 속 주머니에 넣고 주위의 오고 가는 행인들을 유심히 살폈다. 그러다가 수상한 자가 나타나면 전경 신분증을 내보이며 신분증 제시를 요구했다. 동석이 신분증 제시를 요구하는 사람들은 젊은 층이었는데 그들은 한사코 주민등록증을 내보이며 회사원이라고 신분을 밝혔다. 장익수 일경·고민철 상경·곽장태 상경과 동석까지 4인 1조가 되어 흑골단 체포조로서 성실히 임무를 수행하였다. 사복을 입고 일반시민과 다를 바 없이 거리를 활보하지만 동석은 몸과 마음이 몹시 불편하였다. 구속감 같은 것이라고 할까. 보이지 않는 줄이 자신을 얽어매고 있다고 생각했다. 벗어나고 싶었다. 그리하여 자유의 몸으로 숙경과 함께 데이트를 즐기고 싶었다. 그러나 그것은 꿈에 불과한 것이 아닌가.

동석은 매우 절망적인 기분으로 터덜터덜 걸음을 옮겼다.

동석 일행이 중앙호텔 광장을 지나 대전여관 앞을 지날 때였다. 골목에서 한 떼의 젊은이들이 뛰어나와 어깨동무를 하였다. 순식간의 일이었다. 사방에서 몰려든 학생들이 5명씩 어깨동무를 하고 한길 중앙을 활보하였다. 그들은 구호를 외치며 중앙호텔 광장 쪽으로 움직여 갔다. 100여 명 정도로 추측되는 인원이었다. 차들이 정차하여 움직이지 못했다. 도로는 젊은이들이 점령했다.

"C-283-쥐포, 본부 나와라."

동석은 무전기를 꺼내어 본부 사무실에 대전여관 앞의 상황을 알렸다. 그의 보고를 받은 본부에서 다급하게 외쳤다.

"여기는 본부. 학생들이 지금 시내 곳곳에서 시위를 하고 있다. 지금 속속 시내 시위 상황이 보고되어 들어오고 있다. 1개 소대를 중앙호텔 앞으로 곧 증강 배치하겠다. C-283-쥐포, 주동자를 체포할 수 있도록 노력하라."

"명심하겠습니다, C-283-쥐포."

방패를 든 전경 대원들이 개미 떼처럼 몰려들기 시작했다. 그들은 다닥다닥 붙어 서서 몸으로 밀집 방어를 한 채 학생들의 진로를 차단하였다. 그러자 학생들은 평화적인 시위를 하던 태도를 바꾸어 화염병을 투척하며 과격하게 나왔다. 그러니까 학생들은 8차선 도로로 나가는 길목을 차단당한 셈이었다. 10여m만 나가면 8차선 도로가 나오는 위치에서 학생들은 꼼짝하지 못했다. 전진도 후퇴도 하지 못한 상황에서 전경들이 조금씩 포위망을 좁혀가기 시작했다. 이 광경을 지켜보는 시민 중에서는 얼굴에 험악한 표정을 지으며 또 지랄 떤다, 고 한마디씩 중얼거리는 사람도 있었다. 대부분 시민은 자기 몸 다칠세라 빠르게 걸음을 옮기며 멀리 달아나기에 바빴다. 대전여관 앞 도로는 깨진 병 조각과 너울거리며 타오르는 불꽃들로 어지러웠다. 화염병 세례를 받고 길가에 정차해 있던 승용차 한 대가 불길에 휩싸였다. 화염병이 날아와 발등 위에서 터질 때마다 전경들은 불꽃을 털어내기 위해 껑충껑충 뛰었다. 학생들이 흥분하여 과격하게 나오자 전경들은 전진하는 것을 중단하고 더 이상 중앙로 쪽으로 시위대가 이동하지 못하게 막는데 급급했다. 그때까지도 전경들은 최루탄을 발사하지 않았다. 과잉 진압은 대형 사고를 유발할 수 있어 방어 진압을 해야 한다는 치안국장의 지시 탓이었다. 학생들은 갈수록 격렬한 양상을 띠었다. 화염병을 투척하며 전진하는 것으로 전경들의 방어선이 뚫리지 않자 학생들은 보도블록과 쇠 파이프를 동원하여 전경들을 구타하는 정면 대결 자세를 취했다. 이쯤 되자 전경들도 적극적인 자세로 나왔다. 거친 폭력으로 맞서는 학생들을 곤봉으로 사정없이 구타하였다. 머리채를 움켜잡고 개처럼 질질 끌고 가 닭장차에 강제로 탑승시키는 경우도 있었다. 전경들에게 강제로 끌려가 연행되는 숫자가 많아지자 학생들은 쇠 파이프를 휘두르며 더욱 격렬하게 저항했다. 학생들과 전경들이 곳곳에서 비명을 지르며 쓰러졌다. 펑펑 최루탄이 터졌다. 금세 대전여관 앞 거리는 뿌연 연기로 가득했다. 시민들이 수건으로 코를 움켜쥐고 종종걸음을 쳤다. 대전여관 앞 거리는 아수라장이었다. 화염병 조각과, 화염병 불꽃과, 보도블록과, 쇠 파이프와, 최루탄 조각과, 쓰러진 학생들과, 쓰러진 전경들로 거리는 암울했다. 최루탄을 연속 발사하자 학생들은 공격력을 상실한 채 코를 움켜쥐고 뿔뿔이 흩어졌다.

이때 비로소 동석이 행동을 개시했다. 그는 대전여관 옆 골목으로 달아나는 주동자 학생을 목격하고 미행하기 시작했다. 녀석은 동석 일행을 흘긋흘긋 쳐다보더니 날렵하게 쏜살처럼 뛰기 시작했다. 녀석은 전봇대가 있는 골목에서 오른쪽으로 방향을 꺾었다. 동석과 장익수 일경도 방향을 꺾어 뒤를 쫓았다. 녀석에게서 시선을 놓지 않고 헐떡거리며 빠르게 뛰었다. 그러다가 어느 순간 동석은 시야 속에서 녀석을 놓치고 말았다.

"어디로 뛰었지?"

장익수 일경도 녀석을 놓치고 가쁜 숨을 몰아쉬며 두리번거렸다. 동석도 숨이 턱에 치받쳐 헉헉거렸다.

"장 일경님, 막다른 골목에 있는 저 끝 집 대문이 방금 움직였습니다. 가정집으로 숨은 것 같은데요."

동석이 파란색 대문을 가리켰다.

"그래? 그럼, 그쪽으로 가보자구."

장 일경이 앞장서 파란색 대문이 보이는 쪽으로 뛰기 시작했다. 동석도 장 일경 뒤를 바짝 뒤따랐다. 골목은 한산했다. 파란색 대문 앞에 이르러 세차게 벨을 눌렀다. 안에서는 아무런 반응이 없었다. 거칠게 대문을 두드리며 계속 벨을 눌렀다. 그때야 안에서 반응이 나타났다.

"누구십니까?"

조금 경직된 남자의 음성이었다.

"빨리 문 좀 열어주세요! 경찰입니다!"

장 일경이 다급한 목소리로 외쳤다. 문이 열리자 동석과 장 일경이 재빠르게 안으로 들어섰다. 먼저 주인에게 신분증을 제시했다. 그러자 50대쯤으로 보이는 주인 사내가 고개를 까닥거렸다.

"여기 학생 한 명 들어왔을 텐데요. 어디 있지요?"

"잘 모르겠는데요. 그런 학생 들어오지 않았는데요."

주인 사내가 고개를 가로저었다.

"죄인을 숨겨주면 처벌받습니다. 저희가 한번 찾아보겠습니다. 그래도 되겠지요?"

주인 사내가 고개를 끄덕거리자 동석은 장 일경에게 눈을 찡긋해 보이고는 곧장 집 안을 수색하기 시작했다. 동석은 우선 음침해 보이는 연탄광 문짝을 활짝 열어젖혔다. 어둠 속에 또 하나의 어둠이 솥뚜껑처럼 바닥에 납작 엎드려 있었다. 동석은 기이하다 싶어 고개를 안으로 쑥 들이밀었다. 그때였다. 바닥에 웅크리고 있던 어둠이 꿈틀 움직이는 것이 아닌가. 그러더니 그 어둠이 갑자기 벌떡 일어섰다. 그와 동시에 동석의 턱 끝에 강한 충격이 전해졌다. 동석은 앗, 하고 비명을 질렀다. 턱에 먹먹한 통증이 느껴졌다. 반사적으로 동석은 몸을 뒤로 빼면서 한 대 얻어맞았다는 사실을 깨달았다.

"너 이 새끼!"

동석은 이렇게 외쳤다. 동석도 주먹을 뻗어 녀석을 강하게 내질렀다. 녀석과 격투가 벌어졌다. 장 일경이 달려와 격투에 합류하자 그 승패는 금방 판가름이 났다. 녀석은 동석과 장 일경의 손아귀 속에서 꼼짝하지 못했다. 녀석을 노끈으로 묶어 집 밖으로 끌어내었다. 주인 사내가 고개를 떨군 채 죄지은 표정으로 말이 없었다.

"아저씨도 같이 경찰서로 가야 하겠습니다. 은닉죄라는 것을 알고 있지요."

동석이 잔뜩 겁을 주었다.

"정말 몰랐습니다. 범인을 숨긴 적이 없습니다. 이건 사실입니다."

"오늘은 몰랐다고 칩시다. 앞으로 이런 일이 있으면 바로 경찰서로 신고해야 합니다.”

“명심하겠습니다. 고맙습니다.”

동석이 훈계조로 말하자 사내는 연신 고개를 굽실거렸다.

동석과 장 일경은 녀석의 양팔을 옆에서 끼고 골목을 빠져나왔다. ㅇ ㅇㅇ 독재 정권 물러가라! 해체하라! 3당 합당 야합이다! 녀석은 끌려 나 오면서 계속 구호를 외쳤다.

“너 조용히 하지 않을 거야?”

동석이 꾸짖듯 소리쳐 말했다. 그래도 녀석은 계속 구호를 외쳤다.

대전여관 앞 거리로 나오자 어수선한 분위기는 여전했다. 전경들이 호 텔 광장 쪽에 밀집해 있었다. 오가는 사람들이 코를 싸잡고 분주하게 걸 음을 떼어놓았다. 동석과 장 일경은 녀석을 끌고 철망 버스가 있는 쪽으 로 이동해 갔다. 대형 트럭 옆을 지나갈 때였다. 갑자기 숨어 있던 학생들 이 나타나 몽둥이를 들고 동석과 장 일경에게 몰매를 가했다.

“프락치를 처단하자!”

10여 명의 학생들이 이렇게 외치며 사정없이 몽둥이를 휘둘렀다. 동석 과 장 일경은 비명을 지르며 쓰러졌다.

“형님, 갑시다. 저희입니다. 기다리고 있었습니다.”

건장한 학생 한 명이 묶인 녀석을 업고 좁은 골목으로 뛰기 시작했다. 다른 학생들은 뒤와 옆에서 몽둥이를 들고 경호하며 뒤를 따랐다.

4

순창댁은 점심을 먹고 좌판에 앉아 몽롱한 의식 속으로 빠져들었다. 피로한 육신에 식곤증이 밀려와 고개를 똑바로 가누기가 어려웠다. 순창댁은 상대가 없는 허공을 향하여 혼자 절을 하고 있었다. 꾸벅꾸벅 졸고 있는 순창댁을 아까부터 먼 거리에서 줄곧 지켜보고 있는 사람이 있었다.

'남편 없이 과부로 살아가기가 쉽지는 않을 것이여. 가엾은 여자라구. 얼굴이 예쁘장하여 고생할 사람으로 보이지 않는데 참 안되었다니까. 꼬옥 안아주는 남자가 있으면 순창댁이 훨씬 활기를 찾을 수 있을 것인데 말이야. 그래 이렇게 보고만 있을 때가 아니여.'

공대철 사장은 삼보부동산에 손님이 없는 때인지라 기회가 잘되었다고 생각하고 수화기를 들었다. 그는 다방 아가씨에게 꿀차 두 잔을 주문했다.

"빨리 가져오라고. 귀한 손님이 계시니까 진하게 타서 말이야."

공대철 사장은 삼보부동산을 나와 좌판이 있는 쪽으로 걸음을 옮겼다.

순창댁은 여전히 졸고 있었다. 공 사장은 순창댁 곁으로 가까이 다가가 속삭이듯 말했다.

"순창댁, 나요 나. 피로하신 모양이지요."

그러자 순창댁은 움찔 놀라며 당혹스러운 표정으로 공 사장을 바라보았다.

"아이구, 이걸 워쩐대여. 내가 깜박 졸았네. 점심때라서 그런지 손님이 통 없구만이라우. 그란디 공 사장님이 워쩐 일이대요. 나는 손님인 줄 알았는디요. 아니 저것 좀 보시지오잉. 덕장댁이 꼭 병든 닭처럼 졸고 있네요잉."

순창댁의 말이 덕장댁의 귀에까지 들린 모양이었다.

"왜 내 말을 하고 그런데요. 데이트하려면 조용히 할 것이지."

덕장댁이 졸던 자세에서 깨어나 손등으로 눈을 비비며 말했다.

"순창댁 일어납시다. 우리 사무실로 차를 주문했는데 같이 가서 마십시다. 덕장댁도 일어나요. 함께 갑시다."

덕장댁과 순창댁이 나란히 앉아 있는데 어느 한 쪽만 데려갈 수는 없지 않은가.

"두 분 빨리 일어나요. 쉬면서 장사도 해야지 뼈 빠지게 아등바등 살 것 있소."

"내가 낄 자리가 아닌 것 같은데요. 두 분이 가서 니롱내롱 이야기하면서 드세요. 나는 안 갈라요."

덕장댁은 눈치가 빨랐다. 손을 내두르며 거부 의사를 분명히 했다.

"아따 덕장댁 내숭 좀 그만 떨고 일어납시다잉. 차를 시켜놓았다고 허는디 워찌 허겄소. 가서 마셔주는 게 도리 아니겄소."

순창댁은 말을 그렇게 하면서도 속마음은 다른 데 있었다.

'니년은 인년아, 백여우여 인년아! 차 마시러 가고 싶지 않다고 했지만 속 마음은 고것이 아니겄제. 같이 동참허고 싶은 마음이 간절허겄지. 그런디 한번 꼬랑지를 뒤로 쑥 빼보는 것 아니겄어. 내가 니 속을 훤히 들여다보고 있단 말이시. 후딱 진심을 말혀 봐. 그리여 말헐 수 없을 것이제. 절대 니년은 우리가 차를 마시러 가는데 동행허면 안 된단 말이시. 워디까지나 인사로 혀본 말과 진심을 잘 구분혀야 쓴다 그 말이여. 알겄지야 잉?'

"오늘은 어찌 마음이 바다처럼 넓단가. 그것이 진심이여? 아니겄지. 둘이 가서 마시라구. 나는 절대 안 갈 것이구만."

덕장댁은 시장 쪽을 응시하며 시선마저 외면했다.

"공 사장님, 틀렸는가비요. 우리나 가서 마십시다. 그쯤 이야그혔으면 되는 것 아니요. 가기 싫다는데 코뚜레를 꿰어 끌고 갈 수는 없당게요."

"그러면 할 수 없지요. 순창댁 갑시다."

공 사장은 순창댁의 손목을 움켜잡고 앞으로 끌었다. 그러자 순창댁은 손을 뿌리치며 기겁했다.

"이게 무신 짓이라요? 징그럽소, 징그러워!"

"아이구, 내가 손을 잡았나요. 무의식적으로 한 짓이니까 용서하십시오."

공 사장은 금세 벌건 얼굴이 되어 무안쩍은 표정이었다.

"잘들 해보시오. 나는 안 보았으니까."

곁에서 덕장댁이 비아냥거리는 투로 말했다. 공 사장이 순창댁에게 호감을 보이자 덕장댁은 심기가 몹시 불편했다.

심기가 불편한 것은 덕장댁만도 아니었다. 그 시각 맹호근 사장은 형제철물점에서 이 광경을 물끄러미 바라보고 강한 질투를 느꼈다. 공대철 사장이 꼭 쥐새끼처럼 얄미웠다. 공 사장이 순창댁의 손목을 잡는 그 순간 뛰어나와 멱살을 잡고 길바닥에 패대기쳐 버리고 싶은 충동을 간신히 참았다. 맹호근 사장은 형제철물점 가게 안에서 불안스레 서성이었다.

"사장님, 어디 아프세요?"

점원 아가씨가 의아한 표정으로 맹호근 사장을 빤히 쳐다보았다.

"아니야. 두통이 좀 있어서."

맹 사장은 이마에 손을 얹으며 서성이는 동작을 멈추지 않았다.

순창댁은 삼보부동산 안으로 들어가 안락의자에 덥석 몸을 부렸다. 젖버듬히 몸을 누이고 깊게 숨을 들이쉬었다가 서서히 내뿜었다.

"밥 먹고 살기 오사허게 힘들구만이라우."

"그렇겠지요. 여자의 몸으로 세상과 부대끼며 살아가기가 쉽지 않을 거요."

공 사장이 순창댁 곁에 바싹 붙어 앉았다.

"아따 더우니까 떨어져 앉읍시다잉."

순창댁이 공 사장을 옆으로 밀었다.

"되게 까다롭게 구네요."

그러자 공 사장이 맞은편 자리로 옮겨 앉았다.

"워찌 차가 도착허지 않는다요? 주문헌 것은 사실이요?"

"아 그러면 내가 거짓말하겠소."

그때 짧은 치마 차림의 아가씨가 보자기로 싼 차를 들고 들어섰다. 몸은 날씬하였지만, 얼굴엔 주근깨가 다닥다닥 붙어 있었다.

"어서 와요."

공 사장이 반갑게 아가씨를 맞았다.

"꿀차 시키셨지요?"

아가씨가 다리를 벌리고 서서 공 사장에게 차 주문 사실을 확인했다.

"여기다 놓으라구. 번지수가 분명하니까 걱정하지 말고."

공 사장은 탁자 위를 가리켰다. 아가씨가 보자기를 풀고 잔을 꺼내어 탁자 위에 놓고는 차를 따랐다.

"우리만 마실 게 아니라 아가씨도 한잔 마시지."

"어서 드십시오. 저는 방금 마시고 왔습니다. 차도 양이 모자라구요."

"그래? 그럼 우리만 마셔야겠구만."

공 사장과 순창댁이 잔을 들고 차를 마시는 동안 아가씨는 의자에 앉아 신문을 뒤적거렸다.

"맛이 어떻소?"

공 사장이 그윽한 눈빛으로 순창댁을 바라보았다.

"꿀차라고 혔지요? 꿀맛인디요."

"고맙소. 역시 순창댁은 미인이라 차 맛을 안다니까요."

"공 사장님은 농담을 잘허시네요. 고것이 지한테는 사실인 것처럼 믿어진다니께요. 그러니께 지나치는 말이라도 농담은 허시지 말아야 허겠는디요."

"그럼 내가 농담했다는 말입니까. 저는 본 대로 느낀 대로 말했을 뿐입니다."

"꼬치꼬치 따지시네요. 뭐 느낌이 고렇다는 것이지요잉."

탁자 위에 빈 잔이 나란히 놓여지자 아가씨가 보자기로 찻잔을 꾸리기 시작했다. 공 사장은 아가씨에게 찻값을 지불하고 거스름돈을 받았다.

"그럼 저는 가보겠습니다. 두 분 말씀 나누세요."

"잘 가요."

아가씨가 볼기를 궁싯거리며 총총히 떠나갔다.

"순창댁, 요즈음 애로사항이 뭐여요?"

"워찌 고걸 묻고 그런다요. 애로사항이야 많지요. 허나 시시콜콜 이야 그혀서 뭐 헌다요. 다 쓸데없는 넋두리지요. 안 그려요?"

두 사람이 이야기를 나누고 있을 때 덕장댁은 심기가 몹시 불편했다. 순창댁과 공 사장이 삼보부동산에서 단둘이 앉아 이야기를 나눈다는 사실이 자신과 무관하다고 생각해도 왠지 마음은 그쪽으로만 쏠렸다. 순창댁이 목에 걸린 가시처럼 부담스러우면서 새록새록 질투가 치밀어올랐다.

'영 싸가지 없는 것이 내 마음을 가끔 흔들어놓는단 말이여. 과거에 싸웠다 해도 이제 좀 잘 지내볼까 하면 가슴을 쥐어뜯어 심기를 건드려놓는 심보가 무엇인지 궁금하구만.'

그 시각 심사가 몹시 불편한 것은 맹호근 사장도 마찬가지였다. 맹 사장은 연거푸 담배만 빨았다. 담배를 세차게 빨아들였다가 분노를 쏟아놓듯 푸푸거리며 연기를 불어 날렸다.

"사장님, 건강에 좋지 않은 담배를 왜 그렇게 피우세요?"

점원 아가씨가 염려스러운 표정으로 맹 사장에게 물었지만, 일언반구 대꾸가 없었다. 그는 담배를 물고 서성거리다 형제철물점 밖으로 나와 삼보부동산 쪽을 노려보았다.

"공 사장 이놈의 새끼를 그냥! 순창댁 앞에 얼씬거리는 저의가 무엇이 냔 말이여. 쾌씸한 녀석 같으니라구."

기분 같아서는 삼보부동산으로 달려가 공 사장의 멱살을 잡고 사정없이 혼들어 버리고 싶었다.

'아니여 그것도 아니여. 대낮에 맨정신으로 무례한 행동을 할 수 없지 않는감. 사람들이 나를 점잖은 사장으로 인정해 주는데 우격다짐 식 행동

을 할 수는 없단 말이여.'

그는 담배를 길바닥에 패대기치고는 화풀이라도 하듯 구두 뒷굽으로 잘근잘근 짓이겨 버렸다. 좌판에는 덕장댁만 동그마니 앉아 손님을 기다리고 있었다.

'순창댁은 한심한 여자구만. 빨리 나와서 손님을 받고 장사를 할 생각은 안 하고 삼보부동산에서 뭐 하는지 모르겠네.'

맹호근 사장의 머릿속으로는 불길한 장면만 떠올라 마음을 뒤숭숭하게 만들었다.

'공대철 사장이 순창댁의 손목을 꼭 움켜잡고 서서히 끌어당겼다. 순창댁은 혼이 나간 표정으로 공 사장의 행동에 몸을 맡겼다. 두 사람의 호흡이 조금씩 거칠어지기 시작했다. 거대한 산이 서서히 무너져 내렸다. 무너져 내린 산이 그녀를 덮쳤을 때 가늘게 신음을 토해냈다. 절대로 안 된다구. 절대로⋯⋯!'

맹 사장은 연방 도리질을 치며 불길한 장면을 지우기 위해 노력했다. 그렇지만 생각대로 쉽게 뜻을 이룰 수 없었다. 고개를 흔들며 불길한 장면을 지우려 하면 할수록 오롯하게 공 사장과 순창댁의 영상이 떠오르는 것이었다.

맹호근 사장은 불길한 영상을 지우기 위해 가까운 부여식당으로 들어갔다. 그는 자리에 앉자마자 소주부터 찾았다.

"빨리 주세요. 속이 타서 못 견디겠소. 바짝바짝 타는 가슴을 소주로 적셔야겠소."

맹 사장은 초점을 잃고 심하게 주위를 두리번거렸다.

"맹 사장님이 대낮부터 술을 찾고 그러십니까. 안 좋은 일이 생겼나보군요."

주인 여자의 말도 맹 사장의 귀에는 들리지 않았다. 술이 나오자 맹 사장은 병나발을 불었다.

순창댁이 삼보부동산에서 나와 좌판으로 돌아오자 덕장댁이 말을 건넸다.

"순창댁은 좋겠네. 아 뭇 사내들로부터 인기가 있으니 말이여."

"덕장댁도 농담을 허네잉. 한풀 간 계집이 인기라니 쪼깨 우습구만. 아까먹새 덕장댁도 함께 가자고 허지 않았나. 이자 와서 무신 소리여. 내가 인기가 있어서 초대된 것이 아니고 함께 초대된 것을 나만 간 것 아니겠어."

"여자는 예쁘고 봐야 하는데 나는 촌무지렁이처럼 생겼으니 더러운 신세라니까. 그래서 팔자가 요 모양 요 꼴이고."

덕장댁은 한탄 조로 푸념을 늘어놓았다.

"오늘은 손님이 많은데 뭣 땀시 그란대여."

순창댁이 말머리를 돌렸다. 이야기가 팔자를 들먹거리는 이상한 방향으로 나가고 있기 때문이었다. 팔자 타령하면 순창댁의 심사도 엉망이 되기 십상이기 때문에 그녀는 그렇게 수렁으로 빠지고 싶지 않았다.

"속 터지는 소리 좀 그만 해. 손님이 많아서 돈을 많이 벌면 뭐 해. 인기가 없는데. 다 소용없는 것이지. 그러나저러나 소변이 마려워 못 견디겠네. 순창댁, 잠깐 좌판 좀 봐주어."

"그리여. 얼른 다녀와."

덕장댁은 순창댁을 등지고 시장 마트 쪽으로 뛰기 시작했다. 순창댁은 방정맞게 뒤뚱거리며 뛰는 덕장댁을 우두커니 바라보았다.

'내가 니 속을 훤히 알고 있으니께 내숭을 좀 그만 떨거라잉. 너는 내가 아니꼽고 쳐다보기도 싫을 것이지만 이게 운명인디 워찌 허겠냐잉. 나를 너무 미워허지 말어. 나도 불쌍헌 여자니게 말이여. 니가 나를 미워허면 죄 받으니게 고렇게 알거라잉. 나는 니가 생각허고 있는 것처럼 못된 여자도 아니고 화냥년도 아니여. 나는 인기 어쩌고저쩌고하는 그런 잘난 여자도 아니랑게.'

순창댁이 어수선한 기분을 유지하고 있을 때 벌건 얼굴로 맹 사장이 나타났다.

"순창댁, 많이 팔았소?"

"쪼께 팔았지요. 그런디 맹 사장님이 워쩐 일로 오셨남요?"

"순창댁이 보고 싶어 왔지."

"맹 사장님도 농담을 잘허십니다."

"공 사장과는 재미 좋았소?"

맹 사장이 싱글싱글 웃으며 순창댁을 빤히 쳐다보았다. 비로소 순창댁은 맹 사장이 나타난 동기를 미루어 짐작할 수 있었다.

"쪼께 기분이 나쁜디요. 재미가 뭐시다요. 그냥 자연스레 차 한잔 마신 것뿐이 없는디라우."

"그러니까 그 차 마신 재미를 말하는 것 아니겠소. 오해는 마시오."

"사사건건 맹 사장님이 신경 쓰시면 지는 몸이 몹시 불편허구만요."

"그렇게 말하면 내가 할 말이 없소. 그런데 순창댁에게는 신경이 쓰인단 말이요. 순창댁이 어떤 애로사항을 겪고 있는지도 궁금하고 말이요."

"걱정혀 주시니 고맙구만이라우. 근디 고게 지에게는 부담이 된당게요."

"부담을 갖지 말고 편하게 저를 대해주시오. 나는 순창댁에게 아무것도 바라는 것이 없으니까 말이요. 그러면 순창댁 많이 파시오. 가겠습니다."

맹호근 사장은 벌건 얼굴로 몸을 돌이켜 형제철물점 쪽으로 비틀거리며 걸어갔다.

순창댁은 호박과 오이가 어질러져 있는 것을 가지런히 쌓아놓았다. 같은 물건이라도 보기 좋게 쌓아놓아야 손님들이 호감을 갖고 달려들기 때문이었다.

"애호박이 한 개에 얼마인가요?"

청바지를 입고 운동화를 신은 아낙이 허리를 반쯤 꺾은 채 애호박을 만지작거렸다. 순창댁에게는 무척 반가운 손님이었다. 삼보부동산에서 차를 마신 뒤 처음 맞는 손님이었던 것이다.

"900원인디요. 싸게 팔고 갈라요."

"2개만 주세요."

순창댁은 애호박 2개를 검정 비닐에 넣어 아낙의 시장바구니에 담았다. 그러고는 돈을 건네받고 거스름돈을 내주었다.

순창댁이 우두커니 앉아 손님을 기다리고 있을 때 헐레벌떡 선영이 달려왔다. 선영은 허푸거리며 숨을 몰아쉬었다.

"니가 무신 일이냐? 숨넘어간다."

"어엄마, 오오빠가아!"

선영은 헉헉거리며 말을 제대로 잇지 못했다. 그녀는 손바닥으로 가슴을 두드리며 다른 한 손으로 순창댁에게 종이쪽지를 건넸다.

"이게 뭐시다냐? 후딱 말해보거라잉."

"전보여요."

"전보?"

쪽지를 펼쳐 든 순창댁은 선영을 힐끗 건너다보았다. 그러고는 읽어 내려가기 시작했다.

단진자는 멈추지 않는다

급래요. 동석 부상 충남대학병원 605호.

순창댁은 전보를 다 읽고 나서 손을 부들부들 떨기 시작했다. 그녀의 손끝에서 전보 쪽지가 가랑잎처럼 떨렸다.

"선영아, 이게 무신 벼락이냐. 오빠가 부상이라는디 큰일이다. 워떻게 혀야 쓴다냐 후딱 말해보거라잉."

순창댁은 새파랗게 질린 얼굴로 무너지듯 자리에 주저앉았다. 옆에서 지켜보던 덕장댁이 놀란 표정으로 물었다.

"왜 그러지? 무슨 일이야?"

"전경에 간 오빠가 다쳤대요."

"그래?"

"덕장댁, 나 먼저 갈게. 동석이가 다쳤다는디 후딱 가보아야 허지 않겠어. 내가 워찌 지지리도 복이 없는가 모르겄네."

"많이 다치지 않았겠지. 너무 걱정하지 말고 가봐."

"선영아, 그럼 가자. 동철이 오빠헌티 전화허거라. 같이 가야 허지 않겠냐."

"알았어요."

선영이 동전을 들고 공중전화 부스로 달려갔다. 용케 선영은 동철과 직접 통화할 수 있었다. 선영은 떨리는 목소리로 사실을 알렸다.

"낭패로구나. 모든 일을 제쳐 두고 바로 갈게."

동철은 다소 충격을 받은 듯 떨리는 목소리였다.

"동철이 오빠, 택시 타고 곧바로 와야 해. 오늘 대전으로 가야 하니까."

"그야 물론이지. 밤차를 타고 가야 되겠구나. 어머니하고 집에서 기다리고 있어."

"알았어. 그럼 끊어."

선영이 전화를 걸고 나오자 순창댁은 귀가할 만반의 준비를 해놓고 있었다. 순창댁은 선영과 함께 남은 채소가 실린 리어카를 끌고 집으로 향했다.

"순창댁, 잘 다녀와."

덕장댁의 인사를 받으며 순창댁은 시장 골목을 벗어나기 시작했다. 선영은 뒤에서 리어카를 밀었다. 함께 동업하는 여자들이 일찍 귀가하는 순창댁을 보고 의아해하였다. 무엇 때문에 일찍 가느냐, 몸이 아프냐, 누가 죽었느냐, 벌써 채소를 다 팔았느냐 등 평소 순창댁과 면식이 있는 여자들이 한마디씩 물음을 던졌다.

"시방 미치고 환장허겄응게 묻지 마시오잉. 큰아들이 다쳤다고 허니께 고렇게 알고 있으시오잉."

순창댁은 이렇게 대꾸하고는 매우 우울한 표정으로 부산히 걸음을 떼어놓았다. 하늘은 어둡게 내려앉아 있었다. 금방이라도 소나기가 한차례 쏟아질 것 같았다.

순창댁이 삼보부동산 앞을 지날 때였다. 공대철 사장이 나타나 순창댁의 앞을 가로막았다.

"왜 벌써 귀가합니까? 무슨 일이 생겼나요?"

공대철 사장은 순창댁과 선영을 번갈아 쳐다보았다.

"저리 비키시오잉. 시방 농담 따먹을 때가 아니니께."

순창댁은 사실을 말하고 싶지 않다는 듯 오른손으로 공 사장을 밀치며 앞으로 나아가려고 했다.

"큰오빠가 다쳤어요."

"큰오빠가? 전경에 입대한 동석이를 두고 하는 말이지?"

"네, 맞아요. 그 오빠가 부상을 당해 병원에 입원해 있대요. 전보를 받고 급히 가는 중이어요."

"그래? 얼마나 다쳤는지는 모르고?"

"아직 자세한 것은 몰라요."

"그러니까 갑자기 급보를 받은 셈이구만. 이것 안 되었는데. 어떻게 해야 되나."

공 사장은 잠시 당황스러운 표정을 짓더니 고개를 갸웃거렸다.

"워찌 공 사장님이 걱정허고 그런다요. 공 사장님허고는 아무 상관도 없는 일 아닌가요. 길이나 비키시오잉. 시방 바쁘니께. 집으로 갔다가 대전까지 내려가려면 서둘러야 헐 것 아니겠소."

"순창댁, 차편이 마땅하지 않아 고생하겠는데 나하고 함께 갑시다. 내 차가 있지 않소. 내 승용차를 타고 갑시다. 그 정도야 내가 봉사할 수 있다니까요. 우리가 호랭이 무서워 가까이 사는 것 아니잖소. 어떻소?"

"무신 소리를 허시고 계시는가요. 지가 공 사장님의 도움을 받을 만한 이유가 없당게요."

"위급한 순간에 꼭 이유를 찾아야 하겠소."

"공 사장님이 도와주시면 쉽게 갈 수는 있지요. 오빠가 시방 죽어가고 있는지도 모르니까 말입니다."

"그래 그건 선영이 말이 백번 맞다. 빨리 가서 오빠를 보아야 하니까 말이야. 중태에 빠져 있는 오빠가 지금 간절히 식구들을 부르고 있을지도 모른다구. 어머니, 어머니, 하고 읊조리며 신음을 토해내고 있는지도 모른다니까."

"시방 무신 이야그를 허시는가요잉. 워찌 가슴이 쿵닥쿵닥 떡방아를 찧는지 모르겠네요잉. 동석이가 나를 부르며 죽어가고 있다는 말인데 만약 고렇다면 워찌 혀야 헌다요. 공 사장님, 그러믄 지들을 대전까지 실어다 주실 수 있는가요잉. 염치 불문허고 부탁드리는구만이라우."

순창댁은 아들이 죽어가고 있을지도 모른다는 대목에서 돌변하여 공 사장의 호의를 받아들였다.

"리어카는 집에 가지고 갈 필요 없습니다. 저쪽 구석에 두세요."

공대철 사장은 삼보부동산 옆에 있는 빈 창고를 가리켰다. 그가 직접 리어카를 끌어 창고 속으로 밀어 넣었다. 공대철 사장은 삼보부동산 문을 닫고 셔터를 내려 문단속을 끝냈다. 그러고는 승용차 뒤에 선영과 순창댁을 태우고 시장 골목을 빠져나가기 시작했다. 순창댁은 흐린 하늘만큼이나 어두운 표정이었다.

"지금 곧바로 대전으로 갑니다."

"작은오빠를 태우고 가야 하는데요."

"동철을 두고 하는 말이구먼."

"집으로 온다고 했어요."

"그래? 그러면 집으로 가서 동철이 오빠를 데리고 가자구."

공대철 사장은 희성촌으로 가기 위해 공중전화 부스가 있는 곳에서 우회전을 했다. 차가 시장을 벗어나 관악대로를 질주해 갔다. 순창댁은 의자 등받이에 몸을 누이고 말이 없었다. 시장에서 희성촌까지는 멀지 않은 거리였다. 차가 미릉아파트 앞에서 좌회전을 하기 위해 왼쪽 깜박이를 켜고 멈춰 서서 신호를 기다렸다.

"동철이 오빠가 보이는데요."

선영이 희성촌 입구에 위치한 택시 정류장을 가리켰다.

"동철이가 보인다구?"

순창댁이 등받이에 젖버듬히 몸을 뉘었던 자세에서 허리를 꼿꼿하게 세우고 앉더니 밖을 기웃거렸다.

"저기 보이잖아요. 막 택시에서 내렸어요. 집으로 걸어가고 있네요."

"그렇구나. 불러야 쓰지 않겠냐."

순창댁은 고개를 끄덕거리며 동철이에게서 시선을 놓지 않았다.

"염려 마십시오. 좌회전해서 들어가면 곧 만날 테니까요. 어차피 집에 다녀와야 하지 않습니까."

"꼭 집에 갈 필요는 없는데요. 제가 문단속을 철저히 끝내고 왔거든요. 집 안 정리도 다 해놓았구요."

차가 좌회전하여 희성촌으로 들어가는 마을 입구로 들어섰다. 뒤뚱거리며 부지런히 걸음을 떼어놓는 동철의 뒤에서 경적을 울리자 흠칫 놀라며 걸음을 멈추고 몸을 돌이켰다.

"동철이 오빠, 이 차를 타라구!"

선영이 차창을 열고 손을 까불며 외쳤다. 차가 갓길에 멈추어 서고 동철이 가까이 다가와 기웃기웃 차 안을 살폈다.

"오빠는 앞으로 타라구."

선영이 조수석을 가리키며 말했다.

"안녕하세요!"

동철이 탑승하자마자 공대철 사장에게 인사를 건넸다. 동철은 공 사장과 안면이 있는 사이였다.

"반갑네. 어서 타게."

공 사장은 친절하게 인사를 받았다.

"공 사장님이 우리를 대전 목적지까지 태워다주신대."

"아 그래? 고맙습니다."

동철이 공 사장을 향해 꾸벅 고개를 숙였다.

"힘든 일 아니네. 어려울 때 이웃 간에 돕고 살아야지. 안 그런가?"

"그건 그렇지요."

"그럼 지금부터 대전으로 가는 겁니다. 안전벨트를 전원 착용하세요. 최대한 실력을 발휘해서 빨리 차를 몰아보겠습니다."

"공 사장님, 너무 싸게 가면 지가 멀미를 헌다니까요."

"순창댁, 염려 놓으시오. 그럼 살살 갈 테니까요."

"동철아, 니 형이 다쳤다는디 워찌 혀야 헌다냐?"

"어머니, 너무 겁먹지 마세요. 많이 다치지는 않았겠지요."

"고렇게만 된다면 을매나 좋겠냐잉."

차가 마을로 들어와 유턴해서는 언덕길을 느리게 내려가기 시작했다. 언덕길을 내려와 우회전하여 관악대로로 진입했다.

"선영아, 전보 좀 주어봐라."

동철이 몸을 돌려 뒷좌석에 앉은 선영이에게 손을 벌렸다.

"전보에는 간단히 나와 있어요. 자세한 것은 알 수가 없어요."

선영이 주머니 속에서 전보를 꺼내 동철의 손에 쥐여주었다.

"동석이가 죽었는지도 모르는디 요걸 워쩌야 쓴다냐. 식구들이 놀랠까 봐 거짓말을 혔는지도 모른단 말이시. 공 사장님, 싸게싸게 좀 갑시다잉."

"싸게 가면 멀미를 한다고 해서 살살 가는데요."

"멀미헌다고 죽기야 허겄소. 속이 답답혀서 못 살겄당게라우."

"알았어요. 최대한 빨리 가겠습니다."

빨리 아들을 보고 싶은 다급한 마음이 차의 실제 속도보다 저만큼 앞서 달렸다. 순창댁은 앞좌석의 시트를 움켜잡았다. 고속도로에 진입해서서히 가속이 붙을수록 손끝에 힘을 가하여 시트를 야물게 움켜잡았다.

병원 안으로 차가 들어서자 순창댁은 엉덩이를 들썩이며 다소곳하게 앉아 있지를 못했다.

"다 왔는가 본데 후딱 내려야 쓰겄지요."

"조그만 기다리세요. 안으로 들어가 차를 주차해야지요."

차는 화살표가 지시하는 입원실 쪽으로 미끄러져 들어갔다. 한 방울씩 빗방울이 듣고 있었다. 밖은 이미 어두워 있었다. 입원실로 들어가는 요소요소에 수은등이 눈을 부릅뜨고 있었다. 차창에 떨어지는 빗방울들이 수은등 불빛을 안고 산산이 부서졌다. 차가 내과 병동이라고 쓰인 건물 옆을 지나 아파트처럼 보이는 흰 건물 앞에 정차하였다.

"다 왔습니다. 내리십시오."

공 사장은 주머니 속에서 손수건을 꺼내 이마의 땀을 훔쳤다.

"수고하셨습니다."

동철이 공손하게 감사의 인사를 건넸다. 그건 선영도 마찬가지였다. 그러나 순창댁은 그러한 인사말도 건네지 않고 차에서 내려 흰 건물만 내리훑느라 정신이 없었다.

"찾아오기는 잘했냐? 동석이가 이 속에 있겄지?"

"맞아요. 제대로 찾아왔어요. 저를 따라오세요."

동철이 앞장을 섰다. 순창댁이 그 뒤를 바짝 따랐다.

'아이고, 이걸 워쩐대여. 많이 다치지 않았어야 헐 텐디 말이여. 동석아, 이놈아! 니가 워찌 그리 재수가 없냐. 에미·애비를 잘못 만났으면 건강허기나 혀야 살아갈 텐디 말이여. 다리가 부러진 거냐, 아니면 팔이 부러진 거냐, 그것도 아니면 머리를 다친 것이냐. 후딱 말해보거라잉.'

순창댁은 입원실을 향해 부산히 걸음을 옮겼다. 선영이 순창댁의 팔을 잡고 부축하여 주었다.

"놓거라! 이 에미는 말짱헌 게 말이여!"

하지만 그렇게 말하는 순창댁의 걸음걸이는 몹시 불안하였다. 심하게 허둥거리면서 방향감을 상실한 사람처럼 두리번거렸다. 공대철 사장은 순창댁 일행의 뒤를 따라오며 말이 없었다.

일행은 승강기 앞에 이르러 잠시 걸음을 멈추고 서서 숫자판에 시선을 모았다. 붉은색 숫자 1이 나왔을 때 승강기 문이 열렸다. 내부는 텅 비어 있었다.

"먼저 타세요."

동철이 순창댁에게 먼저 타라고 권하자 그녀는 움찔 놀라며 뒷걸음질 쳤다.

"내는 계단으로 갈란다."

순창댁은 손을 쩔쩔 내두르며 탑승을 거부하였다. 순창댁에게는 승강 기가 한입에 곤충을 덥석 먹는 파충류처럼 생각되었던 것이다.

"순창댁, 빨리 탑시다. 동석을 빨리 보려면 이걸 타야 한단 말입니다. 계단으로 가면 시간이 오래 걸려요."

이렇게 말하고는 공대철 사장이 먼저 승강기에 몸을 실었다. 선영과 동철도 그 뒤를 따라 승강기에 탑승했다.

"동석이를 빨리 볼 수 있다면 무신 일을 못 허겄소. 타고 봅시다잉."

승강기에 올라탄 순창댁은 선영의 팔을 꼭 움켜잡았다. 승강기가 올라 가면서 벌건 숫자가 바뀔 때마다 순창댁은 눈을 질끈질끈 감으면서 몹시 겁먹은 표정이었다. 문이 열리자 제일 먼저 순창댁이 밖으로 나왔다.

"아이구 이제야 살겠네."

순창댁이 길게 안도의 한숨을 내쉬었다.

"이쪽으로 오세요."

동철이 손을 까불며 앞장섰다. 일행은 동철의 뒤를 따라 걸음을 옮겼다.

"공 사장님은 이자 돌아가셔도 되겠는디요. 미안혀서 요걸 워찌혀야 쓴다요잉."

"저는 걱정 마십시오. 오늘 저녁 안으로만 돌아가면 되니까 걱정할 것 없습니다. 잠깐이면 안양까지 갈 수 있으니까 말입니다. 그러나저러나 아드님이 많이 다치지 않았어야 할 텐데 걱정입니다."

"글씨 말입니다."

"다 왔습니다."

605호라고 쓰인 문 앞에서 동철이 쭈볏거리며 걸음을 멈췄다.

"동석아, 이놈아 동석아!"

순창댁이 거칠게 문을 열어젖혔다. 그녀는 당차게 팔을 휘두르며 안으로 들어가더니 눈을 크게 뜨고 사방을 두리번거렸다. 일행도 따라 들어가 나란히 놓여 있는 침대를 유심히 살폈다. 꽤 넓은 병실이었다.

"최동석 이경 때문에 오셨군요. 이쪽으로 오세요."

제복을 입은 전경 하나가 일행을 안내했다. 사내가 안내하는 쪽 끝부분 침대에 세 명의 전경들이 정장을 한 채 막대기처럼 꼿꼿하게 서 있었다.

"워쩌야 헐까 모르겠네요잉!"

순창댁은 울먹이는 목소리였다. 다른 환자 가족들이 눈을 크게 뜨고 순창댁을 응시했다. 그러나 순창댁에게는 다른 사람들의 시선이 눈에 들어오지 않았다.

"여깁니다."

사내가 가리키는 침대에는 건장한 청년 하나가 반듯이 누워 있었다. 청년의 인상착의를 알 수 없었다. 왼쪽 다리와 얼굴에 붕대가 감겨 있었기 때문이었다. 순창댁은 감을 잡았는지 다짜고짜 청년의 손을 잡고 이름을 들먹거렸다.

"니가 동석이냐? 동석이야?"

그러자 청년은 감았던 눈을 가늘게 뜨고 순창댁을 바라보더니 고개를 끄덕거렸다. 순창댁의 상체가 침대 위로 무너져 내렸다.

"이놈아, 동석아! 니가 워쩌다 요렇콤 되어뿌렸나잉."

순창댁이 울먹이며 동석의 얼굴과 왼쪽 다리를 만지작거렸다. 동석은 일어나 앉을 수 없으므로 누워서 연신 눈물만 흘렸다.

"말해보시오잉. 우리 동석이가 어느 정도 다쳤는지 말해보시오잉."

순창댁은 곁에 서 있는 전경을 응시하며 오열했다.

"저희는 잘 모르는데요. 이따가 의사 선생님이 오십니다. 그때 자세한 것을 알 수 있습니다."

사내는 또박또박 냉정한 어투로 말했다.

"형, 나 동철이야. 내 말이 들려?"

동철이 동석의 팔을 잡고 말했다. 동석이 고개를 끄덕거렸다. 눈물을 머금은 채 식구들을 바라보는 동석의 시선은 그윽하기 이를 데 없었다.

"오빠, 나 선영이야."

선영이 동석의 팔을 잡고 눈물을 훔쳤다. 공대철 사장은 곁에서 순창댁 식구들의 상봉 모습을 매우 우울한 표정으로 물끄러미 지켜보았다. 그러다가 그는 오열하는 장면이 터지면 살며시 창밖으로 시선을 주었다.

"우리 동석이를 누가 끌고 가서 요 모양을 만들었는지 말해보시오잉. 누가 그랬는지 말해보시랑게요. 미치고 폴짝 뛰겄응게 사실을 말해보라구요. 다리몽둥이를 작신 분질러놓아야 허겄당게요."

순창댁은 분하고 원통한 마음을 곁에 서 있는 전경에게 쏟았다.

단진자는 멈추지 않는다

"가해자는 대학생들입니다. 학생들의 몽둥이를 맞았다니까요. 데모 주동자를 체포하여 끌고 오다 변을 당했습니다."

곁에 서 있는 전경에게 울분을 터뜨렸지만 다치게 된 경위와 다친 상태의 정도를 정확히 알 수가 없자 일행은 밖으로 나왔다. 간호사실로 가서 담당 의사의 면담을 요구했다. 그러자 간호사는 일행을 상담실로 안내했다. 대형 수족관과 화분들이 놓여 있어 말끔하게 단장된 실내였다. 잠시 기다리자 흰 가운을 걸친 사내가 들어섰다. 길쭉한 얼굴에 깡마른 인상이 예리해 보였다.

"다들 앉으세요. 가족들에게 어떻게 위로의 말씀을 드려야 할지 모르겠습니다."

의사는 친절했다.

"선상님, 우리 동석이가 시방 워떤 상태인가요. 선상님이 우리 동석이를 살려주셔야 허겄는디요잉."

"더도 덜도 말고 저희는 정확한 상태를 알고 싶습니다."

이번에는 동철이 심각한 어조로 말했다.

"다치게 된 경위는 소대장님이나 중대장님께 알아보세요. 저는 병리학적 증상만 말씀드릴 수 있습니다. 머리나 턱은 타박상 정도이지 우려할 만한 정도는 아닙니다. 문제는 왼쪽 다리입니다. 무릎 관절이 문제입니다. 엑스레이상으로 보면 무릎 관절이 파괴되었습니다. 관절이 아니면 뼈가 파괴되어도 접합시킬 수 있습니다. 그런데 관절은 좀 다릅니다. 신경과 핏줄이 복잡하게 얽혀 있는 곳이라 한 번 파괴되면 회복하기가 어렵습니다. 그러니까 관절 부분의 뼈와 기타 조직들이 파괴되었기 때문에 회생 불능이라고 말씀드릴 수 있습니다. 지금은 임시 조치로 붕대를 감아놓았지만 곧 어떤 결단을 내려야 합니다."

"어떻게 해야 된다는 것인지 구체적으로 말씀해주시지요."

"왼쪽 다리를 절단해야 합니다. 그렇지 않으면 날이 가면서 상처가 더 깊어지니까요."

"선상님, 시방 무신 이야그를 했나요. 다리를 절단허면 최씨 가문의 장남이 빙신으로 전락허는디요. 요걸 워찌 혀야 쓴다요. 엎드려 절이라도 올릴 수 있으니께 지 큰아들을 좀 구해주시오잉. 다리를 자르지 않고 치료헐 수는 없을까요?"

순창댁은 자리에서 일어나 의사 곁으로 다가가더니 가운 깃을 움켜잡았다.

"다리를 자르지 않으면 상처가 깊어져 나중에는 더 많은 부위를 잘라내야 합니다. 어차피 절단해야 합니다. 하루빨리 절단해야 하는데 날짜가 지연되고 있어 걱정입니다."

"그 이유가 무엇이지요?"

궁금증으로 견디지 못하겠다는 듯 공대철 사장이 물음을 던졌다.

"당국에서 어떤 통보가 없기 때문입니다. 경찰대학병원으로 옮길 가능성이 크거든요. 때에 따라서는 우리 병원에서도 할 수 있는 거구요."

"시간을 끌면 환자만 피해를 보게 되는 셈이로군요."

"그렇습니다. 보호자 되신 분들이 독촉하여 주십시오. 만약 보호자 되신 분들이 강력하게 우리 병원에서 수술받게 해달라고 요청하면 그렇게 될 가능성도 있습니다. 공무로 다친 것이어서 치료비는 당국에서 일체 부담하게 되어 있습니다."

"선상님, 지는 잘 모르는구만이라우. 지 아들이 빙신만 되지 않게 하여 주시지오잉. 부탁헙니다요."

일행이 상담실 밖으로 나오자 빗줄기가 창유리를 후드득후드득 때려

대고 있었다.

"동철이, 어떻게 하겠나. 밖에 나가 저녁이라도 먹고 여관에 저녁 잠자리를 마련해놓아야 하지 않겠어. 환자는 환자이고 남은 사람들은 저녁을 먹어야 될 것 아닌가. 특히 어머니가 걱정되네. 그러다가 기진맥진하여 쓰러지시면 큰일 아닌가."

"그건 공 사장님 말씀이 옳습니다. 어머니, 밖으로 나가 저녁이라도 먹고 들어오지요."

동철이 순창댁의 팔을 잡고 밖으로 나가자는 몸짓을 하자 그녀는 벌컥 화를 내며 거부 의사를 분명히 밝히었다.

"시방 무신 이야그냐. 정신 나간 소리 작작 허거라. 동석이는 병상에서 신음허고 있는디 고까짓 저녁이 문제냐. 한 끼 굶는다고 절대 죽지 않는다."

"그러면 할 수 없지요. 제가 나가서 간단히 먹을 것을 사서 가져 올게요. 어머니와 선영이는 입원실로 들어가 있어요. 그리고 공 사장님께도 저녁을 대접해 드려야 하구요."

"그리여 고건 동철이 니가 잘 생각했다. 공 사장님께 저녁을 대접해 드려야지. 우리를 여그까지 데려다 주셨으니 그 은혜 잊지 말아야 쓴다."

"저녁은 안양에 가서 먹을 테니까 걱정 말아요. 순창댁, 나 올라가 보아야 하겠소. 집에서 기다릴 것 같으니까 말이요. 또 들를게요."

"고렇게 허시지요. 오늘 고마웠구만이라우. 저녁도 대접허지 못허고 미안허게 되었네요."

공대철 사장은 동철 일행과 헤어져 상행길에 올랐다.

동철은 병원 복도에서 식구들과 함께 빵과 우유로 간단히 저녁을 때웠다. 잠은 병실 의자에 누워 새우잠을 자기로 하였다. 순창댁은 입이 쓰다면서 빵과 우유조차도 배부르게 먹지 않았다.

"워찌 우리 동석이는 지지리도 복이 없대야. 다리 빙신이 되어서 절룩거리는 것을 으떻게 곁에서 본대야."

순창댁이 벽을 쳐다보며 아들의 신세를 처량하게 한탄하고 있을 때 제복 입은 전경 두 명이 나타났다. 한 명은 아까 입원실에서 동철 일행을 안내했던 바로 그 전경이었다. 그가 순창댁 앞에 낯선 전경 한 명을 소개했다.

"우리 중대 중대장님이십니다."

"저는 최동석 이경과 함께 생활하는 중대장 김칠구 경감입니다. 최동석 이경이 갑자기 사고를 당했습니다. 어떻게 위로의 말씀을 드려야 할지 모르겠습니다. 상관으로서 책임을 통감합니다. 대단히 죄송합니다."

중대장 김칠구 경감이 순창댁에게 정중한 고두의 인사를 올렸다. 그러나 그러한 공손한 인사조차도 순창댁의 귀에는 들리지 않았다.

"이야그가 하나도 들리지 않는구만이라우. 여러 소리 말고 우리 동석이 다리나 얼른 고쳐놓으시오잉. 원래대로 고쳐놓으면 지가 뭔 헐 말이 있겠소. 그러니께 중대장님이 우리 동석이를 끌고 가 요렇코롬 빙신을 만들었구만이라우."

순창댁이 눈을 부릅뜨고 김칠구 경감을 노려보았다.

"죄송합니다. 죽을죄를 지었습니다."

중대장 김칠구 경감은 허리를 굽실거리며 공손한 자세를 잃지 않았다.

"중대장님, 우리가 지금 누구의 사과를 받자는 것도 아닙니다. 사과받으려면 학생들에게 사과받아야지요. 지금 그런 것들이 문제 되지 않습니다. 지금 급한 것은 환자의 다리입니다. 의사 선생님 말씀을 들으니까 하루빨리 수술을 해야 한다고 하던데요."

"저도 그 문제를 염두에 두고 있습니다. 내일 아침 일찍 경찰대학병원으로 최동석 이경을 이송할 계획입니다. 그리하여 이른 시일 내에 수술받아야지요."

"언제 서울까지 갑니까. 몹시 급합니다. 여기서 수술받게 하여 주십시오."

"그 점은 마음대로 결정할 수 없습니다. 내일 아침 일찍 서울로 가면 내일 중으로 수술을 받을 수 있습니다. 그러니까 그것이 현재로서 생각할 수 있는 최상책입니다."

"시방 무신 소리를 허고 있는지 지는 통 못 알아듣겄는디요. 우리 동석이 다리만 정상으로 맨들어 놓으면 된당게요. 후딱 고쳐놓으시오잉. 지는 아무것도 필요 없응게요. 애비도 없는 자슥의 다리를 작신 분질러 놓아야 허겄소. 시방 내 가슴이 갈기갈기 찢겨져 있다니까요."

순창댁이 중대장 김칠구 경감의 옷깃을 움켜잡고 흔들며 놓아주지 않았다.

"죄송합니다. 최대한 노력해 보겠습니다."

중대장 김칠구 경감은 연신 머리를 조아렸다.

"중대장님, 비상소집입니다."

낯선 전경이 다가와 다급하게 말했다.

"그래? 그럼 다음에 뵙겠습니다."

중대장은 공손하게 인사를 올리고는 승강기를 향해 뚜벅뚜벅 걸어갔다.

동철 가족들은 입원실로 돌아와 동석의 침대 곁에 놓여 있는 긴 의자에 나란히 앉았다. 동석은 잠을 자고 있었다. 그래서 식구들은 입을 닫고 침묵을 유지했다. 벽에 몸을 기댄 채 꾸벅꾸벅 조는 다른 환자 가족도 있었다. 실내에는 고요한 정적이 흘렀다. 창유리를 때려오는 빗소리가 이따금 실내의 고요를 흔들었다. 선영과 동철도 눈을 감고 꾸벅꾸벅 졸았다. 그러나 순창댁은 달랐다. 불쌍한 자슥! 잠자고 있는 동석을 애처로운 표정으로 바라보며 혀를 차곤 하였다. 그녀는 의자에 앉아 동석의 팔을 잡고 연신 눈가를 훔쳤다.

'동석아, 이놈아 말해보거라잉. 워쩌다가 고렇코롬 다쳤냐. 학생들이 무서운 것이여, 이놈아! 내가 뭐라고 했냐. 학생들을 조심혀야 헌다고 허지 않았느냐. 공산당을 때려잡다 다쳤으면 훈장이나 타는디 학생들에게 다쳤으니 워디다가 하소연 헐 수가 있겠냐잉.'

"학생들을 체포하는 전위부대(흑골단)로 활동했었지요. 중앙호텔 광장에서 가까운 골목이 있습니다. 그곳에서 데모하던 주동자를 체포해 오다 학생 특공대원들에게 몰매를 맞았습니다. 죽지 않은 것만도 다행입니다. 저희들은 처음 최동석 이경이 죽은 줄 알았습니다. 온몸에 몽둥이세례를 받았으니까요. 오랫동안 의식을 잃고 있다가 깨어났습니다."

병실 복도에서 동석의 동료 대원이 들려주던 말을 순창댁은 믿고 싶지 않았다. 그 장면을 떠올리면 온몸에 소름이 돋고 으스스한 공포가 엄습했다.

'동석아, 이놈아 어쩐다냐. 내일 다리를 짤라낸다고 허는디 요걸 워쩌야 쓴다냐. 이놈아 이자 니 신세는 쪼골박 신세가 되어 버린 것이여. 불쌍한 동석이 내 자슥을 살려주시오잉. 당신 큰아들이 다리를 자른다는디 워찌 말이 없소잉. 워떻게 혀야 쓴다요. 말해보시오잉. 당신은 하늘나라에 기시니까 모든 걸 알고 있을 것 아니오잉. 동석이 다리를 자르지 않고 완쾌헐 수 있는 길을 가르쳐주시오잉. 폭폭혀 못 살겠소.'

순창댁은 손수건으로 눈가를 찍어내며 창가를 서성이었다.

동석이 수술실에 있을 때 가족들은 복도에서 서성이며 자리에 앉아 있지를 못했다. 특히 순창댁은 제정신이 아니었다.

"이자 나는 못 산당게. 동석이 빙신으로 늙는다면 요걸 워찌 혀야 헐지 몰라. 여보시오. 내 말 좀 들어보소. 죄도 없이 원통허고 억울허게 빙신이 되어 뿌렸는디 어디 가서 호소혀야 헌다요."

순창댁은 콘크리트 벽을 박박 긁으며 섧게 울었다.

"워찌 내 아들만 다쳤냔 말이여. 워떤 죽일 놈이 내 아들을 고렇콤 만들어 놓았느냐구. 짝짝 찢어죽여도 분이 풀리지 않는단 말이시. 아이고, 내 팔자야. 지지리도 복이 없는 년이랑게. 서방 복은 없어도 아들 복은 있겠지 허고 기대를 혔는디 모든 것이 산산이 부서져버렸당게."

순창댁이 울분을 참지 못하고 있을 때 늦게 연락을 받은 숙경이 헐레벌떡 나타났다.

"동석 씨가 다쳤다고 하는데 어떻게 된 거여요?"

숙경은 먼저 선영이 앞에 달려가 자초지종을 물었다. 순창댁에게는 숙경이 시야에 들어오지 않는지 여전히 울분만 터뜨렸다. 선영은 그때 눈물을 흘리며 숙경을 끌어안았다.

"동석이 오빠가 지금 수술 중이어요. 학생들한테 맞아서 다리를 잘라야 한대요."

선영은 제대로 말을 잇지 못했다.

"어머니, 이게 무슨 날벼락인가요. 앞으로 어떻게 살아가야 합니까. 나는 동석 씨가 제대하는 날만 손꼽아 기다려왔는데 이게 무슨 변인가요!"

"애기야, 울지 말거라. 그래도 죽는 것보다는 낫지 않겄냐. 다리 빙신은 되어도 몸뚱이는 성허니게 살아갈 수 있겄지야."

숙경이 울먹이며 치미는 감정을 주체하지 못하자 아까까지 격렬하게 분노하며 애통해하던 순창댁이 감정을 억누르며 숙경을 위로하고 나섰다. 숙경은 눈물을 쥐어짜며 어깨를 들썩거렸다.

"많이 기다리셨습니다. 수술은 잘되었습니다. 6주 정도 입원하면 퇴원할 수 있을 겁니다."

수술실 문이 열리고 담당 의사가 나타나 수술 경과를 설명했다.

"우리 동석이가 다리를 잘렸는디 이걸 워찌 혀야 쓴다요."

순창댁은 담당 의사에게 고맙다는 인사를 건네지 않았다.

좌석버스에 몸을 싣고 안양으로 향하는 동철의 심정은 착잡했다. 형은 불구라는 불명예를 안고 목발에 의지한 채 쓸쓸하게 군 생활을 마감해야 하리라. 아버지도 안 계시는 어려운 집안에 불구라는 형의 존재는 불가불 큰 파장을 일으킬 것이었다. 차창 밖 산과 들과 구름이 달리기 하고 있었다. 산과 들과 구름은 서로 마주한 채 자신들의 언어로 평화를 노래하고 있었다. 그런데 우리 집안은 지금 어떠한가. 강한 태풍이 우리 집안을 강타한 셈이었다. 형이 다치는 재해를 남기고 태풍은 사라졌지만, 그 여파는 한동안 계속될 것이었다. 형이 불구의 몸으로 현실에 비관하지 않고 잘 대처해 나갈지 그것이 걱정이었다. 또한 어머니의 심려와 그로 인하여 집안에 드리운 검은 그림자는 어떻게 해소해야 한단 말인가.

피로가 몰려와 동철은 좌석 등받이에 젖버듬히 몸을 누이고 잠을 청했다. 그러나 생각대로 쉽게 잠을 이룰 수 없었다. 영상 속으로 형의 잘린 다리와 울먹이는 어머니와 형의 애인 숙경이 애처롭게 우는 모습이 떠올라 우울의 늪 속으로 빠져들어야 했다. 동철은 나타났다 금세 사라지는 차창 밖 풍경들을 하염없이 바라보았다.

'왜 세상은 불공평한가. 불구자와 건강한 자, 그리고 못 가진 자와 가진 자가 양분되어 있는가.'

동철은 회사로 돌아가면 가진 자와 못 가진 자의 대립으로 또 갈등과 아픔을 온몸으로 견뎌야 할 것이었다. 동철은 문득 불교에서 인생을 고로 본다는 사실에 대해 공감할 수 있었다.

"아, 고다 고다 고다."

동철은 그렇게 읊조리다 머릿속에 떠오르는 또 하나의 생각으로 도리질을 했다. 동철은 현실을 고로만 볼 수 없다고 생각했다. 인생을 고로만 본다는 것은 허무주의의 측면이 다분하게 깔려 있었기 때문이었다. 극복과 현실 타개라는 단어가 떠올랐다.

'나는 허무주의자가 아니다. 나는 현실주의자이며 또한 실용주의자다.'

동철은 스스로를 그렇게 생각했다. 안양이 가까워지면서 동철은 회사 내의 노사 간 대립에 대해 생각했다.

'회사는 언제까지 팽팽한 긴장 관계를 유지할 것인가. 고용주는 노조 측 요구사항을 끝내 인정해주지 않을 것인가. 대화마저 거부하고 폐업 신고라는 명목으로 노조를 협박하고 있는 것은 무슨 횡포인가. 가진 자 몇 사람의 손아귀 속에서 양 떼처럼 많은 사람이 목을 조인 채 꺼이꺼이 울고 있다.'

동철은 집으로 돌아와 손수 저녁을 지어 먹고 일찍 잠자리에 들었다.

회사로 출근하자 다들 한마디씩 형이 상처를 입은 것에 대한 위로의 인사를 건넸다. 그때마다 동철은 "수술이 무사히 잘 끝났습니다, 고맙습니다"라고 간단히 대꾸했다. 그러나 친한 친구 영구가 다가와 물었을 때는 사실을 좀 더 명확히 말했다.

"왼쪽 다리를 절단했어. 절망적이지. 어머니는 계속 눈물 바람이야."

영구는 다치게 된 경위를 알고자 하였다. 그래서 동철은 처음부터 끝까지 알고 있는 대로 사실을 모두 이야기해 주었다. 듣고 난 영구가 말했다.

"전경 생활도 끝나게 생겼는데 참 불행하게 되었구나. 복무 기간을 채우지 못하고 불구의 몸으로 제대한다는 것은 참으로 애석한 일이야. 동철아, 어떻게 해야 되는 거니?"

"뭘 어떻게 해? 형은 물론이고 우리 집안 식구들이 쪽박 찬 신세라고나 할까."

"야, 그렇게 함부로 말하지 마라. 다리 하나 부러졌다고 인생이 끝난 것 아니야. 다 먹고 살길이 있다구."

"그러면 다행이구."

동철은 일을 하면서도 마음은 엉뚱한 곳에 가 있었다. 하나는 형의 문제였고 다른 하나는 노사 간 갈등으로 빚어진 사내 파업 사건이었다. 형은 지금 허망하게 짤려 나간 다리를 생각하며 그 고통으로 신음을 토해내고 있을 것이었다. 동철은 전선의 피복 상태를 살피다 절망스러워하는 형의 표정을 떠올리고는 가슴이 먹먹한 아픔을 느꼈다.

점심시간이었다. 밥을 먹고 나서 물을 마시고 있는데 영구가 다가와 옆구리를 툭 쳤다. 그는 동철의 팔을 잡고 한쪽으로 끌었다.

"커피나 한잔씩 마시자고."

영구는 자판기 앞으로 가더니 주머니에서 동전을 꺼내 커피를 뽑았다. 두 사람은 으슥한 복도 긴 의자에 앉아 커피를 마시며 이야기를 나누었다.

"동철아, 회사 소식 모르지?"

"결근한 뒤의 소식에 대해서는 깜깜하지."

"대제전선이 TV에 나왔다."

"그게 무슨 말이니?"

"삼원극장 옆 농성 사건이 사회 문제화 되어 9시 뉴스에 보도된 거지."

"그러면 그게 우리에게 유리하게 작용한 거니? 아니면 그 반대니?"

"유리하게 작용했다고 봐야지. 경영자들이 우리에게 관심을 표명했으니까 말이야."

"구체적으로 말하면?"

"우리의 일곱 가지 요구 사항 중에서 보너스 50% 추가 지급 건과 민주 노조를 인정하기로 한 것이지."

"그래서 정상 근무가 이루어졌구만."

"그런 셈이지. 한 번에 배부를 수 있나. 차차 한 가지씩 뜻을 이루어 가야지. 그런데 한 가지 문제가 있어."

"그게 뭔데?"

"회사에서 삼원극장 옆 농성 사건에 대한 책임을 물어 임시집행부 노조위원장 표일영 동지를 해고한 거야."

"아까 표일영 동지를 보았어. 작업장에서 묵묵히 자기 일을 하고 있던데."

"해고했는데도 불구하고 회사에 계속 출근하는 거야. 와서 일하겠다는데 회사에서 쫓아낼 수야 없지."

"그러니까 표일영 동지는 회사의 해고에 승복할 수 없다는 것이지?"

"그렇지. 나 같아도 승복할 수 없겠다."

"노조를 인정한다면서 농성 사건에 대해 책임을 묻는다는 것은 뭐야?"

"그러니까 부당하다는 것 아니겠어. 그리고 책임을 물으려면 그때 삼원극장 옆 농성 사건에 참가한 전 노조원에게 책임을 물어야 마땅하지."

"이제야 알겠구만. 경영자들이 노조를 인정하면서도 노조위원장을 해고한 것은 대제전선 노조를 와해시키겠다는 속셈을 드러낸 것이라구. 서서히 목을 조여오겠다는 것 아니겠어. 우리가 여기에서 주저앉아 어물대다 표일영 동지가 당하고 나면 다음에는 그 누구의 목이 가차 없이 날아갈 것이라구."

"나도 너처럼 생각한다. 우리 동지들도 그렇게 생각하고 있어."

"그러니까 경영자들이 이번에 우리의 요구 사항을 들어준 것도 어찌 보면 사탕발림에 불과한 것인지도 모른다구. 뉴스에 나오면서 회사 이미지가 나빠지자 임시방편으로 두 가지 사항을 들어준 것에 불과한 것이지 노조의 힘에 승복한 것은 아닌 셈이야."

"동철이 네가 정확히 판단했다. 동료들도 그렇게 생각하고 있어. 그래서 표일영 동지 해고 철회를 외치며 다시 한번 스트라이크를 일으켜야 될 것 같아."

"어떻게든 표일영 동지를 구해야 한다. 표 동지는 우리들을 위해 싸우다 당한 것이니까 말이야. 우리가 미리 선수를 써서 힘으로 대항하는 거야. 그러면 관리자들의 태도가 달라질 수도 있다구."

"그러면 동지들과 뜻을 모아보자구."

동철은 영구와 함께 나란히 걸어 검사실로 향했다. 오후에는 10mm짜리 고압선에 하자가 있는지 이상 유무를 살펴 포장과로 넘겨야 했다. 10mm짜리 전선은 고도의 안전성이 요구되므로 철저히 검사해야 한다는 게 장길수 과장의 강조 사항이었다. 납품된 후 하자가 발생하여 신고가 들어오면 검사실에는 일대 소용돌이가 발생하기 십상이었다.

퇴근 후 아귀탕 집에서 임시집행부 노조원들이 모임을 가졌다. 노조

위원장 표일영·자금부장 정만철·홍보부원 소영구·조직부원 최동철·부위원장 김기홍, 이렇게 5명이 술자리를 가졌다. 일행은 술을 마시기 전에 잠깐 기도의 시간을 가졌다. 그것은 경찰에 연행 되어간 장표식·염길만·채근식 동지가 하루속히 석방되기를 기원하는 내용이었다. 교회를 다니는 표일영 동지가 기도문을 낭송하였다. 기도가 끝난 후 일행은 술잔을 부딪쳤다.

"표일영 동지는 술을 마시면 안 되잖아요. 교회에 나가면 술을 마시지 말라고 하던데."

술잔을 들고 정만철 동지가 농담조로 말했다.

"교회는 다니지만 술도 음식이라 조금은 마실 수 있네. 그래야 이 땅에 천국을 건설할 수 있지 않겠나."

표일영 동지가 제일 먼저 술잔을 비웠다. 일행은 잇따라 모두 술잔을 비웠다. 그들은 술을 털어 넣고도 얼굴 한번 찡그리지 않았다.

"자, 술들 받으라구."

김기홍 동지가 탁자를 중심으로 빙 둘러앉은 자리에서 오른쪽으로 가면서 차례차례 술을 따랐다. 동태찌개가 탁자 중앙에서 거품을 내며 보글보글 끓었다.

"표 위원장님은 우리 회사의 직원이 아닙니다."

정만철 동지가 웃으며 말했다. 그 말속에는 표일영 동지를 해고한 관리자들에 대한 비아냥거림이 깔려 있음을 누구도 의심하지 않았다.

"그렇지. 그건 엄연한 사실이지."

표일영 동지가 가볍게 웃으며 대꾸했다.

"그러면 회사에는 뭐 하러 나옵니까."

김기홍 동지가 농담 속에 끼어들었다.

"소변보려고 나오네."

표일영 동지의 이 대답에 노조원들은 한바탕 웃음을 터뜨렸다. 소영구 동지가 건배를 외치자 일행은 일제히 술잔을 들고 단숨에 비웠다.

"그러면 앞으로도 계속 소변보기 위해 나오셔야 합니다."

동철은 가만히 침묵을 지키고 있기가 어색해 한마디 끼어들었다.

"물론이지."

"형님, 농담 따먹기 그만하고 본론으로 들어갑시다. 스트라이크를 다시 한번 일으켜야 할 것 같은데요."

"내가 해고당한 당사자이기 때문에 이번에는 맨 앞줄에 서서 저항하기가 조금 어렵네."

"형님은 가만히 계십시오. 우리가 앞장서서 일을 성사시키고 말겠습니다. 모든 노조원이 지금 형님의 해고 건에 대해 부당하다면서 울분을 감추지 못하고 있습니다. 만약에 노조 집행부에서 어떤 지시가 내려오면 노조원들은 일사불란하게 일어설 자세가 되어 있습니다. 그러니까 형님은 소변을 보기 위해서라도 회사에 계속 출근하셔야 합니다."

소영구 동지가 불끈 주먹을 쥐어 보이며 열변을 토했다.

"내가 뒤에서 얼마든지 밀어줄 수는 있지."

일행은 위하여, 를 외치며 다시 술잔을 비웠다. 다들 벌건 얼굴로 취기가 올라와 있었다.

"구체적으로 시기와 방법, 그리고 장소를 이야기해보는 게 좋을 것 같은데요."

임시 집행부 노조 대표들은 열띤 토의를 거친 끝에 몇 가지 결론을 얻어내었다. 이번에는 장내 투쟁을 전개하기로 뜻을 모았다. 장내 투쟁으로 뜻이 관철되지 않을 때 장외 투쟁을 전개하기로 하였다. 시기는 구체

적인 것을 정하지 않고 상황을 보아서 암호로 하부 조직까지 전달하기로
했다. 방법은 전면 파업을 단행하여 경영자들을 힘으로 굴복시켜야 한다
는 데 뜻을 모았다. 일행은 소주 10병을 비우고 자리에서 일어섰다. 자금
부장 정만철 동지가 술값을 계산했다. 일행은 밖으로 나와 이차를 가자는
쪽과 그냥 집으로 직행하자는 쪽이 맞섰으나 이차를 가자는 쪽이 우세하
여 모두 발걸음을 지하 술집으로 옮겼다. 동철은 일행 맨 뒤에 서서 터덜
터덜 걸음을 떼어놓았다. 표일영 동지와 정만철 동지는 어깨동무하고 걸
으며 '늙은 노동자의 노래'를 합창하였다. 동철은 그 노래를 들으면서 음
정도 박자도 없이 대충 부르지만, 왠지 처량하고 가슴 저미는 아픔을 자
아낸다고 생각했다. 동철에게는 문득 다리 잘린 형의 모습이 떠올랐다.
형은 지금쯤 침대 위에서 몸을 뒤척이며 고통스러워하고 있을 것이었다.
이제 형은 끝났다. 그렇지만 형은 일어설 것이다. 동철은 왠지 그런 확신
이 서는 것이었다. 동철은 생각했다. 회사는 갈등으로 휘청대고 있지만
미래를 향하여 도약해 갈 것이라고. 형이 일어설 수 있다면 회사도 일어
설 수 있을 것이다. 지금 회사는 형처럼 다리 잘린 상태에 처해 있는 것이
아닐까. 동철은 앞서 어깨동무하고 지하 술집으로 향하는 일행들의 발걸
음을 보면서 묘한 환상 속으로 빠져들었다. 어느 사이 일행은 절룩거리며
휘청휘청 걸어가고 있었던 것이다.

　'아, 일행은 모두 다리가 잘렸다.'

　동철은 그렇게 생각했다.

　'그렇다. 나의 다리도 잘렸다.'

　그러고 보니 동철 자신도 절룩거리며 휘청휘청 걸어가고 있었던 것이
다. 동철은 자신을 포함한 일행 모두가 절룩거리며 걸어가는 모습을 보면
서 옆에 서 있는 건물들까지 기우뚱거리는 묘한 착시 현상 속으로 빠져들

었다.

　동석은 수술을 받고 계속 치료를 받으면서 조금씩 육체적 고통에서 벗어날 수 있었다. 상처가 아물면서 동석은 밝게 웃는 얼굴로 내방객을 맞았다. 그러나 그러한 명랑한 표정도 오래 가지를 못했다. 동석은 가끔 누가 내 다리를 잘라 갔느냐며 분노를 표출하면서 어두운 표정을 지었던 것이다. 급기야 동석은 숙경이까지 외면하며 떠나가 주기를 간청하였던 것이다. 그러니까 동석은 수술 후 육체적 고통에서 벗어났지만 정신적 고통에 시달리며 염세주의적 경향을 보였다. 선영은 학교 출석 일수 때문에 안양으로 돌아가고 순창댁과 숙경이 번갈아 가며 병실을 지켰는데 그들조차도 외면하며 혼자 있고 싶다는 발언을 서슴없이 하였다.

　"동석아, 정신 차려라. 다리 부러졌다고 니 신세가 끝난 것은 아니여. 좀 불편한 것은 있겠지야. 그렇지만 기술을 배우면 잘 살 수 있단 말이다. 니가 고렁코롬 나오면 에미는 워떻게 허라고 그러냐잉. 니가 강허게 나와도 에미는 마음이 아픈디 니가 고렁코롬 약하게 나오면 에미는 미치는 겨. 니가 이 에미 마음을 알기나 허냐."

　순창댁이 동석을 위로하기 위해 안간힘을 썼지만 별로 신통한 효과를 거둘 수 없었다. 동석은 말수가 줄었고 사람 대하기를 꺼렸으며 우두커니 창밖을 쳐다보면서 하염없이 눈물만 흘렸던 것이다. 그러한 동석이에게 숙경이 뜨거운 사랑으로 용기를 불어넣어 주었지만, 당사자인 동석은 오히려 냉정한 입장에서 이제 끝났다고 말하며 숙경의 사랑을 믿으려 들지 않았다.

　"숙경 씨는 좋은 사람 만나서 잘 살도록 해요. 그동안 고마웠어요. 나는 숙경 씨의 결혼 상대가 될 수 없다구요. 그러한 입장은 누구보다 숙경

씨가 잘 알고 있을 텐데요."

"동석 씨, 지금 무슨 이야기하는 거여요. 혼자 생각하고 혼자 결론 내리지 말아요. 우리는 이미 새끼손가락을 걸고 장래를 약속했지 않아요. 그리고 동석 씨는 자신이 쓸모없는 사람이 된 것처럼 미리 겁먹고 절망하는데 그러지 마세요. 의족을 달고 목발을 짚으면 충분히 현실 생활을 할 수 있다구요. 절룩거리는 사람이 국회의원에 당선된 경우도 있다구요. 나는 동석 씨를 위해 한평생 살아가기로 마음을 굳힌 지 오래여요. 마음을 굳세게 먹으세요. 병원에서 퇴원하면 곧 제대할 것이고 그 후에는 기술을 배우세요. 그러면 살아갈 수 있다구요. 내 사랑은 변함이 없어요. 내 눈을 바라보세요. 내 눈 속에 진실이 들어 있을 테니까요."

숙경이 간곡하게 사랑을 호소하자 그때야 동석은 어느 정도 믿을 수 있다는 표정이었다. 동석은 창밖에 두었던 시선을 거두어 숙경의 눈을 바라보았다.

그때 순창댁은 병실 복도로 나와 잠시 휴식을 취하고 있었다. 순창댁에게는 하루하루가 지겹고 고통스러운 나날이었다. 리어카를 끌며 좌판상을 하는 것이 낫지 병실을 지키며 불구의 아들을 간호하는 것이 얼마나 힘든 일인가를 뼈저리게 실감할 수 있었다. 그렇지만 순창댁은 자신이 아무리 힘겨워도 부상을 당하여 불구가 된 당사자의 고통에 비하면 약과라고 생각했다.

"내가 제대로 찾아왔구만. 순창댁, 얼마나 고생이 많소."

맹호근 사장이 오른손에 음료 박스를 들고 병실 복도에 나타났다.

"맹 사장님이시군요. 바쁘실 텐디 오셨네요."

순창댁은 앉았던 자리에서 벌떡 일어나 어두운 표정으로 맹 사장을 맞이했다.

"진작 와 봐야 하는데 늦었소. 아드님은 많이 좋아졌겠지요?"

"워떻게 말씀드려야 헐지 모르겠네요. 잘린 다리는 많이 나았는디 야가 통 말을 안 허고 매일 운당게요."

"어디 들어가 봅시다."

맹호근 사장은 순창댁의 뒤를 따라 병실로 들어섰다. 숙경이 동석의 손을 잡고 있다 화들짝 놀라며 맹 사장을 맞이했다.

"인사허그라. 평상시 우리에게 도움을 주는 분인 게 그렇게 알고 있거라잉."

숙경이 꾸벅 인사를 올렸다.

"아드님 친구분 같지요."

"지 큰며느리 될 것이구만요. 그러께 장차 자들은 부부가 될 것이랑게요."

"그렇군요. 고생이 많습니다."

맹 사장은 침대 위에서 눈만 깜박거리며 누워 있는 동석이에게 다가갔다. 동석은 반기는 표정이 아니었다. 괴로워 귀찮다는 식의 무관심한 태도였다.

"동석이라고 했지. 이야기는 많이 들었네. 운이 없어서 이렇게 다치게 되었구만. 너무 상심 말게. 이럴 때일수록 마음을 강하게 먹어야 되네."

맹호근 사장은 동석의 손목을 꼭 잡아주었다. 그러자 동석은 꿈틀거리더니 자리에서 일어나 앉았다. 그러고는 찾아주서서 고맙다는 인사를 건넸다. 맹호근 사장이 절망하지 말라고 당부할 때는 고개를 끄덕거리며 알겠다는 반응을 보였다.

창가에 어스름이 밀려오자 맹호근 사장은 자리에서 일어났다. 맹 사장은 동석과 작별 인사를 나누고 순창댁과 함께 병실을 나왔다.

"순창댁, 병실은 며느리 되실 분이 지키고 있으니까 우리 나가서 저녁이나 합시다. 그동안 고생 많이 했는데 내가 삼계탕 한 그릇 사드릴게요."

"괜찮당게요. 찾아준 것만도 고마운디요. 저녁까지 얻어먹을 수 있남요."

그러나 맹 사장은 순창댁의 손목을 움켜잡고 승강기 쪽으로 끌었다. 순창댁은 못 이기는 척 따라갔다. 문이 열리자 두 사람은 승강기 안으로 몸을 감추었다.

"지는 엘리베이터만 타면 현기증이 난당게요."

"그러면 안 되는데요. 어떻게 많이 어지러운가요?"

"오늘은 쪼깨 낫네요. 저번에는 어지러워서 혼났당게요."

승강기 문이 열리자 두 사람은 밖으로 나왔다. 두 사람은 출입문을 향해 걸음을 옮겼다.

"맹 사장님이나 공 사장님헌티 은혜만 입으니 요걸 워찌 혀야 쓴다요."

"공대철 사장 이야기는 꺼내지도 마시오!"

맹호근 사장은 나란히 걸어가던 순창댁을 툭 밀치며 불끈 화를 내었다.

"공 사장을 조심하라구요. 별명이 능구렁이니까요."

"지는 고런 것 모르는디요. 그냥 고맙다 이거지요. 전에 승용차로 우리를 여그 병원까지 실어다 주셨당게요."

"나도 이야기 들었소. 나한테 이야기했으면 되는데 왜 공 사장한테 이야기했소?"

"이야기한 게 아니랑게요. 그냥 알아서 실어다 주신 거지요. 고마운 것 아닌가요."

"순창댁도 답답하구만. 알았으니까 공 사장 이야기는 그만합시다."

두 사람은 병원 정문 옆 신라삼계탕으로 들어갔다. 탁자를 가운데 두고 마주 앉았다. 삼계탕 두 개를 시켜놓고 기다리자 서비스라고 하면서 인삼주가 나왔다.

"자, 우선 한잔합시다."

맹 사장은 술을 딸고 건배를 요구했다. 순창댁은 가볍게 잔을 비웠다. 심신이 피로한 순창댁으로서는 얼큰히 취하고 싶었다. 순창댁이 석 잔째 잔을 비웠을 때 삼계탕이 나왔다.

"어서 먹어요. 그동안 아들 병간호하느라 몸이 축났을 텐데 많이 먹어요."

"맹 사장님, 잘 먹겠구만이라우."

순창댁은 국물을 떠서 맛을 보더니 닭 다리를 뜯어 입에 넣고 우직우직 씹기 시작했다.

선영은 공부한다고 밖으로 돌고 동철은 회사 내 노동운동으로 밤늦게 돌아왔다. 구석에 쌓인 빨랫감과 어지럽게 널린 찬장 속에서 순창댁의 부재를 확인할 수 있었다. 집 안 정리 상태는 아르바이트하는 젊은 대학생들의 어질러진 자취방을 연상하면 정확할 것이다. 그뿐 아니었다. 순창댁이 빠진 좌판 자리는 이빨이 덜렁 빠져나간 것처럼 보기 흉했으며 검정 비닐로 덮어놓은 모습은 을씨년스럽기까지 하였다. 순창댁이 빠져나간 자리를 맹 사장과 공 사장은 자신들의 가게 앞에서 이따금 건너다보곤 하였다. 그것은 순창댁이 좌판에 앉아 장사하는 것만 같은 착각을 불러일으킬 때마다 행하던 버릇이었다. 순창댁이 언제 돌아오려나. 공 사장과 맹 사장은 간절한 마음으로 순창댁이 어서 돌아오기를 기원했다. 그들은 가끔 빈 좌판을 찾아와 검정 비닐 자락만 바람에 나부끼는 모습을 보고는 쓸쓸히 돌아서곤 하였다. 순창댁을 아는 사람들은 그녀의 부재에 대해 매우 궁금해했다.

"왜 순창댁이 보이지 않지?"

"밤밥 해 먹고 멀리 도망갔나?"

"서방 하나 만나 새살림 차린 걸까?"

"순창댁이 어디 아픈 모양이구만. 무슨 수술이라도 받았나. 왜 보이지 않지?"

그들은 궁금증이 해소되지 않고 뜬소문만 난무하자 덕장댁에게 사실을 확인하곤 하였다.

"덕장댁, 순창댁이 어떻게 된 거야?"

그렇게 물어올 때마다 덕장댁은 공 사장에게서 들은 대로 사실을 이야기해 주었다. 그러면 그들은 혀를 차면서 안타까운 표정으로 발길을 돌리곤 하였다. 그런데도 시장통 안에서는 근거 없는 소문 하나가 팔팔 살아서 입에서 입으로 옮겨 다녔다.

"순창댁이 바람났다고 하더구만. 연하의 남자와 연애하다 보따리를 쌌다는 거야. 누가 부산 바닥에서 똑똑히 보았다고 하던데. 아무리 남자가 좋아도 그렇지, 딸자식을 버리고 자식 같은 남자하고 살림을 차리다니 있을 수 없는 이야기야."

공대철 사장은 이 소문을 듣고 입을 쩍 벌리며 깜짝 놀라지 않을 수 없었다.

'모함이다.'

공 사장은 그렇게 생각했다.

'누가 그런 소문을 퍼뜨렸을까. 액운을 당하여 고통을 겪고 있는 사람

에게 또 하나의 고통을 안겨주는 것은 너무 하지 않은가. 세상은 참으로 살벌하다.'

공 사장은 입에 담배를 물고 사무실 안을 불안스레 서성거렸다.

'그래 순창댁은 불쌍한 여자여. 얼굴이 예쁘고 착하게 생겨서 물 것이 달라붙는 거야.'

5

당국으로부터 의병 제대 명령을 받고 병원으로부터는 퇴원 권유를 받아 병실을 떠나던 날이었다. 절단 부위의 상처가 완전히 아물어 동석은 목발을 짚고 퇴원을 하였다. 고통스런 터널 속 생활을 청산하고 생기 넘치는 삶의 현장으로 퇴원하는 날인데도 불구하고 누구 하나 밝은 표정을 찾아볼 수 없었다. 목발이 손에 익지 않아서 그런지 승강기 쪽으로 이동하는 동석의 걸음걸이가 불안해 보였다.

"그동안 어머님과 숙경 씨께서 고생 많이 했습니다."

동철이 일행 뒤에 서서 따라오며 인사를 건넸다.

"저는 고생이라고 할 것이 있나요. 젊고 건강하잖아요. 어머니께서 고생하셨지요."

숙경이 순창댁을 응시하며 말했다.

"빙신 아들을 앞세우고 가면서 고런 것 따져서 뭐허겄냐."

순창댁은 침울한 표정으로 앞만 보고 묵묵히 걸음을 옮겼다.

"어머니 너무 걱정 마세요. 형도 공인중개사 자격증을 따거나 기술을 배우면 살아갈 수 있다구요."

승강기 가까이 다가갔을 때 한 떼의 전경들이 제복을 입고 일행 앞에 나타났다. 동석과 함께 생사고락을 나누던 동료들이었다.

"자네 퇴원 소식을 듣고 급히 달려왔네. 너무 절망하지 말게. 국방의 의무를 수행하다 다친 것 아닌가. 오히려 자랑스럽게 여기게. 마음먹기에 따라서 앞으로의 삶이 달라지니까 좌절하지 말고 꿋꿋하게 살아가소."

중대장 김칠구 경감이 동석에게 악수를 청하였다. 두 사람은 뜨겁게 악수하였다. 고민철 상경·김일순 이경·오승근 순경도 동석과 악수를 하였다.

"어머님 죄송합니다. 제가 통솔 능력이 부족해서 동석이가 이렇게 당한 것 같습니다. 같이 당한 동료는 그래도 좀 덜한데 재수가 없어서 그런지 동석이만 치명상을 입었습니다. 뭐라고 위로의 말씀을 드려야 할지 모르겠습니다. 저도 다음 달 옷을 벗습니다. 제 부족함을 용서하여 주십시오."

김칠구 경감은 순창댁에게 거듭 허리를 꺾었다.

"시방 고걸 따져서 뭐허겄소. 재수가 없어서 내 자식만 다친 것 아니겠소. 그러나저러나 학생 데모가 원제나 없어질지 모르겄소. 우리는 갈팅게 잘들 근무허시오잉. 몸조심하고 말이요. 우리를 볼려고 여그까정 올라온 모양인디 고맙구만이라우. 잘들 기시오잉."

일행이 승강기에 오르려 하자 곽장태 상경이 다급하게 다가와 동석을 불렀다.

"다름이 아니라 선물 하나 준비했어. 받으라구."

곽 상경은 주먹만 한 크기의 포장지로 싼 선물을 내밀었다.

"뭡니까?"

동석이 오른손으로 받으며 물었다.

"오뚝이야. 삶이 절망스러워도 오뚝이처럼 일어나라고 선물하는 거야."

지켜보는 사람들이 박수를 쳤다.

"고맙습니다. 그렇게 살아가겠습니다."

동석은 선물을 숙경에게 건넸다.

동석 일행이 승강기를 타고 내려와 현관을 걸어 나올 때였다. 삼보부동산 공대철 사장이 나타나 동석 일행을 맞았다.

"기다리고 있었소."

"공 사장님이 워떻게 알고 오셨는가요잉?"

순창댁이 우뚝 걸음을 세우며 물었다. 동석과 동철과 숙경이 꾸벅 인사를 올렸다. 그러자 공 사장이 꾸벅 인사를 받았다.

"내가 병원에 알아보았지요. 집에 가는 것은 걱정하지 마시오. 내 차를 타고 가면 되니까."

"지난번 급히 내려갈 때도 신세를 졌는디 또 신세 질 수 있나요."

"순창댁, 신세 신세 하지 마시오. 서로 돕고 살아야 되는 것 아니요. 동석이, 내 말이 틀렸는가?"

"맞는 말씀이지요."

"하여튼 동석이 고생 많았네. 너무 절망하지 말게. 하늘이 무너져도 솟아날 구멍이 있다고 그랬네."

공 사장은 순창댁, 숙경, 동철에게도 그동안 수고했다는 인사의 말을 건넸다.

"그런데 막내 선영이가 안 보이네요?"

"시험 기간이라서 못 왔어요."

동철이 짧게 대답했다.

일행은 공 사장이 안내하는 곳으로 가서 승용차에 몸을 실었다. 차가 지하 주차장을 빙글빙글 돌아 밖으로 나왔다. 차가 정문을 벗어나자 속도를 내기 시작했다.

퇴원해서 돌아온 동석은 예상했던 대로 현실의 삶에 적응하지 못했다. 그는 매사에 흥미를 잃고 암담한 나날을 보내었다. 모든 일에 미리 자포자기를 했다. 주위 사람들이 시계 기술을 권하였지만 완강하게 거부했다.

"그것 가지고 먹고살지 못합니다."

"그럼 공인중개사 시험을 준비해 보게나."

"지금은 다 싫습니다. 혼자 있고 싶습니다."

그는 방 안에 박혀 칩거 생활을 하면서 일체 바깥세상으로 나아가려 하지 않았다.

"칵 죽고 싶습니다. 내가 살아서 무엇을 할 수 있단 말입니까. 실패한 인생입니다."

동석은 동료가 선물로 준 오뚝이를 발로 밟아 쓰레기통에 쑤셔 넣은 지 오래였다. 수염은 덥수룩했고 날이 갈수록 얼굴은 창백해져 갔다. 동석이 그렇게 절망적인 생활을 하게 된 까닭은 숙경에게도 원인이 있었다.

 사랑하는 동석 씨에게

망설이고 망설이다 이렇게 펜을 들었습니다. 지금, 이 글을 쓰는 순간의 제 마음은 가슴이 갈기갈기 찢겨나가는 것처럼 아픕니다. 사랑하는 동석 씨를 남겨두고 제 삶을 찾아 떠나는 저의 이기적인 행동이 밉습니다. 아픈 가슴을 안고 떠나는 저의 결단이 위선이라고 해도 변명할 여지가 없습니다. 사랑하는데 왜 현실 생활은 저만큼 떨어져 따로 놀고 있을까요. 사랑하지만 떠나야만 하는 현실이 얄밉습니다. 저 위에서 불장난하는 이, 그는 누구입니까?

사랑하는 동석 씨! 저는 많은 것을 생각해보았습니다. 동석 씨와 함께 살고도 싶었습니다. 그러나 부모님을 비롯한 주위 사람들의 반대가 완강하여 많은 나날을 뜬눈으로 새우며 고민하다 이렇게 펜을 잡게 되었습니다. 제가 동석 씨를 사랑하는 마음은 변함이 없습니다. 그렇지만 냉혹한 현실이 우리 둘을 갈라놓았습니다. 결혼한다면 사랑이 지속적으로 오래가지 못하리라는 것이 제 주변의 시선입니다. 동석 씨는 좋은 사람 만나서 아들딸 낳고 행복하게 사셔야 합니다.

동석 씨와 지냈던 지난날들은 참으로 행복했습니다. 저의 부족한 점을 따뜻한 사랑으로 감싸준 동석 씨를 어떻게 잊을 수 있겠습니까. 제가 동석 씨 곁을 떠나며 이렇게 주저리주저리 늘어놓으면 동석 씨에게 더 큰 아픔이 될 것이란 생각도 하고 있습니다. 그렇지만 어떻게 하겠습니까. 이러한 고백들은 동석 씨를 사랑하는 저의 솔직한 심정들인데 말입니다. 동석 씨를 …….

숙경의 편지는 동석이에게 충격을 가져다주었다. 편지를 다 읽고 난 동석은 편지를 짝짝 찢어 쓰레기통에 쑤셔 넣어 버렸다.

"드디어 올 것이 왔구만! 사랑한다고? 나쁜 년!"

동석은 눈을 부릅뜨고 천장을 노려보았다. 극도의 절망은 이때부터 시작되었다.

　동석은 눈이 붓도록 울기도 하고 무던히 숙경을 원망하며 그동안 그녀가 보내주었던 편지들을 불에 모두 태워 버렸다. 동석은 숙경을 마음속에서 지우려고 노력했지만 마음대로 잘되지 않았다. 그럴수록 동석은 어두운 곳으로 더욱 깊게 칩거해 들어갔던 것이다.

　동석의 그러한 칩거 생활이 순창댁에게 무관할 리 없었다. 의욕을 상실한 동석의 생활이 순창댁의 가슴을 육중한 무게로 짓눌렀다. 그래도 그녀는 시장에서 물건을 팔고 돌아오면 동석이에게 따뜻한 위로를 아끼지 않았다.

　"동석아, 이놈아! 니가 그러면 이 에미는 죽는겨! 니가 에미 죽는 꼴을 보아야 허겄냐. 여자는 또 사귀면 되는 것이니까 너무 절망허지 말거라. 너에게 딱 맞는 여자가 있을 것잉게 고렇게 알고 있거라잉. 밖으로 나와서 돌아다녀야 쓴다. 기술을 배우든가 아니면 공인중개사 자격증을 따든가 허면 살아갈 수 있응게 너무 절망허지 말거라잉. 고렇지 않으면 문방구를 혀도 되고 말이여. 계획을 갖고 열심히 살면 길이 반드시 열리는 것이여. 알겄지야. 동석아, 쪼깨 정신 좀 차리자잉."

　순창댁이 동석의 등을 다독거려 주었다. 순창댁뿐만 아니라 동철과 선영도 동석이에게 위로와 격려의 말을 아끼지 않았다. 동철은 퇴근하면서 소주병을 옆구리에 끼고 들어와 잔을 주고받으며 동석과 많은 이야기를 나누기도 했다.

　"형, 육교 옆에 문방구를 하나 보아놓은 게 있는데 어때요? 한번 해보지요. 집에 박혀 있으면 형 버린다구요. 남들 보기도 그렇고 형 자신도 피폐해져 간다니까요. 무엇보다 세상에 대해 자신감을 상실하게 된다니까요. 남자는 사회 활동을 해야 한다구요."

집요한 동철의 설득에 동석은 운영해보겠다는 뜻을 비쳤다. 순창댁은 동석의 그러한 반응을 매우 고무적으로 받아들였다.

"우리 동석이가 이자 사람 노릇 할 모양이구나. 그리여 뭐시라도 혀야 쓴다. 방에만 박혀 있으면 사람 버린당게. 잘 생각한 거여."

순창댁은 밝은 표정으로 말했지만, 마음마저 밝은 것은 아니었다.

'내가 워찌 지지리도 복이 없는지 모르겠네. 쌔고 쌘 청년들 중에 우리 동석이만 빙신이 되어야 헌당가. 조상님들, 우리 불쌍한 식구들을 쪼깨 도와주시오잉. 내가 전생에 무신 죄를 지었는지 모르겠소. 설사 죄지은 것이 있다 혀도 바다 같은 마음으로 돌봐주시오잉. 당신은 하늘나라에서 뭐허고 있소잉. 쪼깨 돌봐주시어야 허겠는디요.'

순창댁은 좌판에 앉아 채소를 팔면서도 손님이 뜸한 시간이면 우두커니 먼 산을 응시하곤 하였다.

"어디 아프신가요? 수심이 가득해 보이는데요."

"지가 그렇게 보였나요. 그러믄 안 되는디요."

그때마다 순창댁은 밝은 표정을 지었지만 그것은 잠시였다.

'워찌 하필이면 우리 동석이만 다쳤당가. 그리여 필경 집안에 무신 액이 낀 게 분명허당게. 고렇지 않고서야 동석이만 다칠 리 없당게.'

"순창댁, 요즈음 얼굴이 영 좋지 않아. 마음을 크게 먹으라고. 집안에 액이 끼면 그럴 수도 있다고 하니까 그런 것이겠지 하고 마음을 대범하게 가져야 한다구."

덕장댁의 말에 순창댁은 대꾸를 하지 않았다.

'내가 니 속을 모르겠냐. 너는 속이 고소헐 것이다. 우리 집안이 폭삭 망혀가는 꼴을 보고 너는 속으로 흐뭇헐 것이다. 고렇지만 일어날 것잉게 걱정허지 말거라잉.'

순창댁은 덕장댁의 말을 가볍게 생각하였지만, 액이 끼면 그럴 수도 있다는 말이 마음에 걸렸다.

"순창댁?"

덕장댁이 심각한 표정으로 순창댁을 불렀다.

"불렀소?"

"글쎄, 이걸 말해야 할지 모르겠네."

"무신 말인디 그려. 후딱 말혀야지 답답허구만 그리여."

"아니여, 아무것도 아닌게. 어서 장사나 하라구."

덕장댁은 무슨 말인가를 할 듯하다가 외면해 버렸다. 그러자 순창댁은 더욱 궁금증 속으로 빠져들었다.

'백여우 같은 년! 또 꼬리치고 자빠졌네. 헐 이야그가 있으면 시언허게 혀야지 워찌 꼬리를 싹 감추는거. 아니여, 오늘은 쪼깨 이상헌 구석이 보이는디 필시 무신 사연이 있을 것이랑게.'

"덕장댁, 나를 쪼깨 보자구. 헐 이야기가 있당게."

순창댁이 자리에서 일어나 덕장댁 곁으로 바싹 다가갔다. 그러고는 덕장댁 옆에 나란히 앉았다.

"할 이야기가 없을 텐데."

"아니여, 꼭 있당게. 아까먹새 나를 불러놓고 워찌 꼬리를 싹 감추었당가. 나헌티 숨기는 것이 있당게. 말혀 봐. 무신 일이여. 후딱 쏟아놓으랑게."

"정 그렇다면 할 수 있지. 순창댁이 원한다면 나는 사실을 말할 수 있다 이거여."

"뜸 들이지 말구 후딱 혀보랑게."

"그래. 순창댁이 들으면 깜짝 놀랄 일이야."

"고게 무신 일인디?"

"그동안 순창댁이 시장을 비운 사이 이상한 소문 하나가 장바닥에 쫙 퍼진 거야. 순창댁이 연하의 젊은 남자와 연애하다 보따리를 싸서 아주 멀리 떠났다는 것이지."

"뭐시라고?"

순창댁이 벌떡 자리에서 일어나더니 눈을 흡뜨고 덕장댁을 노려보았다.

"유언비어이니까 신경 쓸 것 없어. 그래도 알고는 있어야 될 것 같기에 이야기해준 거야."

"아들이 빙신 되어 병원에서 울며불며 생활혔는디 그런 나를 연애혔다고 모함허다니. 워떤 오살 육시럴 헐 년이 나를 못 잡아먹어서 한이대야. 무서운 시상이구만. 아이고, 내가 미치고 폴짝 뛴당게. 얼토당토않은 일을 가지고 소문을 낸 년이 누구대여. 내가 그년을 잡으면 가만히 두지 않을 것이당게."

순창댁은 제 분에 못 이겨 가슴을 주먹으로 쥐어박았다. 붉으락푸르락 그녀는 몹시 흥분되어 있었다.

"순창댁, 참아. 헛소문이란 것이 밝혀졌는데 뭘 그래. 순창댁이 없는 동안에 그런 소문이 있었다 그거지. 아들이 다쳐 그동안 병원에 있었다는 것을 다 아는 것 아니여. 그 소리 들으면 기분이 나쁠 거라는 것은 나도 알아. 그래서 이야기를 안 하려고 했던 거고."

"아니여, 내가 뿌리를 캐고 말 것이구먼. 덕장댁은 누구헌티 들었어? 이야그를 전헌 사람이 있을 텐디 말이여."

"모르겠는데. 나도 지나가다가 들었으니까 말이여."

뿌리를 캔다는 말에 얼굴이 갑자기 벌게진 덕장댁이 말을 더듬거렸다.

순창댁이 덕장댁의 그러한 표정을 놓칠 리 없었다.

"요년을 내가 기어이 잡고 말 것이랑게."

순창댁은 두 주먹을 불끈 쥐어보이고는 당찬 걸음으로 덕장댁 곁을 떠나 자신의 좌판 앞에 앉았다.

"순창댁, 장사는 잘됩니까?"

맹호근 사장이 다가와 물었다. 순창댁으로서는 대꾸하고 싶은 심정이 아니었다. 그렇지만 호의를 베풀어준 일 때문에 대꾸하지 않을 수 없었다.

"쪼깨 팔았구만이요."

순창댁의 표정은 어두웠다.

"순창댁, 얼굴 펴요. 동석이가 다리 하나 부러졌다고 결혼 못 하는 것도 아니니까 말이요."

"시방 말허고 싶지 않당게요. 혼자 있고 싶당게요."

"내가 순창댁의 심정을 충분히 알지. 그러면 다음에 봅시다."

맹 사장이 몸을 돌려 형제철물점 쪽으로 발걸음을 떼어놓았다.

순창댁의 마음속이 어질러 놓은 방처럼 어수선하였다.

'참말로 징헌 놈의 시상이구먼. 잡아먹을라고 허는 시상이당게. 무단시 나를 쥐어뜯는 이유를 모르겠당게. 엎어진 년 아주 뒈져 버리라고 작신작신 밟고 있당게. 고러면 내가 소리 한번 못 지르고 죽을 줄 아는가 본데 절대루 고렇게는 안 되제. 그리여 요럴 때일수록 정신 차려야 헌당게. 하나하나 신경 쓸 수 없는 것이여. 무시헐 것은 무시허고 싹 잊어뿌려야 헌당게. 동석이가 다쳐 병원에 갔다 온 것을 시상 사람들이 다 아는 것 아닌감. 지나간 한때 이야그로 잊어야 쓴당게. 문제는 시방 고것이 아니여. 아무래도 액이 끼어 집안에 우환이 생긴 것이라면 점을 쳐보아야 헌당게.

족집게로 소문난 처녀 점쟁이는 액이 워디에 끼어 있는지 확실히 알고 있을 것이구먼. 그리여 후딱 채소를 팔고 오늘은 꼭 점쟁이를 찾아가 보아야 헌당게.'

"자, 여기 떨이 있습니다요! 싸게 팔고 갈 것잉게 후딱 오시오잉! 구경들 허시고 마음에 들면 주워 담으시랑게요."

순창댁은 자리에서 일어나 떨이를 외쳤다. 그러자 손님들이 몰려오기 시작했다.

"순창댁, 나에게 감정 있나. 그렇게 물건 팔면 나는 어떻게 장사하라고 그러는가."

덕장댁이 아니꼬운 시선으로 순창댁을 건너다보았다.

"오늘은 일이 있어서 일찍 가려고 허니께 쪼깨 이해혀 주어야 쓰겄구만."

'여우 같은 년아! 너 골탕 한번 먹어봐라. 내가 너 골탕 먹이려고 고런 것은 아니지만 고렇게 되었단 말이시.'

"그래도 그렇지."

덕장댁이 눈을 치켜뜨고 잔뜩 불만스런 표정으로 말했다.

채소는 금세 바닥이 났다. 본전 정도로 채소를 다 팔고 순창댁은 좌판을 정리하기 시작했다.

앞치마처럼 두른 돈주머니를 떼어 백 속에 넣고는 리어카를 끌고 좌판상 골목을 벗어나기 시작했다. 소리전파사를 지나 통닭집이 있는 곳에서 좌회전하면 각종 양념을 파는 골목이 나온다. 그곳에 충남기름집이 하나 있는데 그 집 안채에 처녀 점쟁이가 산다. 족집게로 소문나 많은 사람이 줄을 잇는다고 알려졌다.

순창댁은 기름집 앞에 리어카를 세워놓고 안채로 들어갔다. 드나드는 내방객 때문인지 대문은 활짝 열려 있었다. 댓 명의 손님들이 문 앞에 서성이며 차례를 기다리고 있었다. 순창댁은 그 사람들 사이에 끼어 잠시 서성거려야 했다.

'시언허게 집안에 낀 액을 짚어 줄 것인지 모르겄네. 원채 유명허니께 틀림이 없을 것이구만. 그런디 시방 내 꼬락서니가 뭐시대야. 꾀죄죄허지 않남. 장사를 끝내고 왔더니 요렁코롬 촌시럽게 생겼구만. 아니여, 고런 것은 신경 쓸 것이 없당게. 처녀 점쟁이는 앞을 못 본다고 혔으니까 말이여. 냄새만 나지 않으면 된당게. 워디 냄새가 나남.'

순창댁은 옷깃을 움켜잡고 코에 바싹 들이대며 킁킁 냄새를 맡아보았다.

'더러운 땀 냄새는 안 나니께 된 것이랑게.'

차례가 되자 문을 열고 안으로 들어갔다. 머리를 길게 늘어뜨린 처녀 점쟁이는 검은 안경을 끼고 있었다. 그녀는 염주를 만지작거리며 알아들을 수 없는 소리로 중얼거리더니 순창댁을 향하여 물었다.

"무엇 때문에 왔어?"

그녀는 반말 투였고 꾸짖듯 불친절했다. 순창댁은 엉거주춤 자리에 앉았다. 그러고는 차근차근 말해야 한다고 생각하면서 조심스레 입을 열었다.

"아들놈이 전경에 갔는디 다리가 부러져 돌아왔당게요. 하도 폭폭혀서 찾아왔구만요."

"이유 없는 무덤은 없어. 아들 생년월일과 시를 이야기해 봐."

순창댁은 아들의 생년월일과 시를 음력으로 알려주었다. 그러자 처녀 점쟁이는 염주를 굴리며 한참을 읊조리더니 순창댁을 향하여 말했다.

"애비 복이 없구만."

"애비 복이요?"

순창댁은 점쟁이 곁으로 바싹 다가갔다.

"가까이 오지 마. 냄새나!"

점쟁이가 냉갈령스럽게 말했다. 순창댁은 움찔 놀라지 않을 수 없었다. 다가가던 동작을 멈추고 몸을 작게 옹송그렸다.

'워매 귀신이구만. 쪼깨 냄새나는 것을 워찌 고렇콤 알아낸당가. 개코랑게 개코여!'

"장사허다 곧장 왔더니 고렇구만이라우. 미안허구만이요."

"애비가 잔뜩 화나 있어. 눈을 부릅뜨고 있다니까. 잠들지 못하고 있다구."

"뭣 땜시 그란대요?"

"애비 등 밑으로 물이 흘러. 이장을 해야 쓰겠어. 가만히 놓아두면 또 화를 면치 못할 것이니까 명심하라구. 지금까지는 경고에 불과하다구."

"이장을 꼭 혀야 쓰겠는가요?"

"몇 번을 씹어야 하나. 이제 할 말 없으니까 나가라구."

그녀는 알아들을 수 없는 말을 읊조렸다. 그러면서 손을 내두르며 나가라는 동작을 취했다. 순창댁은 잘 알았다는 말과 함께 공손한 인사를 올리고 조심스레 물러 나왔다.

리어카를 끌고 양념 파는 골목을 지나 포장마차 앞에서 걸음을 세웠다.

'기분도 쿨쿨허고 날씨도 꾸무럭허니께 소주나 한잔헐까. 밍밍헌 기분으로 그냥 돌아가기는 그렇제. 한잔 꺾는 거여.'

순창댁은 리어카를 포장마차 옆에 세웠다. 그러고는 포장마차 안으로 들어가 꼴뚜기 안주와 소주를 시켰다.

143

"아줌마, 나 모르겄소? 나는 아줌마를 많이 본 것 같은디요. 시장통에서 좌판상을 허고 있소."

"아, 그러세요. 그리고 보니까 저도 아줌마를 본 것도 같네요. 고향이 남쪽인 모양이지요."

"나는 정읍서 왔는디요. 객지서 살다 보니까 여간 힘들지 않네요. 시상이 요렇게 험악헐 수 있소?"

"무슨 일을 당하신 모양이지요."

"말로는 다헐 수 없당게요. 그냥 소주나 마실라요. 이야그혀서 뭐 허겄소. 내 팔자가 꽉 쭈그러져 버렸으니 나만 서러운 것 아니겠소."

그녀는 안주와 소주가 나오자 잽싸게 술을 따라 한 잔 꺾었다. 카아, 하고 술잔을 놓으며 그녀는 이마에 잔뜩 주름을 모았다. 그녀는 거푸 두 잔을 비웠다.

"시방 공산당과 전쟁허는 것도 아닌디 말이요. 내 아들이 전투경찰에 갔다가 다리가 부러져 돌아왔당게요. 참말로 무서운 시상이랑게요. 학생들이 몽둥이로 내리쳐서 빙신을 만들어 놓았당게요."

"그래서 괴로워하시는군요. 시국이 시끌시끌하니까 다들 몸조심해야 하는데 그랬군요."

"남편 죽고 아들 빙신 되고 내 팔자가 워찌 그리 센가 모르겄소."

순창댁은 또 술잔을 비웠다.

"아니 이게 누구여? 순창댁 아니요?"

포장마차 안으로 불쑥 들어선 사람은 공대철 삼보부동산 사장이었다.

"공 사장님이 워쩐 일로?"

"곁을 지나가다가 순창댁 말소리가 들리기에 혹시나 하고 들어와 보았소."

"소주나 한잔하시지라우."

"그럴까요. 나도 마침 술 생각이 나서 망설였던 참이었는데 잘되었군요."

두 사람은 주거니 받거니 술잔을 비웠다.

"내가 한잔 사는 거니까 고렇게 알고 드시지오잉. 접때 은혜는 잊지 않을 것이구만요."

"그런 말은 하지 맙시다. 그 정도 가지고 도움이라고 할 수 있나요."

"그리도 우리에게는 큰 도움이 되었는디라우."

"순창댁, 과음하지 말아요. 몸 생각해야지요."

"말씀이라도 고맙구만이라우. 공 사장님이 지 몸을 생각혀주시고."

"그리고 순창댁, 소문건 이야기 들었소?"

"듣다마다요. 신경 쓸 것 없당게요. 내가 병원에 있었다는 것을 다들 알고 있으니까 말이요."

"나도 처음에 깜짝 놀랐소. 그런데 오히려 순창댁이 태연하니까 마음이 놓이네요. 많이 속상해하지 않나 걱정했지요."

"뭣 땀시 공 사장님이 지를 걱정해 주시고 그란다요."

"이유가 있겠소. 그냥 걱정되어서 그러는 것이지."

두 사람은 술잔을 부딪친 뒤 잔을 비웠다. 세 병 반을 마시고 두 사람은 자리에서 일어났다. 공 사장이 주머니에서 술값을 꺼내었으나 순창댁이 적극 나서서 그 돈을 밀치고 자신의 백 속에서 꼬깃꼬깃 접힌 지폐를 꺼내 술값을 지불했다. 어둠이 도둑고양이처럼 웅크리고 있는 포장마차 골목은 음산하기 이를 데 없었다.

"큰길까지 같이 갑시다. 내가 리어카를 끌어다 줄 테니까."

공 사장이 리어카 손잡이 안으로 들어가 쇠막대를 움켜잡고 끌기 시작했다.

"나도 끌고 갈 수 있는디요. 말짱허당게요."

순창댁은 리어카 뒤를 따라오며 중얼거렸다. 그녀는 얼굴이 화끈화끈 달아오르는 열기를 느낄 수 있었다. 기분 같아서는 고래고래 소리를 지르며 가슴 속에 쌓인 스트레스를 날려 버리고 싶었지만 그럴 수는 없다고 생각했다. 무엇보다 아는 사람을 만날까 두려웠던 것이다. 순창댁은 비틀거리며 불안스레 걸음을 떼어놓았다.

"아니 순창댁, 그 술을 먹고 취하나요? 똑바로 걸으시오."

"나는 똑바로 걷는디 뭣 땀시 시비를 걸고 그러는가요잉."

"안 되겠구만."

리어카가 갑자기 멎었다. 순창댁도 우뚝 걸음을 세우지 않을 수 없었다.

"워찌 그러는가요잉. 저보고 끌고 가라, 이거지요?"

"그게 아니요."

리어카 손잡이를 놓고 순창댁 곁으로 다가온 공 사장이 갑자기 그녀를 번쩍 들어 올리는 것이었다. 순식간의 일이었다. 우람한 체격의 공 사장 앞에서 순창댁은 새처럼 가벼운 존재일 수밖에 없었다.

"이게 무슨 짓이다요."

공 사장은 순창댁을 리어카 안에 살포시 내려놓았다.

"꼼짝 말고 있으시오. 내가 태우고 갈 테니까. 취해서 힘들어하시니까 내가 집에까지 편히 모셔다드릴게요."

"안 되는디요. 남들 보기에도 좋지 않당게요."

순창댁이 리어카 안에서 부스스 일어나려 하자 공 사장이 그녀의 어깨를 지그시 눌렀다. 그러자 그녀는 못 이기는 척 두 다리를 쭉 뻗고 앉아

단진자는 멈추지 않는다

꼼짝하지 않았다.

"꼼짝 말고 있어요."

공 사장이 손잡이 안으로 들어가 타원형 쇠막대를 움켜잡고 끙, 힘을
쓰자 리어카가 한길 인도를 따라 굴러가기 시작했다. 순창댁은 다소곳한
자세로 말이 없었다. 하늘엔 눈썹 같은 조각달이 걸려 있었다. 조각달이
종종걸음으로 그녀를 따라오고 있었다.

"공 사장님도 저 조각달을 쪼깨 보시랑게요. 우리를 자꾸만 따라오는
디요."

순창댁의 말에 공 사장이 머리를 들어 하늘을 바라보았다.

"그렇구만요. 정말로 따라오네요. 그러니까 우리는 달과 더불어 셋이
서 동행하는 셈이네요."

밤바람이 차가웠지만 순창댁은 술기운 때문인지 견딜 만하다고 생각
했다. 미륭아파트 앞에서 횡단보도를 건너야 할 때였다. 신호 대기로 리
어카가 잠시 멈추어 섰다.

"공 사장님, 다 왔으니께 여그서 내려야 허겄네요. 혼자 갈 수 있으니
께 여그서 헤어져야 허겄당게요."

순창댁이 벌떡 일어나 리어카 밖으로 걸어나왔다.

"집에까지 모셔다드리고 싶네요."

"고건 곤란하구만요. 괜찮당게요."

순창댁은 신호가 바뀌자 공 사장을 밀어내고 손잡이 안으로 들어가 리
어카를 끌기 시작했다.

"갈 수 있겠어요?"

"문제 없다니까요. 어서 가시랑게요."

"그럼 나 갈게요. 조심해서 가요."

공 사장이 희뿌연 달빛 속으로 유유히 사라져 갔다. 횡단보도를 건너온 순창댁은 잠시 멈추어 서서 총총히 떠나가는 공 사장의 뒷모습을 바라보았다.

집으로 들어서자 선영이 나와서 반갑게 맞았다. 그렇지만 순창댁은 밝게 웃지 않았다. 전과 달리 동석이 불구의 몸으로 돌아오고부터 집으로 귀가하는 순창댁의 마음은 무거웠다. 불구의 아들이 결혼하여 생계를 어려움 없이 꾸려가게 해야 한다는 것. 결혼시킨다면 어떤 색시가 올려고 할 것인가. 과연 그러한 것들이 용이할 것인가. 순창댁은 저녁을 먹으면서도 그 생각에 골몰했다. 그리고 당장 묘 이장을 해야 하는데 식구들이 찬성해 줄 것인지. 순창댁은 저녁을 먹고 나서 선영에게 말했다.

"선영아, 오빠들 다 큰방으로 모이라고 혀. 쪼깨 가족회의를 혀야 쓰겠다."

"알았어요. 엄마 술 드신 것 같은데 괜찮겠어요?"

"에미는 쪼깨 마셔서 암시랑도 않다."

동철은 다행스럽게도 직장에서 일찍 돌아와 있었다.

큰방으로 모인 선영·동철·동석은 순창댁이 중대 선언이라도 하는 줄 알고 딱딱하게 굳은 표정으로 잔뜩 긴장되어 있었다. 순창댁이 무겁게 입을 열었다.

"그동안 니들 앞에서 집안 문제를 상의혀 볼 시간이 없었는디 다행히 오늘은 죄다 집에 있어 좋은 기회인 것 같아서 모이라고 혔다. 내가 점을 보니까 아버지 묘로 물이 흘러든다고 허더구나. 그리서 동석이 니가 다쳤는가도 모른단 말이시. 물론 니들은 미신을 안 믿겄지만 에미는 달러. 그리서 아버지 묘 이장을 헐라고 그런다. 니들은 워떻게 생각허냐. 생각들이 있으면 이야그혀 봐라."

단진자는 멈추지 않는다

"어머니도 참, 지금이 어느 시대인데 그걸 믿고 그럽니까."

동철이 싱글싱글 웃으며 가볍게 받아넘겼다.

"아버지 묘가 잘못되어서 액을 받아 내가 다친 걸로 여기신 모양인데 그러한 생각은 옛날식 묵은 사상입니다. 제가 재수가 없어서 다친 거지요."

"저는 오빠하고 좀 생각이 달라요. 풍수지리 사상이 하루 이틀에 생긴 것은 아니잖아요. 물론 점성술도 마찬가지구요. 한 번쯤 아버지의 유골을 꺼내보고 좋은 땅을 찾아 모시는 것도 자손들이 할 일 같아요."

"워찌 고렇콤 어렵게들 이야그허냐. 쉽게 허그라. 그리야 무식한 에미가 알아들을 것 아니겠냐."

"묘 이장을 반드시 하겠다면 끝까지 반대할 생각은 없어요. 돈도 들고 하니까 그렇지요."

동철이 한 걸음 뒤로 물러나 찬성할 수 있다는 뜻을 비쳤다. 그러자 동석도 별 이견 없이 식구들이 하는 대로 따라갈 수 있다는 뜻을 표했다.

"동석아, 보훈처에서 보상 연금이 쪼끔 나오기는 혀도 턱없이 모자란다는 것을 잘 알지. 뭐시라도 혀야 쓴다. 문방구를 헌다고 혔는디 그 마음 변허면 안 된다. 매사에 의욕을 갖고 적극적으로 덤벼야 쓰는 것이여. 묘 이장 끝내고 문방구를 열어보자. 그리고 동철이 너는 파업허는디 뛰어들지 말고 니 헐 일이나 열심히 허면 되는 것이여. 회사에서 짤리면 큰일잉게 고렇게 알아야 쓴다. 알겠지야? 선영이는 공부나 열심히 허면 되는 것이고. 학교에 다니며 부엌일 하느라 선영이 니가 고생이 많다."

그날 저녁 가족 모임은 묘 이장을 하자는데 뜻을 모았다.

순창댁은 선영·동철·동석을 이끌고 미나리골로 내려갔다. 선영은 학교에 결석계를 제출했고 동철은 직장에서 휴가를 얻었다. 미나리골로 내려온 순창댁의 심기는 불편하기 이를 데 없었다. 자식이 잘되고 집안일이 잘 풀려 자랑거리를 가지고 내려온 것이 아니라 그 반대의 상황에 놓여 있다는 것이 순창댁으로서는 마음 아팠던 것이다. 순창댁을 만나는 사람들마다 위로의 말을 건넸다.

"순창댁, 얼굴이 반쪽이네. 마음고생이 컸지. 말로만 듣다 동석이를 직접 보니까 마음이 아프더구만. 꿋꿋하게 살아야 쓰네."

"참말로 오랜만이네. 묘를 이장헌다면서. 그리여 액이 끼었다면 고렇게라도 혀보아야지."

"참 안되었구만. 말짱한 동석이가 워쩌다가 저렇게 다쳤대야."

"순창댁, 반가워. 이사를 안 갔으면 동석이가 다치지 않았을지도 모르는디 말이여. 참 안되었구만."

만나는 사람마다 순창댁의 손을 부여잡고 수심 가득한 표정을 지었다. 순창댁은 어디 동굴 속으로라도 숨고 싶은 심정이었다. 그래서 그녀는 될 수 있으면 마을 고샅을 돌아다니지 않았다. 아는 마을 사람들을 면전에서 만나고 싶지 않았던 것이다. 그중에서도 얼굴을 붉히며 싸웠던 평동댁은 더욱 만나고 싶지 않았다.

"평동댁 부부와 몇 집이 마을을 떠나 멀리 이사혔어. 그리서 마을에 빈집이 생겼당게."

태인댁의 이 말을 듣고 순창댁은 안도의 한숨을 내쉬었다. 만나면 어색할 텐데 그럴 가능성이 원천적으로 차단되었다는 것이 참 다행이라고 생각했다.

"순창댁, 잠자리가 없으면 우리 집에 빈방이 하나 있는데 거기에서 자라고. 밥은 우리 식구허고 함께 먹고."

"태인댁, 말이라도 고맙구먼. 민하펜션에 방을 하나 예약혀 놓았구만. 거기서 밥도 혀먹을 수 있어."

미나리골 앞으로 평사리천 맑은 물이 흐른다. 그 물가에 있는 민하펜션은 사시사철 성황이다.

순창댁은 여기 펜션에 머물면서 지관을 물색하고, 그 지관과 함께 선산에 새로운 묏자리를 알아보고, 인부를 사고, 인부들에게 먹일 간식을 준비하는 등 제반 사항을 처리할 생각이었다.

"순창댁, 어려운 일 있으문 이야그혀. 내가 힘닿는 디까지 도와줄 수 있으니께."

태인댁이 마을 사람 누구보다 친절하게 대해주었다.

"인부들을 사서 대접헐라면 양념이 없당게. 그릇도 없구."

"내가 다 해결혀 줄 팅게 걱정 놓아."

"고렇다면 참말로 고마운 일이제."

순창댁은 태인댁의 손을 꼭 부여잡고 흔들었다.

지관은 면내에서 소문난 장 씨를 불러오기로 했다. 장지는 선산인 소낭산을 택하기로 하였다. 순창댁은 동철과 함께 지관 장 씨를 모시고 다니면서 소낭산 곳곳에 나침반을 놓아보았다. 장 씨는 지금 모셔져 있는 곳은 수맥이 닿는 곳이라고 하면서 풍수지리설을 늘어놓았다. 특히 그는 얼굴을 붉히며 전번 지관 탁 씨를 비난하였다.

"무슨 나쁜 감정이 있나. 이런 자리에 묘를 쓰게 하다니. 몰라서 그랬겠지. 안타깝구만."

순창댁은 장 씨의 뒤를 따라 꼬박 한나절을 헤매었다. 그러다가 장 씨가 나침반을 놓고 무릎을 친 곳은 소낭산 중턱에서 조금 내려온 양지바른 곳이었다. 45도 정도의 경사를 이루다가 갑자기 내려앉아 평퍼짐한 곳이었다. 현재 남편이 누워 있는 곳에서 오른쪽으로 돌아내려 온 곳으로 산줄기가 남남서 방향으로 길게 뻗어 있는 곳이었다.

"이런 곳을 가리켜 천비혈天鼻穴이라 하는 겁니다. 청룡青龍, 백호白虎가 겹겹으로 포위되고, 가까운 곳에 옥대玉帶, 사격砂格이 있으며 멀리 삼대형三臺形이 있어 삼양三陽이 구족具足하니, 가위 용龍이 성하고, 혈穴이 기이奇異하며, 득수得水가 좋습니다. 분명 부귀영화를 누릴 것입니다."[1]

장 씨는 동철과 순창댁을 앉혀 놓고 전문 용어를 구사하였지만, 그들은 통 알아들을 수가 없었다. 부귀영화를 누릴 것입니다, 라는 마지막 말이 순창댁의 귀에 착 달라붙어 좀처럼 떨어지지 않았다.

"이곳에 어르신을 모시면 좋겠는데요."

지관 장 씨는 소낭산 산세를 굽어보며 밝게 웃었다.

"좋다면 그렇게 헙시다잉."

동철과 순창댁은 흔쾌히 승낙했다. 장지가 결정되자 장 씨가 나무 막대기를 꺾어오더니 그곳에 말뚝을 박아놓았다.

어둠이 먹물처럼 풀어져 소낭산을 감싸기 시작하자 순창댁 일행은 산을 터덜터덜 걸어 내려왔다.

"내일 뵈요. 그럼 먼저 갈게요."

"오늘 수고 허셨구먼요."

장 씨는 마을 느티나무 밑에 세워둔 오토바이를 타고 유유히 사라졌다.

순창댁은 마을 고샅을 지나오다 웅동댁을 만났다.

"순창댁, 오랜만이구만."

"아이구 이게 누구여?"

---

1 서선계·서선술 저, 한송계 역, 『풍수지리 명당 전서』(서울:명문당, 1983), p.22.

두 사람은 서로 끌어안고 밝게 웃었다.

"안녕하세요?"

"동철이구먼. 반갑네."

동철이 인사하자 옹동댁은 손으로 어깨를 다독거려주었다.

"동철이 아버지를 이장시키려고 자리를 보아놓고 오는 길이여."

"그렇구만. 대충 이야기는 들었어. 생각했던 것보다 얼굴이 많이 안 좋구만. 도시로 가면 잘 풀릴 줄 알았는디 그렇지도 않은 모양이지."

"말도 말어. 속이 폭삭 썩어버렸당게."

"동석이 때문에 그러는 것 아니여?"

"그런 셈이지. 워찌 나는 지지리도 복이 없는지 모르겠당게."

"너무 그러지 마. 다 살아갈 길이 있는 벱이여. 하늘이 무너져도 솟아날 구멍이 있다고 허지 않어."

순창댁과 동철은 옹동댁과 헤어져 마을 고샅을 부산하게 빠져나왔다. 마을 구멍가게 앞을 지날 때였다. 목발이 가게 앞 의자 위에 가지런히 놓여 있었다. 가게 속에서 작게 신음이 들렸다. 동철에게는 그 소리가 가볍게 들리지 않았다. 사람이 죽어가고 있는 급박한 상황인지도 모른다는 생각이 들었다. 동철은 다급하게 가게 앞으로 다가가 문을 열어젖혔다. 순창댁도 바싹 뒤를 따랐다. 과자와 빵과 음료수, 그리고 소주병이 진열된 마을 가게는 을씨년스럽기 그지없었다. 그 가게 구석에 청년이 쓰러져 있었다.

"아니 이게 누구대여? 동석이 아니여? 니가 미쳤구나. 이게 무신 짓거리냐구. 여그까지 와서 안 하던 짓을 허고 그러냐구."

동석의 곁에는 빈 소주병 6개가 뒹굴고 있었다. 가게를 보는 백발이 성성한 노인이 고개를 살래살래 저으며 컬컬한 음성으로 말했다.

"고집이 세네요. 조금만 마시라고 말렸지만, 막무가내여서 어쩔 수 없었당게요."

"이 도웅석이는 사람이 아니입니다. 그러어니까 요용서어 하아십시오."

"무신 헛소리를 하고 있냐. 이놈아 그러려면 칵 뒈져나 버려. 그러면 잊어버리기나 허지. 이자 이 에미도 지긋지긋허다."

"어머니, 진정하세요. 업고 가서 설탕물이라도 먹여야 될 것 같네요. 오죽 속이 상하면 형이 술을 마셨겠어요."

동철이 동석을 둘러업고 가게를 빠져나왔다. 순창댁은 목발을 들고 그 뒤를 따랐다. 동석은 동철의 등 뒤에서 시래기 줄기처럼 몸이 축 처져 있었다.

"못 살아 내가 못 살아. 이놈아 니가 그러면 이 에미는 억장이 무너진다."

순창댁은 이 광경을 누가 볼까 두려웠다.

'누가 보고 소문을 퍼뜨리면 을매나 남세스러운 일인가. 아니여, 시방 고런 것을 따질 때가 아니랑게. 동석이가 고통을 호소허는 마당에 남 체면을 생각혀서 뭐 헌다는 것이여. 내 새끼가 시방 을매나 속이 탈까잉. 끙끙 앓는 것을 보면 속이 불붙어 활활 타고 있을 것이랑게. 여그는 약국도 없고 뭘 먹여야 헌대여.'

"동철아, 너는 형을 업고 먼저 펜션에 가 있거라. 이 에미는 동네 사람들헌티 약을 구해볼 팅게 말이여."

"알았어요. 빨리 다녀오세요."

동철은 껑충 뛰어 등에 업힌 동석을 한 번 추스르고는 민하펜션이 있는 마을 입구 쪽으로 빠르게 걸음을 옮겼다. 그 모습을 보자 순창댁의 마음은 더욱 다급해져 왔다. 그래서 순창댁은 목발을 들고 마을 태인댁네 집을 향하여 뛰기 시작했다.

'을매나 속이 상허면 인사불성이 되게 잔뜩 술을 먹었을까. 불쌍헌 내 새끼. 내 새끼 죽네. 술이 독약인디 말이여. 술 많이 먹고 죽은 사람도 있지 않는감. 워쩐대여 그러다가 죽는 것이 아닌지 모르겄네잉. 남편 이장허러 왔다가 내 새끼 죽이게 생겼네.'

순창댁은 태인댁네 집으로 뛰어 들어가 그녀를 외쳐 불렀다. 곧 숨이 넘어갈 것처럼 다급한 외침이었다. 그러자 태인댁이 놀란 표정으로 부엌에서 뛰어나왔다.

"순창댁이 웬일이여? 무슨 사고 났나?"

"동석이란 놈이 술을 몽땅 처먹고 뒈질려고 헌다니께. 소화제나 술 깨는 약 있으면 쪼깨 주라구."

"없는데 어쩐대여. 큰일이구먼. 꿀이 조금 있는디 가져다 먹여 보라구. 그럼 속이 훨씬 빨리 풀릴 팅게 말이여."

"그럼 조금 주라구."

잠시 기다리자 태인댁이 소주병에 든 꿀을 내왔다. 순창댁은 꿀을 받아 들고 고맙다는 말을 남긴 뒤 펜션으로 뛰었다.

'내 새끼 죽네. 속이 을매나 쓰리고 아플 것인가잉. 불쌍헌 자석. 그동안 못 먹어서 속이 허할 것인디 말이여. 거기다가 술을 부었으니 지는 이자 죽을 것이구먼. 아이구, 내 가슴아. 워찌 가슴이 요렇코롬 뛰는 것인지 모르겄네잉.'

펜션에 도착하자 순창댁은 대접에 물을 붓고 꿀을 타서 일어나 앉은 동석의 입에 가져다대었다. 동석이 벌컥벌컥 물을 마셨다.

"그리여, 마셔야 니가 살아난단 말이시."

순창댁은 동석이 물 마시는 것을 보고 죽지는 않겠구나, 라고 생각했다. 꿀물을 마신 동석은 쓰러져 누워 곧 잠이 들었다.

　다음 날 아침 동석은 일찍 일어났다. 그는 일어나자마자 속이 쓰리다고 하면서 냉수를 한 대접이나 마셨다. 머리를 감고 면도를 하는 등 몸단장에 신경을 썼다. 기특하다는 생각이 들어 순창댁이 그 이유를 물었다.

　"오늘은 아버지를 다른 곳으로 모시는 날 아닙니까. 자식으로서 정성을 다해야지요."

　그렇게 말한 동석은 오늘 있을 이장에 대한 준비 사항을 하나하나 점검하였다. 인부며, 음식이며, 지관이며.

　"너는 몸이 불편헌 게 구경이나 허면 된다. 너무 신경 쓰지 말거라. 이 에미가 다 손써 놓았으니까 말이여."

　순창댁은 동석에 대해 장남이라 좀 다른 구석이 있다고 생각했다.

　그녀는 무엇보다 날씨가 걱정되었다. 비가 오고 바람이 불면 일을 하는데 여간 고역이 아닐 것이기 때문이었다. 하늘은 어둡게 내려앉아 있었다. 그러나 일기예보는 곳에 따라 약간의 비가 내릴 거라고 하였으니까 가히 염려할 만한 정도는 아니라고 판단했다.

　아침을 먹고 나자 지관 장 씨와 인부들이 펜션으로 찾아왔다. 바지게에 곡괭이와 삽을 짊어진 인부들은 우의를 입고 있었다. 순창댁은 인부들을 향하여 부탁의 말을 잊지 않았다.

　"고생들 허겄소. 오늘 잘 부탁헙니다요. 아침은 다 먹고 오셨나요? 아침 식사를 못 허신 분 있으면 여그서 먹고 가시지요잉."

　"아침은 다 먹었습니다. 여그서 간단히 술이나 한잔씩 허고 가지요."

　한 사내가 바지게를 내려놓으며 이렇게 말하자 다른 동료들도 좋다면서 적극 동조하고 나왔다. 순창댁은 돼지머리 누른 것과 소주를 내놓았다. 술잔이 오고 가고 얼굴들이 벌게지자 그들은 흥과 기운이 나는지 말이 많아졌다. 마당에 멍석을 깔고 간단히 차린 술상은 금방 바닥이 났다.

"자, 일어납시다. 일을 끝내고 술을 마십시다. 술을 너무 마시면 오늘 일을 제대로 하지 못합니다."

지관 장 씨가 큰소리로 외쳤다. 백발이 성성한 노인의 말이라 그런지 이의를 제기하는 사람은 없었다. 인부들은 옷을 툭툭 털고 일어났다. 그들은 지관 장 씨와 동철이 안내하는 소낭산으로 향했다. 인부들은 지관 장 씨의 요구에 따라 4명씩 2개 조로 나누어졌다. 한 개 조가 맡은 것은 기존의 자리를 파헤쳐 유골을 찾아올리는 것이고 나머지 한 개 조는 새롭게 유골이 안장될 곳을 파는 작업이었다.

인부들이 떠난 뒤 부엌일을 도와주기로 했던 태인댁이 도착했다.

"태인댁 오늘 고생허겄는디 어떻게 허지."

"아니여. 잠깐 허는 것을 뭐 고생이라 헐 수 있나. 나보다 순창댁이 고생이 많구만."

"오늘 고생하시겠어요."

선영이 태인댁을 향하여 인사를 올렸다.

"선영이 힘들겠구만. 그래도 오늘은 각오혀야 쓰겄어."

"네, 마음 단단히 먹고 있습니다."

선영과 태인댁은 펜션 마당에 텐트를 치고 임시 마련한 부엌으로 들어가 그릇을 달그락거리며 새참과 점심을 준비하기 시작했다. 순창댁은 그러한 태인댁이 여간 고맙지 않았다. 그릇까지 빌려준 태인댁이 아니던가.

"저도 소낭산에 슬슬 올라가 보아야겠네요."

동석이 목발을 짚고 대문 쪽으로 불안스레 걸어 나갔다.

"조심해서 가거라. 넘어지면 다치니까. 길은 알고 있지야?"

걱정되어 순창댁이 물었다.

"걱정하지 마십시오. 이 마을에서 잔뼈가 굵어진 사람입니다."

동석이 대문 밖으로 모습을 감추었다. 순창댁은 좀 염려되기는 하였지만 크게 마음 쓰지 않기로 하였다. 인부들이 있어 유사시 도움을 받을 수 있다고 판단했기 때문이었다. 그녀는 막걸리와 안주를 챙겨 바구니에 담았다.

'이걸 가지고 올라가야 중간중간 쉬면서 인부들이 땀 흘린 뒤의 갈증을 해소할 수 있을 거랑게.'

순창댁은 그 바구니를 들고 소낭산으로 가기 위해 대문을 나섰다.

'길일이라고 혔으니까 날짜는 잘 잡은 것 같은디 말이여. 워찌 날씨가 꾸무럭허대여. 비가 오지 않아야 헐 텐디. 그리여 비가 오지 않을 것이구먼. 이번에는 좋은 자리를 찾아 모시니까 편히 잠드셔야 써요. 당신을 위해서 신경을 많이 썼으니께 고렇고 알고 있으시오잉. 당신이 보살펴 주셔야지 누가 보살펴 주시겠소.'

순창댁이 현장에 도착하자 눈치챈 인부들이 일을 하다 말고 모여들었다.

"기다렸는데 인자 오요."

"늦었나요. 미안허구만요. 먹고 허시지오."

순창댁은 봉분 바로 아래에 신문지를 깔고 술과 고기를 차려놓았다.

"술을 조금씩 마시라고."

지관 장 씨의 말에 인부들은 걱정하지 말라고 하면서 술잔을 돌렸다. 인부들 속에 낀 동철에게도 술잔이 돌아왔지만, 그는 손을 내두르며 한사코 거절하였다.

"오늘은 술을 마시면 안 되지요. 경건한 자세로 임해야 되는 것 아닙니까."

그러자 이번에는 술잔이 순창댁에게 넘어갔다. 순창댁은 음주를 권유받자 펄쩍 뛰면서 사양하였다.

"부정 탄당게요. 술 마시고 그러면 안 되지라우. 정성으로 모셔야 된다니께요."

인부들은 그러한 순창댁에게 더 이상 술을 권하지 않았다.

"순창댁, 아직 육탈이 안 되었을 것 같은데 어떻게 하지요?"

인부 하나가 순창댁을 바라보며 매우 걱정스럽다는 표정이었다.

"글면 워떻게 혀야 허남요?"

"그것 걱정 없습니다. 제가 다 준비해왔습니다."

지관 장 씨가 일어나 자신 있게 말했다.

"그게 뭣인디요?"

"우선 고무장갑이 필요합니다. 그다음에는 마스크입니다. 그리고 대나무를 깎아 만든 대칼도 필요합니다. 이 세 가지만 있으면 육탈 안 된 살을 발라내고 유골만 깨끗하게 추출할 수 있는 거지요."

"어떻게 잘되어 갑니까?"

면사무소 이장 회의에 참석하고 늦게 도착한 태인양반이 다복솔 무더기 속에서 모습을 드러내며 소리쳐 말했다.

"시방 쉬는 중이구먼이요. 후딱 올라오시오잉. 한잔허셔야 쓰지 않겠소."

순창댁이 자리에서 일어나 태인양반을 맞이했다. 인부들은 후래자삼배, 라고 하면서 태인양반에게 마구 술잔을 권했다. 태인양반은 술잔을 거절하지 않았다.

"비가 오지 않아야 헐 텐디 걱정이네요."

태인양반은 남동쪽 어두운 하늘을 그윽이 바라보았다.

"비가 와도 걱정 없으니까 너무 신경 쓰지 마시오. 뭐 이런 일 한두 번 해보나요. 자, 그러면 시작합시다."

지관 장 씨가 일을 재촉했다. 아무래도 비가 오면 작업하는데 애로사항이 있기 때문에 장 씨로서는 서둘러 일을 끝내는 게 상책이라고 생각했다. 인부들이 옷을 털며 일어났다. 그들은 벌겋게 상기된 얼굴이었다. 곡괭이가 하늘로 솟구쳤다 땅을 내리찍을 때마다 벌건 흙덩이가 와르르 무너져 내렸다. 흙덩이 속에는 일부 자갈이 섞여 있었다. 곡괭이 날이 자갈 위에 떨어질 때는 투명한 소리와 함께 번쩍 섬광이 일었다. 인부들은 목덜미에 흐르는 땀을 연신 손등으로 훔쳤다.

"지관 어른, 지는 저쪽으로 가 봐야 쓰겄는디요."

순창댁은 새롭게 이장해 갈 곳을 가리켰다.

"그렇게 하세요. 저도 가 봐야 하겠는데 먼저 가시오. 내가 각도를 잡아준 대로 땅을 파고 있는지 모르겠네요."

순창댁은 술과 안주가 든 바구니를 들고 산협을 따라 내려가기 시작했다. 새롭게 모실 장지가 소나무 숲에 가려 보이지 않았다. 순창댁은 솔가지를 헤치며 좁다랗게 난 산길을 내려오다 인기척이 들리는 곳으로 방향을 전환했다.

"주인아줌마가 오시네요. 쉬었다 합시다. 한잔씩 해야지요."

인부 하나가 순창댁을 발견하고 뛰어나와 바구니를 받아들었다.

"괜찮은디요."

"무거워 보이네요. 고생허셨습니다."

목에 수건을 두른 인부들의 이마에서 땀방울이 흘렀다. 유골을 모실 땅이 직육면체 모양으로 제법 깊게 파여 있었다. 동석은 나뭇등걸에 걸터 앉아 일하는 광경을 물끄러미 바라보고 있었다.

"자, 그만들 나오세요. 목을 좀 축이고 헙시다."

바구니를 받아 든 인부가 큰소리로 재차 외치자 일하던 사람들이 삽과 괭이를 놓고 손을 털며 신문지 위에 차려진 술과 안주 곁으로 모여들었다. 물길을 내는 등 작업 성과는 60% 정도의 진척을 보였다. 인부들은 명당에 대한 이야기를 나누며 술잔을 돌렸다. 대체로 그들의 이야기는 새로 옮길 지금의 자리가 기존의 자리보다 훨씬 좋다는 평가였다. 맥이 어떻고, 혈이 어떻고, 하면서 산세에 대해 이야기하는 내용들을 순창댁은 잘 알아들을 수 없었다.

"아주머니도 한잔해야지요."

순창댁에게 술잔이 돌아왔다.

"지는 안 마실랍니다. 정성으로 모셔야지라우."

순창댁은 손을 내저었다.

"그럼 동석이 한잔 마시지."

동석이에게 술잔이 넘어갔다. 동석은 못 이기는 척 술잔을 받았다.

"정성껏 모셔야 쓴다. 술 마시지 말거라잉. 니를 위해서 허는 소리다. 알아듣겄냐?"

술잔을 받아 든 동석이에게 순창댁은 단호하게 말했다. 동석이 술잔을 들고 멈칫거렸다.

"신경 쓸 것 없습니다. 제사상에서 술 한잔할 수 있듯이 이장하면서 조금 마시는 게 무슨 상관입니까."

인부 하나가 걸걸한 음성으로 말했다.

"나 안 마셔야겠네요. 내가 다쳤다고 이장도 하고 그러는데 술 마시면 안 될 것 같네요."

동석이 곁에 있는 사람에게 술잔을 넘겼다.

"그럼 우리끼리 마시는 겁니다."

동석이 넘긴 술잔에 술이 채워졌다. 산바람이 나뭇가지를 흔들어대었다. 낙엽들이 허공에 파문을 그리며 낙하하고 있었다. 바람과 낙엽과 음산한 기운이 산을 가득 채우고 있었다. 못방산 쪽에서 산까치 울음소리가 들렸다. 순창댁은 50cm 정도의 깊이로 파 놓은 땅을 바라보며 소원을 빌었다.

'당신은 이자 좋은 자리로 들어가시는구만요. 그동안 미안했구만이라우. 물이 질질 흐르는 곳에 모셔 놓아 죄송혔구만요. 용서허시지요잉. 내는 당신만 믿고 있을 것이구만요. 꼭 동석이가 장가를 갈 수 있도록 혀주어야 쓴당게요. 동석이는 원래 착헌 애가 아니던가요. 당신이 나에게는 아무렇게나 혀도 상관없지만 동석·동철·선영은 잘 돌보아주셔야 쓰지 않겠소. 부탁허구만이라우.'

인부들은 다시 일을 하기 시작했다. 인부들이 술을 마시기 전과 달라진 점은 얼굴이 벌겋게 되었다는 것과 말이 많아졌다는 점이었다. 또 하나 빼놓을 수 없는 것은 아까보다 활기 있게 삽질하고 있다는 점이었다.

"일들 많이 했구만."

지관 장 씨를 필두로 유골을 발굴한 네 명의 인부들이 나타났다. 동철이 흰 보자기로 싼 상자를 들고 있었다.

"장 씨 어른 더 파야 합니까?"

구덩이 속에 들어가 삽질을 하던 인부가 가까이 다가온 장 씨에게 물었다.

"조금만 더 파라구."

인부들은 부산하게 손을 놀렸다. 지관 장 씨의 지시에 따라서 일꾼들은 날렵하게 움직였다. 땅속에서 올라온 흙들은 보송보송한 황톳빛이었다.

"비가 오면 질퍽거리니까 빨리 서두르자구. 이쪽으로 좀 오시고."

지관 장 씨는 비가 많이 올 때를 대비해 빗물이 잘 빠지도록 물고랑 내는 일에 각별한 관심을 보였다. 2개 조가 한곳에 합쳐지자 인부들의 작업 진척 성과가 확연하게 눈에 띄었다. 그렇게 한참 일을 하고 있을 때였다.

"새참이 올라오네요. 쉬었다가 허면 워쩔까 싶은디요."

"그럽시다. 먹고 헙시다!"

순창댁의 말에 인부 하나가 큰소리로 외쳤다. 순창댁은 달려 내려가 태인댁에게서 바구니를 받아들었다.

"우리 때문에 태인댁이 고생허는구만. 이것 미안혀서 워쩐대여."

"별소리를 다 허구만. 서로 돕고 사는 게 인지상정이야."

"별로 높지 않은 것 같은데 막상 올라와 보니까 꽤 힘드네요."

선영은 오른손에 묵직해 보이는 양동이를 들고 있었다. 움직일 때마다 그 속에서 찰랑거리는 물소리가 들렸다.

인부들은 일손을 놓고 음식이 있는 곳으로 모여들었다. 그중 털보 사내 하나가 다급하다면서 허리띠를 잡고 소나무 숲속으로 뛰어가 몸을 감췄다. 그러자 남은 사내들이 배꼽을 잡고 웃었다. 인부들에게는 한 그릇씩의 국수가 안겨졌다. 태인댁이 대접에 삶은 국숫발을 넣고, 선영은 거기에 육수를 부어 인부들에게 넘겼다. 국수를 받은 인부들은 돌팍 위나 나뭇등걸 위에 앉아 후루룩거리며 날렵하게 젓가락질하기 시작했다. 인부들은 한 그릇의 국수를 게 눈 감추듯 가볍게 비웠다. 그러고는 담배를 태워 물었다.

"점심은 펜션으로 내려가서 드셔야겠네요. 불편허지만 어쩔 수 없당게요. 밥과 반찬을 소낭산까지 옮겨오기가 쉽지 않당게요."

태인댁이 인부들을 향하여 낭랑한 목소리로 말했다.

"염려 마십시오. 반찬이나 많이 준비해 놓으십시오."

인부들은 별 이의를 제기하지 않았다. 빈 그릇이 속속 모여들자 선영은 짐을 꾸리기 시작했다. 빈 양동이에 그릇들을 담고 바구니에는 먹다 남은 김치며 반찬들을 담았다.

"많이들 드셨는가 모르겠네요. 야물지게 일을 잘 좀 처리혀주시면 좋겠는디요."

순창댁이 인부들을 바라보며 협조를 요청했다.

"잘 먹었구요. 이런 일 한두 번 해보나요. 염려 놓으세요."

털보 사내가 활짝 웃으며 말했다.

선영과 태인댁은 산을 내려가기 시작했다. 그들은 점심을 준비해야 한다면서 부산하게 걸음을 옮겼다.

"자, 유해를 모십시다."

지관 장 씨가 담배를 손가락 사이에 끼고는 큰소리로 외쳤다. 상자에 담겨진 유골은 상수리나무 밑에 고이 모셔져 있었다. 그 곁에서 동철이 떠나가지 않았다. 4명의 인부들은 팽이와 삽을 들고 물고랑 내는 작업에 동참했다. 나머지 4명은 지관 장 씨의 요청으로 유골을 안장시키는 작업에 참여했다. 가로 0.7m, 세로 2m, 깊이 1m 크기의 구덩이 밑에는 빨간 천이 깔렸다. 흰 보자기로 싼 상자가 열려지고 유골이 모습을 드러냈다. 순창댁은 그걸 보더니 질끈 눈을 감았다. 무서운 공포로 으스스 몸을 떨었다. 문득 남편이 되살아난 것 같은 환상을 보았던 것이다. 유골을 똑바로 쳐다볼 수 없었다. 살을 비벼대며 살았던 생생한 남편의 유골이라는

데서 삶의 허무와 비정함을 느꼈다. 순창댁은 잠시 먼 산을 쳐다보았다.

"주인아주머니, 이리 좀 오십시오."

순창댁은 지관 장 씨가 부르는 소리에 고갤 돌렸다.

"부르셨는가요잉?"

순창댁이 지관 장 씨 곁으로 가까이 다가갔을 때 유골은 안치되어 있었다. 유골 위에 검붉은 천이 곱다시 깔려 있었다.

"술을 한잔 치십시오."

지관 장 씨의 요청대로 동철이 술을 딸고 순창댁이 잔에 술을 받아 검붉은 천 곁에 부었다. 그다음은 동석과 동철이 서로 바꾸어 가며 술을 치고 술을 올렸다. 이어서 가족들은 엎드려 재배를 올렸다. 인사가 끝나자 지관 장 씨가 동석을 불러세웠다.

"자, 장남이 흙을 한 삽 떠서 뿌리라고."

장 씨의 요구대로 동석이 목발을 짚고 흙 한 삽을 떠서 천 위에 뿌렸다.

"뭣들 합니까. 흙을 던지세요."

지관 장 씨가 인부들에게 작업을 독촉했다. 그러자 여러 개의 삽들이 어지럽게 드나들며 흙을 떠서 유골 위에 뿌렸다. 금세 흙덩이들이 소복하게 쌓였다. 흙이 어느 정도 쌓이자 인부들은 그 위로 올라가 두 발로 굴러 단단하게 다졌다. 볼록하게 봉분이 만들어지는 데는 오랜 시간이 걸리지 않았다.

"이제 가족들은 산을 내려가도 됩니다."

지관 장 씨가 순창댁을 향하여 말했다.

"그럼 지는 내려가보겠구만요. 동철이 너는 남아서 인부들과 함께 내려오거라잉. 에미는 먼첨 가서 점심 식사 준비하는 걸 도와야 쓸 것 같다."

"알았어요. 형과 함께 내려가세요. 형은 이따가 내려갈 때 인부들의 걸음을 따라가지 못하니까 미리 시간을 갖고 일찍 내려가는 것이 좋을 것 같아요."

"그리여 고렇게 혀야겄다."

순창댁은 동석의 팔을 부축하며 산을 내려가기 시작했다. 동석은 기우뚱거리며 조심스럽게 발걸음을 떼어놓았다.

"혼자 갈 수 있다니까요. 놓으세요."

동석은 순창댁의 손을 뿌리치고 혼자의 힘으로 걸음을 옮겼다. 주위의 나뭇가지들을 움켜잡고 매달리듯 하면서 산을 내려가는 행동이 매우 불안했다.

"어머니 먼저 가십시오. 저는 천천히 내려갈랍니다."

"안 된다. 위험혀."

"오히려 신경 쓰이고 제가 부담스럽습니다. 이 골짜기는 제가 어렸을 때 토끼처럼 뛰어다니며 전쟁놀이를 한 곳입니다. 먼저 가세요. 아무 일도 없을 것입니다."

"정 고렇다면 에미 먼첨 간다잉. 조심혀서 내려와야 쓴다."

순창댁은 몸을 돌이켜 성큼성큼 산을 내려갔다. 그녀는 열 발짝도 옮기지 못하고 뒤돌아보았다.

"조심혀야 쓴다. 다치면 큰일이니까."

"염려 말라니까요. 제가 한두 살 먹었나요."

순창댁의 귀에는 동석의 외침이 가냘프게만 들렸다.

'몸이 성한 에미도 경사진 길을 내려가기 힘든디 지는 을매나 고통스러울까잉. 또 모르제. 동석이는 젊으니께 에미보다 쉽게 내려갈지도. 아니여. 고것이 아닐 것이구만. 아무리 젊다 혀도 지는 빙신이고 나는 성한 몸이 아닌가. 그려도 에미가 내려가기 용이헐 것이구만. 동석아, 이놈아 조심혀야 쓴다. 팔이나 덜컥 부러져 봐라. 이자 니 신세는 완전히 깡통 찬 신세가 되어 버리는 것이여. 니 아버지와 우리 식구들을 생각혀서 이장을 허는 것이 아니겄냐.'

순창댁은 자꾸만 뒤를 돌아보았지만, 동석은 보이지 않았다.

'잘 내려오고 있는지. 다치지는 않았는지.'

순창댁은 부시럭 소리만 나도 움찔 놀라 뒤를 돌아보았다. 한참을 내려가다 인기척이 없자 그녀는 뒤를 돌아 이렇게 외쳤다.

"동석이 잘 내려오냐? 대답혀 봐라!"

"염려 말라니까요! 잘 내려가고 있어요!"

동석의 외침 소리를 듣고서야 순창댁은 부산히 발걸음을 떼어놓았다.

산에서 내려와 밭둑을 걷는 그녀의 안면에 땀방울이 연신 방울져 흘렀다.

"선영아, 점심을 워떻게 준비 했냐?"

순창댁은 펜션으로 들어서기가 바쁘게 식사 준비 상황을 점검했다.

"다 되었어요. 밥만 푸면 되니까 염려할 것 없어요. 보세요. 다 차려놓았잖아요."

선영이 방 안에 차려논 음식상을 가리켰다.

"수고했다."

순창댁은 선영의 어깨를 다독거려주었다.

"인부들이 안 내려오네."

태인댁이 부엌에서 나오며 말했다.

"태인댁, 고생이 많구만. 미안혀서 워쩌야 쓴대여. 곧 내려올 것잉게 고렇게 알고 있으라구."

어둡게 내려앉은 동쪽 하늘부터 점차 밝아져 왔다. 순창댁은 마루에 앉아 대문 쪽을 눈여겨 바라보았다. 동석이 지금껏 나타나지 않고 있었던 것이다. 그녀는 낙타 등처럼 굽어 보이는 소낭산을 응시했다.

'바로 저그가 오늘 이장한 디 맞을 거야.'

그녀는 산허리 양지쪽 오목한 부분을 눈여겨 바라보았다. 대문 쪽에서 검은 물체가 불쑥 나타나며 인기척이 들렸다. 그녀는 시선을 대문 쪽으로 옮겼다.

"동석이가 오는구나. 다치지는 않았니?"

마루를 내려와 대문으로 뛰어나갔다. 목발을 짚고 오는 동석의 하반신은 흙투성이였다.

"몇 번 넘어졌어도 다친 데는 없어요."

표정은 어둡지 않았다.

"항상 조심혀야 쓴다."

순창댁은 동석의 팔을 잡고 마루 쪽으로 끌었다.

"놓으세요. 혼자서 걸을 수 있어요."

동석은 순창댁의 손을 뿌리치고 수돗가로 가서 손을 씻었다.

"저희들 왔습니다."

한 떼의 인부들이 마당으로 들어섰다.

"어서들 오시지오잉. 손 씻고 방으로 들어가세요. 식사 준비가 다 되었구만이라우."

순창댁이 토방에 서서 인부들을 반갑게 맞았다.

"봉분은 다 완성되었습니다. 뗏장을 입히고 물고랑을 내는 등 주변 정리 작업만 남았습니다. 오후에는 그걸 처리할 겁니다."

지관 장 씨의 설명이었다.

"알아들었구만이라우. 수고허셨어요. 손 씻고 어서 들어가시지오잉."

인부들은 마당 수돗가에 걸터앉아 바짓가랑이와 신발의 흙먼지를 털었다. 신발을 들어 수돗가 귀퉁이에 딱딱 때리며 흙가루를 터는 사람도 있었다.

"대충 털고 들어갑시다. 오후에 또 작업을 해야 하니까요."

손으로 대충 툭툭 털고 방으로 들어가는 인부도 있었다.

인부들은 밥상 앞에 앉아 밥이 들어오기를 기다렸다. 차려논 반찬들을 바라보며 단침을 삼키는 사람도 있었다.

"아까 국수를 먹어서 그런지 배고픈지 모르겠네."

"나는 배고픈데."

"자빠져 놀다가 일을 하니까 소화는 잘되는데 어깨가 뻐근하구만."

"그래도 그렇지. 젊은 나이에 벌써 어깨가 뻐근하면 되겠나. 내가 노가다에 나가 일할 때는 새벽부터 저녁까지 종일 등짐을 졌네. 그래도 그때는 거뜬했지. 그러나 지금은 달라. 이제 늙은 거야."

"내가 해병대에 가서 훈련받은 것에 비하면 노가다는 아무것도 아니여."

인부들은 이야기를 나누다 밥이 나오자 허푸거리며 숟갈질을 하기 시작했다. 동철은 인부들에게 돌아가며 한 사람씩 차례로 술을 권했다. 그때 동철은 "시장이 반찬이다"라는 말을 떠올렸다. 인부들은 맛깔스럽게 점심을 들었다.

"태인댁, 우리도 점심을 먹읍시다. 선영이 너도 앉고."

"그러지요, 뭐."

순창댁·태인댁·선영은 마당 평상에 앉아 점심을 들었다.

"방에 물을 떠다 바쳐야 쓰겠구나. 내가 갈 테니께 태인댁허고 선영이는 어서 점심이나 들어.”

순창댁은 주전자에 든 보리차를 들고 방으로 들어갔다.

“물 떠왔구만이라우. 식사허시고 물들 마시지오. 밥 모자라면 말씀허시고. 반찬은 없지만 많이들 드시오잉.”

“염려 마세요. 양대로 실컷 먹을 겁니다.”

순창댁은 방에서 나와 마당으로 향했다. 그녀는 마당 평상에 앉아 수저를 들고 중단했던 식사를 하기 시작했다.

식사 후 순창댁·선영·태인댁·동석은 펜션에 남아 설거지를 하는 등 뒷정리를 하였고 동철은 인부들과 함께 소낭산 현장에 나가 마무리 작업을 했다. 뗏장을 입히고 발로 잘근잘근 밟아주었다. 그래야 뗏장이 잘 착근할 수 있기 때문이었다. 물길을 다스리고 주변의 거친 나무들을 낫으로 베어 묘 주위가 환하게 정돈되었을 때는 오후 6시가 넘어서 있었다.

어스름이 내릴 무렵 동철은 인부들을 앞세우고 산에서 내려왔다. 순창댁은 작업을 끝내고 돌아온 인부들에게 품삯을 지불했다. 애초 저녁 식사는 대접하지 않기로 했었다. 그래서 인부들에게 간단히 술만 한잔씩 대접했다. 태인댁에게도 수고비 조로 봉투를 건넸지만, 손을 쩔쩔 내저으며 받으려 하지 않았다.

“돈 받으려고 일헌 게 아니여. 쓸데없는 생각 말고 얼른 집어넣어. 옛정으로 돕고 싶어서 일헌 것이니까 그렇게 알고 있어. 우리가 그런 것 받을 처지인가. 일당을 받으려고 했다면 애초부터 일을 허지 않았당게.”

순창댁은 꺼냈던 봉투를 다시 주섬주섬 주머니에 넣었다.

“고맙고 미안혀서 워쩌야 헌대여.”

“아 그런 소리 말어. 옛날에 우리도 도움을 받은 일이 있었다구.”

“하여튼 잊지 않을 것이구먼.”

순창댁은 태인댁을 꼭 안아주었다.

밤이 깊어 늦게야 잠자리에 들었지만 순창댁은 쉽게 가수 상태 속으로 빠져들 수 없었다. 뒤숭숭한 마음이 순창댁을 명징한 의식 속에 깨어 있게 하였다.

'오늘 일을 무사히 끝낸 것 같은디 말이여. 뭣 땀시 잠이 오지 않는지 모르겠네. 마음이 개운허기는 헌데 뭣 땀시 잠이 오지 않는대여. 아들을 빙신 만들어 갖고 고향을 찾았으니 남들이 을매나 혀를 차며 불쌍히 여겼을까잉. 내가 지지리도 복이 없는 년이랑게.'

순창댁은 눈을 감고 마음속으로 하나, 둘을 세어나갔다. 그러다가 순창댁은 몽롱한 의식 속에서 세던 숫자를 까맣게 잊고 말았다.

다섯 시간이나 잤을까. 약속한 대로 식구들 모두 잠에서 일찍 깨어났다. 마을 사람들이 잠에서 깨어나기 전 순창댁 일행은 새벽 어스름을 밀치며 펜션을 빠져나왔다. 흡사 밤밥을 해먹고 새벽녘 몰래 도망쳐 나온 사람들처럼. 태인댁 부부에게는 일찍 올라간다고 미리 인사를 해놓았기 때문에 그냥 올라간다고 해서 크게 결례될 것은 없었다. 순창댁은 마을 사람들이 손을 흔드는 그런 작별 인사를 받으며 미나리골을 떠나고 싶지 않았다. 병신 아들을 앞세우고 미나리골 사람들과 헤어지면 그들이 얼마나 가엾게 여기며 혀를 차댈 것인가. 순창댁으로서는 처량하게 보이는 그런 장면을 보여주고 싶지 않았다. 오른팔 짤린 것 같은 기분으로 당당하지 못하게 그들과 작별하고 싶지 않았던 것이다. 새벽 일찍 떠나는 또 하나의 이유가 있다면 왠지 모르게 미나리골이 거북하고 부담스러운 존재로 다가왔던 것이다.

일행은 버스를 타고 읍내까지 나왔다. 거기에서 된장찌개로 아침을 때웠다. 동철이나 선영이에 비해 시종 동석은 침울한 표정이었다. 용산행

무궁화호 열차 속에서도 표정을 밝게 펴지 않았다. 창가에 앉아 밖의 풍경만을 하염없이 바라보았다. 순창댁은 그러한 동석이에게 신경이 쓰였다. 그래서 곁에 앉은 동석이에게 말을 건넸다.

"동석아, 얼굴 펴거라. 기분 나쁜 일이 있어도 밝게 웃어야 쓴다. 그래야 니 건강에 좋은 거야."

"혼자 있고 싶어요. 말 걸지 마세요."

"그리여 알겠다. 에미는 니가 걱정되어서 그러는 것이니까 고렇게 알고 있어야 쓴다."

"형, 나하고 소주나 한잔할까?"

"그래. 그것 좋지."

네 식구가 두 사람씩 마주 보고 앉아 있었기 때문에 맞은편에 앉은 동석과 동철은 술 마시기가 용이하였다.

"아저씨, 소주 2병과 오징어를 주세요."

동철은 지나가는 홍익회 아저씨를 불러세웠다.

"어머니 잔 받으세요."

동철은 잔을 내밀며 먼저 순창댁에게 술을 권했다.

"에미도 한잔해야 쓰겠다. 속이 답답혀서."

순창댁은 잔을 꺾어 목구멍 깊숙이 술을 털어 넣었다. 다음 술잔은 동석이에게 넘어갔다. 동석과 동철은 서로 주고받으며 술잔을 기울였다. 건강을 생각해서 순창댁에게는 더 이상 술을 권하지 않았다. 그들은 벌건 얼굴로 차츰 말이 많아졌다. 전경이 어떻고, 학생들이 어떻고, 노동자가 어떻고, 경영자가 어떻고, 하면서 떠들어대었다. 떠들며 요란하게 술을 마시는 게 순창댁으로서는 불만스러웠다. 건강을 핑계로 술도 권하지 않고 저희들만 마시는 자식들이 야속했다. 순창댁은 끄응, 하고 연신 앓는

단진자는 멈추지 않는다

소리를 내었다. 그러다가 용기를 내어 말했다.

"한잔 주거라. 니들만 마셔도 되는 거냐. 말이라도 술을 권혀 봐야 쓰는 것 아니냐. 속이 답답혀 미치겠다. 선영이에게도 술을 권해 보고."

"어머니 저는 못 마십니다."

선영은 손을 저으며 사양했다.

"진작 말씀하시지요. 저희들만 마셔서 미안하게 되었습니다."

동철에게서 순창댁에게로 술잔이 넘어갔다. 찰랑찰랑 넘치게 술을 따랐다. 가볍게 술잔을 비웠다. 다음 술잔은 동석이에게로 넘어갔다.

"동석아, 니는 안양 올라가면 문방구를 개업헐 수 있도록 준비혀야 쓴다. 활동을 혀야 허는 것이여. 그래야 건강에도 좋고 니 결혼도 쉽게 헐수 있는 것 아니겠냐."

"어머니 말이 맞아. 오빠가 집에만 처박혀 있으면 보기에도 좋지 않아."

선영이 순창댁의 의견을 거들고 나섰다.

"그것은 합의가 된 것 아니냐. 점포를 얻는 등 제반 제품을 구입하려면 돈이 없어서 그렇지."

동석이 술잔을 비우고 동철에게로 넘겼다. 선영은 우직우직 오징어를 씹고 있었다.

"돈은 염려 마. 내가 한번 구해보지. 적금 들어간 것 대출 받아보자구."

동철이 술잔을 들고 말했다.

"돈이 모자라면 이 에미도 구해볼 테니께 염려 말거라."

열차가 굉음을 지르며 달리고 있었다. 밖의 풍경들이 뒤로 빠르게 달렸다.

순창댁이 좌판에 나타나자 제일 먼저 맹호근 사장이 찾아왔다.

"이야기 들었소. 이장을 하느라 고생했소."

"맹 사장님 덕분으로 별 탈 없이 끝냈구만요."

"다행이요. 순창댁이 없으니까 왠지 적적하더군요."

곁에서 듣고 있던 덕장댁이 맹 사장을 아니꼽게 꼬나보았다.

"낯 간지럽소. 잘들 해보시라니까요."

"덕장댁, 좀 조용했던 것은 사실 아니요. 뭘 그걸 가지고 그러십니까. 그럼 나중에 봅시다. 나 갑니다."

맹호근 사장이 형제철물점으로 총총히 걸음을 옮겼다.

"순창댁, 얼굴이 많이 빠졌구만. 이장하느라 고생했어."

"나야 힘들지 않았지. 사람 사서 혔으니까 인부들이 고생혔지."

"순창댁이 없으니까 보고 싶더구만."

'백여우 같은 년. 지랄허구 자빠졌네. 속으로는 시언혔을 텐디 말로는 비단이랑게. 내가 니 속을 훤히 들여다보고 있단 말이시. 내가 없으니께 니가 내 손님까지 받고 좋았을 텐디 시치미 떼고 있는 것 봐라. 너는 백여우여.'

"순창댁, 오랜만이네요. 이장을 했다고 하더니 그 일은 잘되었소?"

삼보부동산 공대철 사장이 밝게 웃으며 나타났다.

"덕분에 잘되었구만이라우."

"무엇 때문에 이장을 했지요?"

"묫자리에 질질 물이 나온다고 혀서요."

"잘했네요. 조상의 묘가 잘못 써졌다고 하면 왠지 마음이 찝찝하거든요."

"이장을 혀놓고 보니께 속이 시언허네요."

"그럴 겁니다."

"두 분이 데이트하려면 조용한 곳에 가서 하시오. 신경 쓰이니까. 꼭 내 앞에서 니룽내룽해야 쓰겠소."

"덕장댁, 말이 좀 심하구면. 누가 데이트하나. 이장을 했다고 해서 인사로 이야기하는 거지. 그럼 나 갈랍니다. 두 분이 오순도순 이야기하시오. 그래야 보기에도 좋으니까."

공대철 사장이 삼보부동산 사무실을 향하여 성큼 걸음을 떼어놓았다.

순창댁은 덕장댁을 도무지 이해할 수 없었다. 왜 사사건건 오해를 하여 가슴을 긁는지 모를 일이었다. 그렇다고 말도 안 하고 지낼 수는 없는 일이었다. 여자로서 질투 같은 것이 있을 수 있다고 여겨지면서도 쉽게 용납이 되지 않았다. 순창댁은 덕장댁에게 부드럽게 말을 건넸다.

"덕장댁, 우리 동석이가 육교 옆에서 문방구를 열려고 허는디 잘될지 모르겠네잉."

"잘되겠지."

덕장댁은 순창댁을 쳐다보지도 않고 대꾸하였다. 관심 없다는 투였다.

"근데 돈이 좀 모자라거든. 그게 고민이랑게."

"애인 있는데 뭘 걱정이여."

"그게 뭔 소리다여. 시방 뭐라고 혔는가?"

"맹 사장님, 공 사장님, 계시잖아. 이야기해 봐."

"내가 무단시 이야그를 꺼냈구만. 그러니께 공 사장님과 맹 사장님이 내 애인이란 말이여?"

"웃을려고 한 소리야. 오해 말어. 돈 많은 분들이니까 이야기해 보라는 거지."

순창댁은 더 이상 덕장댁과 이야기를 나누고 싶지 않았다. 그래서 그녀는 시선을 거두어 앞만을 바라보았다. 동철이 가게를 계약해 놓았기 때문에 입주하는 날 잔금만 지불하면 되는데 그 잔금이 문제였다. 순창댁은 그 돈을 구하기 위해 여러 가지 방도를 생각해 보았지만 뾰족한 수가 떠오르지 않았다. 종일 순창댁은 그 생각에 매달렸지만 결과는 마찬가지였다. 그래서 순창댁은 용기를 내어 공 사장에게 이야기를 한번 꺼내 보기로 마음을 굳혔다. 날이 저물어 어두워지자 순창댁은 좌판을 정리하고 공 사장을 왕자다방으로 불렀다.

"순창댁이 웬일이요. 나를 불러주고. 영광이네요."

공 사장은 여유 있는 웃음을 흘리며 의자에 앉았다.

"오시라고 혀서 미안허구만요. 맨날 폐만 끼쳐 죄송허구만요."

"그런 소리 마십시오. 순창댁이 나에게 폐 끼친 적 없으니까."

"다름이 아니고……."

순창댁이 여기에서 말을 더듬거렸다.

"빨리 말해보시오."

이때 공 사장이 마주 앉았던 자리에서 벌떡 일어나 순창댁 곁으로 다가와 바싹 밀착시켜 앉았다. 순창댁은 조금도 미동하지 않았다.

"지가 돈이 좀 필요혀서 그러는디요."

"아 그래요? 어디다 쓰실 겁니까?"

"동석이가 문방구를 낸다고 혀서 그러는디요."

"얼마나 필요합니까?"

"이천만 원 정도만 있으면 되겄는디요. 조금 모자라거든요."

"그럽시다. 내가 빌려드릴게요."

"이자까지 계산혀서 나중에 갚아드릴게요. 고맙구만이라우."

6

회사 분위기가 참으로 묘하게 돌아갔다. 대체로 회사 분위기가 전보다 밝아져 부드러워진 것 같지만 밑바닥에 흐르는 차가운 냉기 사이로 긴장감이 감지되기도 하였다. 표일영 동지가 연일 회사에 출근하지 않은 것도 그와 무관하지 않아 보였다. 아예 복직 투쟁을 포기하고 회사를 떠난 것인지 아니면 개구리처럼 멀리 뛰기 위해 지하에 숨어 몸을 웅크리고 제2의 투쟁을 조용히 준비하고 있는지 알 수가 없었다. 그래서 동철은 영구를 밖으로 불러내 궁금증을 물었다.

"며칠 쉰 것은 사실이야. 오늘은 나왔는데 어디 갔겠지. 잠깐 시내에 나갔던가. 우리의 파업 투쟁을 성공시키기 위해 뛰고 있단다. 회사를 그만두고 복직 투쟁을 포기한 것은 아니야. 동철이 너에게 한 가지 희소식을 알려줄게."

"그게 뭔데?"

"당국에 연행되어 갔던 채근식·염길만·장표식 동지가 석방되어 돌아왔다. 그래서 오늘 그 동지들을 위한 축하연을 열기로 했다."

"좋은 소식이구만. 그런데 회사에서 해고 조치를 했으니 직장이 없이 공중에 붕 떠 있다고 봐야지."

"그런 셈이지. 그렇지만 그들은 계속 회사에 출근할 거라고 그랬다."

"고분고분 물러날 수는 없지."

동철은 근무 시간이어서 영구와 오랫동안 이야기를 할 수 없었다. 그들은 밤에 석방자 환영회 때 자세한 이야기를 하기로 하고 헤어졌다.

동철은 일이 손에 잡히지 않았다. 회사 문제와 집안 문제까지 겹쳐 마음이 뒤숭숭하였던 것이다. 어머니는 문방구 점포 부족한 잔금을 구한다고 하더니 어떻게 해결되었는지 궁금하였다. 동철은 마음의 안정을 얻지 못하고 불안한 상태로 일과를 끝내야 했다.

퇴근하자마자 회사 앞 한일회관으로 나갔다. 환영회 장소로 지정된 그곳엔 벌써 많은 노조원이 모여 있었다. 노조원들은 삼겹살을 구워 먹으면서 이야기를 나누었다. 맨 먼저 임시 집행부 표일영 위원장이 일어나 한마디 했다.

"우리를 위해 투쟁하다 고초를 겪은 석방자 동지들에게 다 함께 박수로 환영합시다."

표 위원장의 말이 떨어지기 무섭게 힘찬 박수가 터져 나왔다.

"나머지 이야기는 먹으면서 하기로 합시다. 오늘 모임을 환영회라고 했지만 조금 마음에 걸리는 어휘입니다. 왜냐하면 이분들은 현재 저와 같은 입장으로 해고 조치 되어 실직된 상태에 놓여 있기 때문입니다."

표 위원장의 말을 듣고 석방된 3명의 동지들이 고개를 떨구었다.

"고개를 드세요. 염려할 것 없습니다. 우리가 반드시 복직 투쟁을 성공으로 이끌 것입니다. 믿어 주십시오. 얼굴을 펴세요. 내일도 태양은 떠오릅니다."

정만철 자금부장이 좌중을 향하여 큰소리로 외쳤다. 동지들은 위하여를 외치며 술잔을 기울였다. 철판 위에서는 삼겹살이 톡톡 튀는 소리를 내며 검붉게 익어갔다. 식당은 고기 굽는 구수한 냄새로 가득했다. 삼삼오오 이야기꽃을 피우며 실내는 소란스러웠다.

"여러분, 주목하여 주십시오. 잠시 정만철 동지가 노래를 한 곡조 뽑겠습니다. 박수로 환영합시다."

김기홍 동지가 자리에서 일어나 크게 외쳤다. 그러자 동지들이 박수를 치며 환영했다. 정만철 동지가 엉덩이를 바닥에 붙이고 일어나기를 거부하다 계속 터지는 박수 소리에 밀려 벌떡 몸을 일으켰다.

"저는 어디까지나 여러분의 뜻에 밀려 노래를 부르는 것입니다. 그걸 알아두시기 바랍니다."

정만철 동지는 천장을 쳐다보고 노래를 부르기 시작했다.

사랑도 명예도 이름도 남김없이/ 한평생 나가자던 뜨거운 맹세/ 동지는 간데없고 깃발만 나부껴/ 새날이 올 때까지 흔들리지 말자/ 세월은 흘러가도 산천은 안다/ 깨어나서 외치는 뜨거운 함성/ 앞서서 나가니 산 자여 따르라/ 앞서서 나가니 산 자여 따르라[1]

앙코르를 외치며 열띤 박수가 터져 나왔다. 그러나 정만철 동지는 손을 내두르며 거부 의사를 분명히 했다.

"자, 조용히 해보아요. 우리가 노래를 부르며 노는 것도 좋지만 오늘 우리의 문제는 그게 아니잖아요."

---

1 임을 위한 행진곡

"맞는 얘기입니다. 핵심이 되는 중심으로 들어갑시다."

소영구 동지가 동철의 발언에 동조하고 나왔다.

"복직 투쟁을 전개하기 위해서는 천상 파업을 해야 하는 것 아닙니까?"

표일영 위원장이 일어나서 동지들의 뜻을 물었다.

그는 동지들의 뜻을 묻고 토의를 거쳐 공통 의견을 수렴하는 방향으로 모임을 이끌어 갔다. 먼저 파업을 할 것인지에 대해 거수로 뜻을 물었다. 동지들은 일제히 손을 들어 올렸다. 반대하는 사람은 아무도 없었다. 강경하게 일제 파업으로 정면 대결을 하자. 사내 파업은 약하다. 사외 파업 농성으로 매스컴을 타야 한다. 그러기 위해서는 거리로 나가야 한다. 목요일 아침 관양동사무소 앞으로 출근한다. 각자 머리띠를 준비한다. 머리띠에 복직 투쟁 쟁취, 라고 쓴다. 플래카드는 집행부에서 일괄 준비한다. 놀이패 단원들은 각자 자기 악기를 지참하여 약속 장소로 모인다. 앰프 시설은 임시 집행부에서 일괄 준비한다. 각자 긴 수건을 준비하여 전경들의 최루탄 발사에 대비한다. 일체 비밀이 새어 나가지 않도록 보안 유지에 철저를 기한다. 이상이 환영회 모임에서 결정된 사항들이었다.

모임이 끝나고 2차로 맥주를 마시기 위해 남자 노조원들만 호프집으로 향했다. 정만철 동지는 흥청거리며 벌써 취하여 있었지만, 한사코 2차를 가자고 우겼다.

"취했다, 그만 돌아가자."

이렇게 주장해도 소용없었다.

순창댁은 가게 앞에 서서 아톰문방구라고 쓰여진 고딕체 글씨의 상호를 그윽이 바라보았다.

'이자 우리 동석이도 살아갈 수 있게 되었구만. 문방구 험서 돈벌이를

허면 장가도 갈 수 있당게. 참으로 오늘은 기쁜 날이구먼.'

순창댁은 마음이 흐뭇했다. 문구와 완구들이 가득 찬 내부는 보기만
해도 부자가 된 것처럼 마음이 넉넉했다.

'그런디 말이여, 한 가지 걱정이 있구만. 장사가 잘되어야 헐 텐디. 워
쩔지 모르겠네잉. 만약 장사가 안 되어 다시 문 닫게 된다면 워쩌야 쓴당
가. 이장도 혔겠다, 조상님들이 돌보아 주시면 장사가 잘될 것이구먼.'

동석은 상자 속에 든 문구 물품들을 꺼내 장에 진열하고 있었다.

"동석아, 손님들헌티 친절혀야 쓴다. 꼬마 손님이라도 다정허게 맞이
혀야 혀."

"알았어요. 걱정 마세요. 제가 알아서 할 테니까요."

동석은 밝게 웃으며 빠르게 손을 놀렸다. 순창댁은 동석이 자기 일에
열중해 있는 것을 보고는 퍽 다행스럽다고 생각했다.

"순창댁, 저 왔습니다."

가슴에 화분 하나를 안고 맹호근 사장이 들어섰다.

"어서 들어오시지오잉. 바쁘실 텐디 맹 사장님이 요렇코롬 찾아주시고."

"내가 빠질 수 있나요. 순창댁네 문방구 개업식날인데 내가 빠지면 안
되지요."

맹 사장은 화분을 문방구 현관 앞에 놓았다. 분홍 리본에는 '축 개업'
이라고 쓰여 있었다. 맹 사장은 안으로 들어와 진열해 놓은 물건들을 관
심 있게 둘레둘레 바라보았다.

"갖출 건 다 갖추었구만."

"아직은 빠진 게 많습니다. 여기 앉으세요."

동석이 맹 사장 앞으로 의자를 내밀었다. 순창댁은 의자에 앉아 있는
맹 사장에게 음료수를 권했다.

"특별한 건 없구요. 사이다나 한잔허시지요."

"개업인데 떡은 없나요?"

"아무것도 안 혔구만이라우. 쬐그만 문방구 하나 여는디 무신 떡을 허것소."

"순창댁 그런 소리 말아요. 이만하면 크지요. 내 철물점보다 수입이 나을 것 같네요."

맹 사장은 쟁반 위의 잔을 들고 가볍게 비웠다. 그러고는 곧장 자리에서 일어섰다.

"가게 때문에 나 갈게요. 많이 팔아요."

맹 사장은 동석의 어깨를 다독거려 주었다. 그는 가게에서 나와 시장 쪽으로 걸음을 옮겼다. 순창댁은 그의 뒷모습을 물끄러미 바라보았다.

"뭘 그리 멍하니 보고 있으시오?"

낯익은 사내의 음성이 뒤에서 들렸다. 그녀는 빠르게 몸을 돌렸다.

"공 사장님이시군요. 미안혀서 워찌 혀야 쓴다요. 공 사장님 덕분에 가게도 요렇고롬 열 수 있지 않았던가요. 고맙구만이라우."

"내가 조금 협조한 것을 가지고 그러시오. 공짜로 준 것도 아니구 말이요."

공 사장이 가게 안으로 들어섰다.

"그려도 월매나 감사헌 일인가요잉. 은혜 잊지 않겠구만요. 맨날 도움만 받아서 요걸 워찌 혀야 헐지 모르겠소."

"너무 그러지 마시오. 그러면 내가 부자연스러우니까. 동석이 축하하네. 장사가 잘되기를 바라네. 몸을 좀 다쳤다고 해도 건강하게 잘 살 수 있으니까 너무 마음을 약하게 먹지 말게."

공 사장은 동석이에게 악수를 청했다. 동석은 공 사장의 도움을 익히 알고 있었다. 동석으로서는 한마디 인사말을 건네지 않을 수 없었다.

"어머니한테 말씀 많이 들었습니다. 어려운 일이 있을 때마다 도움을 주셔서 감사합니다."

"자네까지 그러나. 별로 도와준 것도 없는데 너무 그러지 말게."

"공 사장님, 사이다나 한잔하시지요."

순창댁이 쟁반에다 컵을 받쳐 들고 나왔다.

"함께 마십시다."

공 사장은 컵을 들고 순창댁과 동석에게 함께 마시자는 눈짓을 했다.

"저희는 마셨구만이라우. 어서 드시지오잉."

공 사장은 사이다를 마시고 의자에 앉아 상의 주머니 속에서 하얀 봉투를 하나 꺼내었다.

"받게. 약소하지만 인사로 가져왔네."

그는 봉투를 동석의 주머니 속에 쑤셔 넣었다.

"봉투까지 받으면 안 되는디요."

곁에서 보고 있던 순창댁이 손을 내두르며 말했다.

"고맙습니다."

동석은 거부의 몸짓을 하지 않았다.

"그럼 나 갈게요. 물건 많이 팔아요. 천상 집에서 잠을 자고 낮에만 나와서 일해야 하겠구만. 안에 방이 없는 것 보니까 말이요."

공 사장이 가게를 나가면서 말했다.

"그렇습니다."

동석이 목발을 짚고 뒤따라 나와 배웅해 주었다.

"몸도 불편한데 뭐 하러 나오는가. 어서 들어가소. 그런데 동석이, 이 화분은 누가 가져온 건가?"

가게 출입문 옆에 세워진 화분을 가리켰다.

"맹호근 사장님이 가져온 건데요. 뭐가 묻었나요?"

"그게 아니고 화분이 작아 보여서."

"아, 네."

공 사장은 맹 사장이 가져왔다는 화분을 보자 가슴 속에서 뜨거운 것이 치밀어올랐다. 가게에서 나와 삼보부동산 사무실로 향하는 그의 마음이 편치 않았다.

'괘씸한 녀석 같으니라구. 꼭 내가 가는 길에 초를 친단 말이야. 이 녀석을 어떻게 해야 하나. 생각만 해도 속이 확 뒤집히니 말이야. 이 녀석을 멱살이라도 잡고 한번 흔들어 버려. 왜 순창댁에게 관심을 보이는 거냐구. 화분은 무엇 때문에 사 온 거냐고. 너는 이놈아 속이 시커먼 능구렁이여! 내가 니 속을 훤히 들여다보고 있단 말이야. 너 순창댁의 마음을 휘저어 보고 싶은 거지. 이 죽일 놈! 그래 너는 죽일 놈이다.'

공 사장의 가슴 속에서는 벌건 불길이 활활 타오르고 있었다.

동철은 아침 일찍 집을 출발하여 정류소로 향했다. 여느 때와 달리 마음이 무거웠다. 그렇지만 동철은 걸음을 활기 있게 떼어놓았다. 주먹을 불끈 쥐며 마음이 약해져서는 안 된다고 생각했다.

버스가 도착하자 동철이 제일 먼저 승차했다. 버스 속은 헐렁하게 비어 있었다. 관양동사무소 앞까지는 멀지 않은 거리였다. 동철은 주머니 속에 손을 넣어 머리띠를 가져왔나 확인해보았다. 동그랗게 말아진 천이 부드러운 감촉으로 만져졌다.

"중촌 마을입니다. 내리실 분은 질서 있게 하차하여 주시기 바랍니다. 다음은 인덕원 사거리에서 정차하겠습니다. 감사합니다."

차내 방송이 끝나자 동철은 버스 가운데 쪽으로 걸어 나왔다. 서서히 속력을 줄이더니 버스가 멎었다. 동철은 밖으로 나와 동사무소 쪽으로 성큼성큼 걸음을 옮겼다. 많은 동지가 동사무소 앞에 모여 서성거렸다.

"대제전선 노조원들은 지금 바로 동사무소 앞으로 모여주시기 바랍니다."

확성기 소리가 동사무소 앞 거리로 흘러나왔다. 놀이패 대원들은 고깔과 기타 준비물을 갖추어 신호만 떨어지기를 기다리고 있었다. 방송을 듣고 여기저기 흩어져 있던 동지들이 10열 종대로 집합했다. 임시 집행부 표일영 위원장의 구령에 따라 동지들은 군인들처럼 일사불란하게 움직였다. 금세 종횡으로 질서 있게 정렬이 되었다. 주위를 지나가던 사람들이 의아하게 여겨 가던 걸음 멈추고 우두커니 지켜보았다.

"동지들이 거의 다 모인 것 같습니다. 그럼, 머리띠를 착용하여 주시기 바랍니다."

표일영 위원장의 말에 따라 일제히 흰 띠로 머리를 묶었다.

"다음에는 플래카드를 들고 서 있기로 한 동지들 나와 주십시오."

그러자 6명의 동지가 나와 미리 준비된 대형 플래카드를 길게 펼쳐 들었다. 거기에는 "억울하다, 복직을 허용하라! 허만기는 각성하라!"라고 푸른 천에 흰 글씨로 쓰여 있었다. 노조원들은 표일영 위원장의 선창에 따라서 구호를 외쳤다.

"억울하다, 복직을 허용하라!"

"허만기는 각성하라!"

"약속한 보너스를 지급하라!"

"말로만 하지 말고 민주 노조 실제로 인정하라!"

구호 내용은 주로 이러한 것들이었다. 길을 가다 말고 서서 이 광경을 물끄러미 지켜보던 사람들이 꼼짝하지 않았다. 구호가 끝나자 노조원들은 일제히 '늙은 노동자의 노래'를 합창하였다.

나 태어나 이 강산에 노동자 되어/ 꽃 피고 눈 내리기 어언 30년/ 무엇을 하였느냐 무엇을 바라느냐/ 나 죽어 이 강산에 묻히면 그만이지/ 아다시 못 올 흘러간 내 청춘/ 작업복에 실려 간 꽃다운 이내 청춘/ 아들아 내 딸들아 서러워 마라/ 너희들은 자랑스런 노동자의 자식이다/ 좋은 옷 입고프냐 맛난 것 먹고프냐……

노래 소리는 관양동사무소 앞 거리로 힘차게 울려 퍼졌다. 동사무소 직원들도 사무를 보다 말고 밖으로 나와 이 광경을 지켜보았다. 팔을 상하로 내두르며 노래를 부르는 대원들의 기상은 하늘을 찔렀다. 관양동 일대를 뒤흔들었다. 악을 쓰며 노래를 부르는 대원들의 얼굴은 벌겋게 충혈되어 있었다.

노래가 끝나자 횡단보도 신호가 바뀌었다. 딱정벌레 같은 차량들이 흰 대기선에 일제히 멈추어 섰다. 그때였다. 표일영 위원장이 도로 차단이라고 외쳤다. 그러자 노조원들이 도로 중앙으로 신속하게 뛰어 들어가 길을 차단하였다. 노조원들은 어깨동무를 하고 앉아 구호를 외쳤다. 표일영 위원장이 앞에 서서 선창하고 대원들은 일제히 후창을 했다. 노조원들의 구호 소리는 맑은 하늘 저편으로 산산이 부서졌다. 교통 신호가 초록색으로 바뀌었지만 차들은 앞으로 나아가지 못했다. 차들이 경적을 울리며 노조원들 곁에까지 바싹 다가와 위협했지만 조금도 물러서지 않았다. 농악놀이패 대원들이 악기를 들고 흥을 돋구었다. 상·하행선 차량들이 밀려와 계속 꼬리를 물었다. 과천과 안양으로 통하는 대로가 완전히 막혔으니 사람으로 치면 심장이 뚝 멎어 버린 셈이었다. 노조원들은 노래를 부르고 구호를 외치며 계속 자신들의 끓어오르는 열기를 표출하였다. 동철은 이렇게 외쳤다.

"우리의 아픔과 우리의 절망을 알고 있습니까? 우리의 복지를 위해 노력하다 해고 된 동지들을 알고 있습니까? 그들이 분노하고 있습니다. 그들이 울고 있습니다. 밥그릇을 빼앗아 간 자의 폭력을 알고 있습니까? 우리는 참을 수 없어 거리로 나왔습니다. 허만기 사장은 모리배입니다. 우리 회사 간부들의 비양심적 행위를 알아야 합니다. 피를 토하며 울부짖는 정의의 소리가 들립니까?"

동철은 목이 터져라 외치다 전경들이 주위에 나타난 것을 목격했다. 귀신 같은 녀석들이었다. 어디서 보고를 받고 달려왔는지 전경들이 노조원들 주위를 에워싼 채 조금씩 포위망을 좁혀 왔다. 노조원들은 어깨동무하고 좌우로 움직이며 물결처럼 출렁거렸다.

"도로를 점거하고 있는 대제전선 노조원 여러분에게 알린다. 최루탄을 발사하며 특공 작전을 펼치면 10분 이내에 여러분을 깨끗이 진압할 수 있다. 어깨동무를 풀고 밖으로 나오면 평화적 시위를 보장하겠다. 지금 즉시 도로 밖으로 나와라. 그렇지 않으면 최루탄을 발사하겠다."

전투경찰 간부가 확성기를 통해 자진 철수를 요구했다. 그렇지만 대제전선 노조원들은 조금도 동요되는 기미를 보이지 않았다. 더욱 세차게 악을 쓰며 구호를 외쳤다. 어떤 노조원들은 거리에 벌렁 누워 구호를 외쳤다. 긴박한 순간이었다. 동철은 자리에서 일어나 노조원들 앞에 서서 구호를 외쳤다.

"허만기는 물러가라!"

"해고자를 전원 복직시켜라!"

동철이 외치는 선창에 따라 노조원들은 목이 터져라 소리를 높였다.

그러던 어느 순간이었다. 갑자기 거센 폭음이 연달아 터지며 대지를 흔들었다. 도로 중앙을 점거하고 있던 대제전선 노조원들 주위에 뿌연 연기가 안개처럼 깔렸다. 펑펑 터지는 폭음이 계속 꼬리를 물었다. 길을 가던 시민들이 손수건으로 코를 막고 흐르는 눈물을 손등으로 훔치며 빠르게 뛰었다. 연신 재채기를 토하면서. 눈물·콧물을 흘리며 재채기를 토하기는 노조원들도 마찬가지였다. 최루탄은 노조원들이 모여 있는 도로 중앙에 집중적으로 투하되었다. 노조원들은 고통을 견디다 못해 뿔뿔이 흩어져 갔다. 그렇지만 동철과 몇몇 대원들은 도로 중앙에서 한 발짝도 움직이지 않고 수건으로 코를 싸맨 채 계속 구호를 외쳤다. 최루탄이 계속 도로 중앙으로 날아들었다. 동철은 구호를 외치다 어느 순간 강한 충격을 받고 비명을 지르며 쓰러졌다. 그와 동시에 동철은 전신으로 번지는 짜릿한 통증을 느꼈다. 곧 동철은 혼미한 의식 속으로 빠져들었다. 곁에서 같이 구호를 외치던 소영구 동지가 그 장면을 목격하였다. 영구는 잽싸게 동철을 둘러업었다. 곁에서 정만철 동지가 어깨를 잡고 부축하여 주었다.

"빨리 뛰라고! 병원으로 가자고!"

정만철 동지가 다급한 음성으로 말했다. 그렇지만 소영구 동지는 농성하며 구호를 외치다 최루탄 가스를 몽땅 흡입한 상태였으므로 온전한 몸이 아니어서 속도를 내는 데는 한계가 있었다. 소영구 동지가 숨을 몰아쉬며 불안하게 병원 쪽으로 뛰었다. 계속 뒤를 따라오며 정만철 동지가 부축하여 주었다. 영구의 등에 업힌 동철은 시래기 줄기처럼 축 처져 있었다.

"최동철 동지, 대답하라! 내 말이 들리나?"

등에 업혀 병원으로 달리는 최동철 동지를 정만철 동지가 흔들며 소리쳐 보았지만, 아무 반응이 없었다.

"힘들면 내가 조금 업고 갈까? 바꾸자고!"

"괜찮습니다. 견딜 만합니다."

영구는 헉헉거리며 거칠게 숨을 몰아쉬었다.

다급하게 병원 응급실 문을 열고 들어섰다. 대기하고 있던 간호원이 안내하는 곳에 동철은 뉘여졌다. 얼굴이 온통 피투성이었다.

"보호자 되십니까?"

간호원이 영구에게 물었다.

"그렇습니다. 친구 사이인데요. 보호자인 셈이지요."

"밖으로 나가 계세요."

간호원이 영구와 정만철 동지를 향하여 손을 내저으며 나가 있으라는 동작을 취했다.

"많이 다쳤나요?"

정만철 동지가 간호원에게 물었다.

"아직 모릅니다. 의사 선생님이 나오셔서 보실 겁니다."

간호원은 사무적인 어투로 딱딱하게 말했다.

"상처가 깊지 않아야 할 텐데 걱정이네."

"그러게 말이야."

영구와 정만철 동지는 응급실 복도에 앉아 고개를 푹 숙인 채 연신 한숨을 내쉬었다. 영구의 등은 심하게 피로 얼룩져 있었다. 두 사람의 표정이 어둡기는 마찬가지였다. 두 사람은 동굴 속에서 뒹굴다 막 빠져나온 사람처럼 흙과 먼지와 피와 부스러기로 얼룩져 있어 꾀죄죄하기 이를 데 없었다.

"최동철 씨 보호자 들어오세요."

간호원 아가씨가 응급실 문을 열고 영구와 정만철 동지를 향해 말했다. 두 사람은 다급하게 응급실 문을 열고 들어섰다.

"입원시켜야 하겠습니다. 환자는 지금 깊은 수면 상태에 있습니다. 안면에 집중적인 최루탄 공격을 받았습니다. 얼굴에 상처가 다섯 군데입니다. 현재 모두 꿰맨 상태입니다. 다 외부 상처에 불과하기 때문에 걱정할 것이 못 됩니다. 다만 코가 잘려 나가고 눈이 심하게 찢어진 점이 문제입니다."

"눈은 어느 쪽입니까?"

궁금증을 견디다 못해 영구가 물었다.

"오른쪽 눈입니다. 눈동자가 상처를 받은 것은 확실합니다."

"그럼 최동철 동지가 실명할 가능성도 배제할 수 없다는 이야기입니까?"

이번엔 정만철 동지가 물었다.

"그렇습니다. 단언할 수는 없습니다. 안과 전문의가 정밀 검사를 해봐야 될 것 같습니다. 그럼 입원하는 것으로 하고 수속을 밟아주세요."

"알겠습니다. 잘 부탁드립니다."

영구와 정만철 동지는 침대에 누워 있는 동철에게로 다가갔다. 동철은 얼굴에 칭칭 붕대를 감고 깊이 잠들어 있었다. 두 사람은 가까이 다가가 동철의 손을 잡아주고는 밖으로 나왔다.

"저는 동철 어머님께 이 소식을 알려야 될 것 같습니다. 형님은 병원에 남으셔서 입원 절차를 밟아주십시오. 누가 한 사람 병원에 있어야 될 것 아닙니까."

"그렇게 하자구. 병원은 염려 말고 다녀오라고."

정만철 동지는 영구의 의견에 흔쾌히 동의해 주었다. 영구는 정만철 동지와 헤어져 동철이 어머님한테 가기 위해 한길로 나왔다. 버스가 다니는 6차선 도로까지는 멀지 않은 거리였다. 영구는 마침 지나가던 빈 택시가 있어 차를 세웠다.

"비산동 좀 갑시다."

택시가 아스팔트 길을 빠르게 미끄러져 갔다. 차창 밖 풍경들이 전력 달리기를 했다. 택시 뒷좌석에 앉은 영구는 등받이에 젖버듬히 몸을 뉘었다. 반갑지 않은 불행한 소식을 전달해야 한다는 것이 영구로서는 무거운 부담으로 다가왔다. 동철이 어머니가 얼마나 충격을 받을까.

"순창댁, 축하하네. 동석이가 문방구를 개업했다면서. 가보지도 못하고 말로만 인사를 해서 미안하구만."

'그리여 너는 백여우여. 내가 니 속을 모르겄냐. 니가 미리 짜놓은 각본이 고것인디 뭘 어쩌고저쩌고허냐고. 다 쓰잘데없는 헛소리에 불과한 것이여. 그리도 대꾸는 혀야 쓰겄구만. 참말로 미치고 환장허겄구만. 멀다면 몰라. 엎어지면 코 닿을 곳인디 와 보지도 안 허고 말로만 인사를 혀. 쾌씸한 백여우 같으니라구.'

"말이라도 고맙구만. 문방구라고 혀야 콧구멍만 허당게. 와 보고 뭐허고 헐 필요가 없당게. 그냥 옹색한 곳에다 학용품을 쪼깨 벌려놓고 판단 말이시."

"그래도 잘한 일이야. 동석이가 무슨 일이라도 해야지. 집에만 있으면 사람 버린다니까."

"글씨. 그래서 시작혔는디 어떻게 될지 모르겄구만."

"그럼 이제 동석이 장가보내야 하겠구만."

"좋은 데 있으면 중매 혀 봐. 고것이 문제구만. 시집오려고 허는 처녀가 있을지 모르겄당게."

"고무신도 짝이 있다고 했으니까, 그것은 걱정하지 마."

"그렇게 태평허게 맴을 먹고 있어도 될지 모르겄네잉."

순창댁은 동석이를 장가보내야 한다는 생각 속에 깊이 빠져 있었다.

'종아리가 길고 예쁜 처녀? 아니여 고런 여자는 동석이에게 맞지 안 허구만. 고럼 말이지 중학교를 졸업허고 직장에 다니는 처녀는 워떨지 모르겄네잉. 아니여 고것은 더욱 안 된단 말이시. 그래도 말이여 최소한 고등학교는 졸업헌 여자여야 허지 않을까. 근디 말이시, 동석이가 빙신이어서 워찌 혀야 쓴당가.'

순창댁이 그런 생각을 하고 있을 때 불쑥 영구가 나타났다.

"아니 이게 누구다여. 영구 아니여?"

순창댁은 동철과 영구가 친하게 지내고 있다는 사실을 이미 알고 있었다.

"안녕하세요?"

영구는 딱딱하게 굳은 표정으로 순창댁을 똑바로 쳐다보지 못했다. 죄지은 사람처럼 잔뜩 주눅 들어 있었다.

"시방 근무 중일 텐디 워쩐 일로 왔는가?"

"급한 일이 생겼습니다. 그래서 급히 달려왔습니다."

"그리여? 고것이 뭣인디? 후딱 말해보랑게."

"동철이가 다쳤습니다."

"시방 뭐시라고 혔는가? 다시 한번 말해보소."

"동철이가 노조원들과 함께 시위 농성을 하다 얼굴을 다쳤습니다."

"동철이가 얼굴을 다쳤다고? 고것이 사실인가?"

"최루탄 파편으로 얼굴이 찢어졌습니다."

"그렇게 우리 동철이가 많이 다쳤는감?"

"그런 편입니다."

"아이고 워찌 혀야 쓴당가. 나 죽네."

순창댁이 이마에 손을 얹더니 맥없이 주저앉았다. 곁에서 지켜보던 덕장댁이 깜짝 놀라 다가왔다.

"괜찮아?"

"내가 정신을 차려야 쓰겠구만. 시방 요러고 있을 때가 아니랑게. 어서 가보자구. 워디에 시방 동철이가 있는가?"

순창댁이 갑자기 벌떡 일어나 눈을 부릅떴다.

"병원에 입원해 있습니다."

"얼른 가보자고."

순창댁이 앞치마처럼 두른 돈주머니를 풀어 오른손으로 움켜쥐고는 좌판을 정리하기 시작했다.

"덕장댁, 좌판을 좀 부탁혀. 동철이가 다쳤다는디 후딱 가 보아야 허지 않겠어."

"걱정 말고 갔다 와. 어쩌다가 동철이가 다쳤다는 것이여. 왜 그렇게 우환이 끊는지 모르겠구만."

"지지리도 복이 없는 년이랑게."

좌판을 덕장댁에게 맡겨놓고 영구의 뒤를 따라 시장통을 벗어나기 시작했다.

"싸게싸게 가소. 워찌 걸음이 고렇콤 더디당가."

"알았구만이요. 너무 걱정하지 마세요. 아직 절망적인 결과가 나온 것은 아니니까요."

"에미 마음은 고것이 아니네. 답답혀 미치겠네. 워디 말 혀 보소. 동철이가 을매나 다쳤는가 말이여."

"저도 잘 모릅니다. 정확한 결과가 아직 나오지 않았으니까요. 생명에 지장이 있다든가 그런 정도는 아닙니다."

"중요한 얼굴을 다쳤지 않는감. 고것이 문제란 말이시."

두 사람은 시장통을 벗어나 택시를 타고 병원으로 향했다. 택시 속에서도 순창댁은 몹시 불안해하였다. 시선이 고정되지 못하고 좌우를 심하게 두리번거렸다. 또한 등을 등받이에 붙였다가 떼었다가 하면서 몸을 계속 움직이었다. 시장에서 병원까지는 멀지 않은 거리였다. 택시는 곧 병원 응급실 앞에 다다를 수 있었다.

"내리세요."

영구가 요금을 지불하고 먼저 내려 순창댁을 응급실로 안내했다.

"워쩐대여! 우리 동철이가 다쳤다는디 말이여."

순창댁은 허둥거리며 걸으면서도 금세 눈물을 쏟을 것처럼 울상이었다.

"저를 따라오세요."

영구가 응급실 문을 열고 앞장을 섰다. 순창댁이 바짝 그 뒤를 따랐다.

"동철이가 워디 있는가? 후딱 안내허소. 답답혀 미치겠네."

순창댁이 거칠게 숨을 몰아쉬었다. 허둥거리며 아무리 찾아보아도 응급실에 동철의 모습은 보이지 않았다.

"최동철 환자 병실로 올라갔나요?"

영구가 간호원에게 물었다.

"네. 응급처치를 하고 807호 병실로 옮기셨습니다."

두 사람은 응급실을 나와 승강기를 향해 걸음을 옮겼다. 승강기 앞에는 사람들이 줄을 서서 기다리고 있었다. 두 사람은 줄 맨 뒤에 가서 섰다. 순창댁은 똑바로 서 있지를 못했다. 발을 동동거리며 연신 바뀌는 벌건 숫자를 뚫어져라 바라보았다. 승강기가 멎고 문이 열리자 차례로 탑승했다. 순창댁 차례가 되자 갑자기 뒤로 물러나며 손을 쩔쩔 내둘렀다.

"계단 없는가? 나는 무서워 못 타겠네."

순창댁에게는 승강기가 한입에 집어삼키는 육식동물의 공포로 다가왔다.

"계단으로 가면 시간이 많이 걸립니다. 8층이거든요. 계단으로 걸어서 가시겠어요?"

"시간이 많이 걸린다구? 그럼 안 되지. 동철이를 후딱 보아야 허지 않겄남."

멈칫거리던 순창댁이 잽싸게 승강기에 탑승했다. 순창댁은 눈을 질끈 감고 두 주먹을 세차게 그러쥐었다.

"내리세요. 다 왔습니다."

영구의 안내로 순창댁은 승강기에서 내려 병실 쪽으로 걸음을 옮겼다.

"워디인가? 후딱 안내허소."

순창댁은 다급하게 말했다.

"여기인데요. 807호실입니다."

병실 문을 영구가 조심스레 열었다. 순창댁이 병실 안으로 들어섰다. 병실 안에는 대제전선 노조 임시 집행부 간부들이 모여 있었다. 네 개의 침대가 나란히 놓여 있었고 그 위에 환자들이 누워 있었다. 순창댁은 영구가 가리키는 침대로 다가갔다. 거기에는 얼굴에 온통 붕대를 칭칭 감은 사내 하나가 반듯하게 누워 있었다.

"동철아, 에미다!"

순창댁은 사내의 팔을 잡고 흔들었다. 사내가 순창댁의 목소리를 알아들었는지 그녀의 손을 꼭 힘주어 잡았다. 사내가 동철이라는 사실이 확인되자 울컥 목이 메었다.

"이놈아, 니가 워찌 허다 요렇코롬 다쳐뿌렀냐. 지지리도 복이 없는 놈아!"

순창댁이 동철의 손을 부여잡고 오열했다. 그러한 순창댁 곁으로 김기홍 동지가 다가갔다.

"생명이 위험한 정도는 아닙니다. 너무 상심하지 마세요. 일체 치료비는 저희가 부담할 것입니다."

"자네들 시방 고것이 문젠가. 치료비가 문제냐 말이시. 내 아들을 원래대로 만들어 놓으란 말이시."

"죄송합니다. 면목이 없습니다."

정만철 동지가 순창댁 곁으로 다가와 다소곳하게 머리를 숙였다.

"죄송허다고 허면 다 되는가. 잔소리 말고 원래대로 만들어 놓소."

"꼭 저희들 탓만도 아닙니다. 전경이 쏜 최루탄에 의해 부상을 입었으니까요."

순창댁에게는 노조원들의 이야기가 귀에 들어오지 않았다.

"요걸 워찌 혀야 쓴대여. 이장을 헌지 월매 되지도 않았는디, 뭣 땀시 그러는지 모르겠네. 내 팔자가 요렇코롬 세당가. 동철아 이놈아, 말혀보거라잉. 에미다! 워찌 말도 못허는지 모르겠다."

순창댁은 동철의 손목을 움켜잡고 애절하게 넋두리를 늘어놓았다. 그러다가 그녀는 간호원으로부터 의사가 찾는다는 전갈을 받았다.

영구와 함께 담당 의사 진료실을 찾았다. 의사 앞에 앉은 순창댁은 몹시 굳은 표정이었다. 진료기록부를 뒤적거리던 의사가 무겁게 입을 열었다.

"아드님은 치명상을 입었습니다. 콧등이 잘려 나갔습니다. 그리고 오른쪽 눈에 심한 타격을 입었습니다. 최루탄 파편이 지나가면서 수정체와 망막을 심하게 파괴한 것입니다. 물론 왼쪽 눈은 이상 없습니다. 오른쪽 눈은 시력을 상실할 수밖에 없을 것 같습니다."

"선상님, 큰 병원으로 가도 눈을 고칠 수 없을까요?"

"현재로써는 불가능합니다. 그러니까 현대 의학으로 고칠 수 없다는 뜻이지요. 이상입니다."

의사가 먼저 일어나 자리를 비웠다. 순창댁은 넋 나간 사람처럼 우두커니 앉아 꼼짝하지 않았다. 영구가 밖으로 나가자고 하였지만 대꾸도 하지 않았다. 영구가 재차 다그치자 얼굴을 붉히며 역정을 내었다.

"시방 나가는 것이 중요헌가. 자네들이 끌고 가 내 아들을 빙신 만들었단 말이시. 동철이 눈이나 원래대로 고쳐 놓소."

"아주머니 밖으로 좀 나가주서야 하겠는데요. 다른 환자를 진료해야 하거든요."

간호원 아가씨가 다가와 점잖게 말하자 그때야 마지못해 몸을 일으켰다. 순창댁은 복도 긴 의자에 앉아 자신의 막막한 심정을 달래었다. 영구가 곁에 서서 그녀를 물끄러미 바라보았다.

"담배나 한 가치 주소. 속이 답답혀서 미치겠네."

순창댁은 영구에게서 담배를 받아 태워 물고는 복도 밖으로 나왔다. 나무 밑 벤치에 앉아 거칠게 연기를 불어 날렸다. 담배를 피워도 그녀의 속이 안개 낀 터널처럼 답답하기는 마찬가지였다.

'동석이가 다쳐 내 가슴을 산산이 찢어놓더니 동철이란 놈이 쪼깨 남은 가슴마저 갈래갈래 찢어놓는구만. 참말로 복이 없는 년이랑게. 재수 없는 년은 뒤로 넘어져도 코가 깨진다고 허더니 내 처지가 시방 고렇당게. 이게 무신 꼴이대여. 둘 있는 자식이 다 빙신으로 둔갑혔으니 요걸 워찌 혀야 쓴대여. 내는 이제 끝난 것이구먼. 미래가 꽉 막혀 버렸단 말이시. 서방 죽고 두 아들 빙신 되었으니 뭘 보고 살아야 헌대여.'

대제전선 노조원 도로 점거 농성 사건은 TV에 토막 뉴스로 짧게 보도되었다. 노조원들 애초의 기대에 크게 미치지 못했다. 사회적으로 이슈화하는 데 실패한 셈이었다. 경영진들은 회사를 폐업할 수도 있다고 협박하면서 강경하게 나왔다. 그들은 도로 점거 농성 사건에 대한 책임을 물어 임시 집행부 간부들을 전원 해고했다. 그래서 해고자는 총 8명으로 늘어났다. 정만철·소영구·최동철·김기홍 이상 4명의 간부들이 해고 조치된 것이었다. 동철은 실업자가 되었다. 그러니까 그에게는 부상과 해고라는 두 개의 치명적인 고통이 안겨진 셈이었다.

폐업 조치도 불사하겠다는 경영진 쪽의 강경 태도에 일단 일 보 후퇴하기로 하고 전 노조원은 회사로 복귀하여 작업에 임하였다. 어떤 상태로든 폐업을 막아야 한다는 것이 노조원들의 중론이었기 때문이었다. 해고 조치된 노조원들도 어김없이 회사에 출근하였다. 또한 노조원들은 돌아가면서 당번을 정해 동철의 병실을 지켜주었다.

동철의 입원으로 인하여 순창댁은 좌판상을 잠시 중단하지 않을 수 없었다. 순창댁은 아예 병실을 지키고 앉아 동철의 뒤를 보살펴 주었다. 동철이 오른쪽 눈의 시력을 상실한다는 사실에 대해 식구들은 물론 그 불행한 소식을 들은 사람들은 혀를 차며 안타까워하였다.

"오빠, 너무 절망하지 마. 코는 나중에 성형 수술하면 되고 눈은 오른쪽만 시력을 상실해서 생활하는데 크게 문제가 되지는 않잖아."

처음 동철의 손을 잡고 울었던 선영이 이제 제법 어른스러운 말로 동철을 위로해 주었다. 선영은 학교에서 공부가 끝나면 병원을 찾아와 침대 머리 화병에 새로운 꽃을 꽂아 주었다. 그 은은한 꽃향기가 동철의 침대 주위를 감쌌다. 오빠가 꿈을 잃지 말고 꿋꿋하게 살아가라고 꽃을 꽂아 주는 선영의 노력에도 불구하고 동철은 늘 우울한 표정을 지었다. 코와 눈을 다치고부터 말수가 줄었고 웃음과 생기를 찾아보기 힘들었다.

"동철아, 그래도 너는 나와 비교하면 아무것도 아니야. 너는 검은 안경만 쓰면 되잖아. 코는 성형수술을 하면 되고."

목발을 짚고 찾아온 동석이 가끔 동철을 위로해 주었다.

"형이나 나나 이게 무슨 꼴이요."

"글쎄 말이다. 한 집안에 병신이 둘이나 생겼으니 뉴스감이지."

동철과 동석은 이야기하면서도 얼굴을 밝게 펴지 못했다. 동철과 동석이 이야기를 나눌 때 순창댁은 돌아앉아 손등으로 눈가를 찍어내곤 하였다. 당번제로 돌아가면서 동철을 보살펴 주던 회사 동료들도 이 광경을 바라보는 표정이 어둡기는 마찬가지였다. 동철의 이러한 불행한 소식은 시장통에 쫙 퍼져 있었다.

"묘 이장을 하여 손을 썼는데도 액운을 만났으니 참으로 안되었네."

"순창댁이 참 복 없는 여자라구."

"그러게 말이야. 순창댁의 마음이 얼마나 아플까. 뭐니 뭐니 해도 건강한 육신이 재산인데 말이야."

"참 세상은 불공평하다니까. 왜 가난한 사람들에게 재앙이 겹으로 몰아쳐 오는지 모르겠단 말이야."

사람들은 이렇게 수군거리면서 순창댁이 빠져 있는 좌판을 넌지시 건너다보곤 하였다. 좌판 자리가 연일 비어 있자 지나가던 사람들이 걸음을 멈추고 서서 덕장댁에게 궁금한 것을 물어보기도 하였다.

"순창댁이 액운을 만났다는데 그게 사실인가요?"

"나도 직접 구체적으로 들은 바는 없소. 들리는 말에 의하면 둘째 아들이 실명했다고 합디다."

"봉사가 된다는 말인가요?"

"한쪽 눈만 다쳤다고 들었는데 확실한 것은 모르겠소."

공대철 사장은 시장통에서 선영을 만나 자세한 소식을 듣고 위로의 말을 건넸다.

"나로서도 뭐라고 위로의 말을 해야 할지 모르겠네. 부상 당한 본인도 본인이지만 어머니의 심려가 얼마나 크겠나. 참 안되었구만. 어머니가 병원에 가 있는 동안 집안일을 잘 보살피고 학교에 잘 다니도록 하게."

공 사장은 선영의 등을 가볍게 토닥거려 주었다.

순창댁은 잠을 제대로 자지 못했다. 병실 침대 위에 잠들어 있는 동철을 지켜보며 순창댁은 뜬눈으로 새벽을 맞이하기 일쑤였다. 두 아들 모두 병신으로 전락했다는 그 사실이 순창댁을 절망의 늪에서 허위적이게 만들었다. 거기다가 동철이 직장까지 잃게 되었으니 앞으로 살아갈 길이 암담했던 것이다. 그러나 순창댁은 동철 앞에서 될 수 있으면 그런 절망적인 모습을 보이지 않기 위해 노력했다.

"동철아, 너무 상심 말거라잉. 두 눈이 먼 사람도 잘만 살아가더라. 마음을 굳게 먹어야 쓴다. 직장은 또 잡으면 되는 것이니까 고렇게 알고 있거라잉."

그래도 동철의 표정은 밝게 펴지지 않았다.

'본인 자신은 나보다 속이 더 아플 것이랑게. 가엾은 것 같으니라구. 워쩌다 고렇코롬 니가 운이 없냐잉. 이 에미는 폭폭혀 못살겄다.'

"어머니 너무 상심 마세요. 우리 동지들이 기어코 승리를 거두어 해고

된 자들을 전원 복직시킬 테니까요."

병실을 지키며 곁에 서 있던 동철의 절친이자 회사 동료인 영구가 패기 있게 말했다. 그러나 동철은 복직에 관심이 없는 듯이 보였다. 생의 의미를 잃고 좌절의 늪에 빠져 허덕이는 형상이라고나 할까. 극도의 절망적인 상태에서 의식이 마비된 사람처럼 동철은 무표정한 얼굴로 일관했다. 오른쪽 눈에 붕대를 댄 동철은 벌써 며칠째 침묵을 유지하고 석고상처럼 누워 지냈다. 착 가라앉은 병실 분위기가 계속되던 어느 날 맹호근 형제 철물점 사장이 병문안을 왔다.

"아니 이게 누구다요? 바쁘실 텐디 찾아오셔서 고맙구만이라우."

순창댁은 맹 사장을 반갑게 맞이했다.

"진작 와 봐야 하는데 늦었소. 미안하오. 고생이 많소."

"지야 견딜 만허지요."

동철은 반듯하게 누워 고이 잠들어 있었다.

"동철이 자는 것 같은데 우리 복도로 나갑시다. 나중에 깨어나면 내가 다녀갔다고 전해주시오."

"고렇게 허시지요."

두 사람은 조심스레 문을 열고 복도로 나와 긴 의자에 앉았다.

"어려운 때일수록 강한 정신이 필요해요. 지금까지 그렇게 살아왔지 않소. 소식을 듣고 왔는데 오른쪽 눈을 실명하고 코가 없어졌다고 해서 인생이 끝난 것 아니오."

"지도 처음에는 많이 괴로워 혔는디 시방은 쪼깨 나아졌구만요."

"절대 포기하지 마세요. 다 살아가는 방법이 있는 겁니다."

"포기하지 않았구만이요. 고렇다고 희망도 없는 것 같은디요. 지도 지 맴을 잘 모르겠당게요. 워떨 때는 심각혀질 때가 있거든요. 지가 죄를 많이 지어서 그런가 허는 생각이 들기도 허구요."

"마음을 크게 먹어야 합니다. 순창댁이 무슨 죄를 많이 지었다고 그런 생각을 합니까. 우리 나가서 점심이나 함께 합시다."

"지가 점심을 대접혀야지요. 허지만 오늘은 안 될 것 같은디요. 지가 다음에 대접혀 드릴게요. 병실에 동철이 친구도 있고 혀서 오늘은 안 되 겠는디요. 우리만 나가서 먹기가 고렇다니까요."

"그렇다면 어쩔 수 없지요."

맹 사장은 감을 잡았는지 더 이상 순창댁에게 점심 동행을 요구하지 않았다.

"점심 대접도 못허고 미안허구만요."

"그런 소리 하지 말아요. 오히려 내가 미안하지요. 그럼 나 가볼게요. 다음에 봬요."

맹 사장은 의자에서 벌떡 일어나 순창댁 손에 봉투를 하나 쥐여 주고 는 승강기 쪽으로 성큼성큼 걸어갔다.

"이것 받으면 안 되는디요."

"동철이 간식 사주세요. 약소합니다."

순창댁은 승강기 앞까지 배웅하여 주었다. 승강기 문이 닫히자 순창댁 은 몸을 돌이켰다.

'맹 사장님, 미안허구만요. 지 마음은 고것이 아닌디 워떻게 사정상 그 냥 가시게 혀서 죄송허구만요. 그동안 도와주신 은혜는 잊지 않을 것이 구만요. 지가 맹 사장님의 맘을 다 알고 있당게요. 늘 관심을 가져 주셔서 고맙구만이라우.'

순창댁이 병실로 들어서자 동철과 영구가 이야기를 나누고 있었다. 동 철은 침대 위에 발을 뻗고 앉아 자못 심각한 표정이었다.

"자고 일어났구나."

순창댁은 두 사람의 대화 내용이 파업에 관계된 것임을 금방 알아챌 수 있었다.

"동철아, 맹 사장님이 다녀가셨다. 니가 자고 있어서 그냥 갔으니께 고렇게 알고 있거라잉. 봉투도 하나 주고 가셨다."

"그랬나요? 깨워주시지 그랬어요."

"니가 워낙 곤하게 자고 있어서 깨우지 못혔으니께 고렇게 알고 있거라잉."

동철이 오랜만에 입을 열어 말하고 있었지만 표정은 어두웠다.

"영구, 솔직허게 말 좀 혀주소. 동철이가 해고 조치 되었다는디 복직될 가망이 있나?"

"복직 투쟁을 전개해야지요. 그래서 제자리를 정당하게 찾아야지요."

"제발 우리 동철이를 구해주소. 빙신 되고 직장 잃고 참말로 폭폭헌 일이구만 그리여."

"최대한 노력해보겠습니다. 어머니 너무 걱정하지 마세요."

"나는 영구만 믿겠네."

순창댁은 한숨을 내쉬면서 창밖을 응시했다. 하늘엔 먹구름이 두텁게 걸려 있었다.

동철은 회사 동료들이 찾아오는 것을 달갑지 않게 여겼다. 동료뿐이 아니었다. 일반 사람들도 대하기를 꺼려했다. 동철은 혼자 있고 싶어했다. 순창댁이 위로하는 말을 자주 늘어놓았는데 그것조차 듣기를 거부했다. 동철은 밖으로 나와 병원 뜰을 거닐거나 병원 복도에 앉아 혼자 시간을 보내는 횟수가 많아졌다.

"동철아, 너보다 몸이 불편헌 사람이 을매나 많은 줄 아니? 너무 낙담 허지 말거라. 니가 그러면 이 에미는 미치는 겨."

순창댁이 이렇게 말하면 동철은 도발적이고 반항적인 태도로 나왔다.

"어머니는 신경질 나는 이야기 좀 그만하십시오. 누가 그걸 모릅니까. 저는 코와 눈을 다친 당사자란 말입니다. 망가진 내 인생을 누가 보상해 주냐구요. 답답하다니까요."

동철은 당돌한 태도로 순창댁을 노려보았다.

'그리여 니 맴이 오죽 아프겄냐. 너도 괴로우니께 한번 혀본 소리겄지 야.'

순창댁은 동철의 심정을 이해하려고 노력했다. 무엇보다 순창댁으로 서는 퇴원 날짜가 임박해오고 있는데도 불구하고 동철이 불안한 정신 상 태를 보이고 있다는 점이 신경 쓰였다.

공대철 사장이 병문안을 찾아오던 날이었다.

"동철 군, 마음이 몹시 아프지. 나는 동철 군의 심정을 충분히 이해하 고 있네. 내가 코와 눈을 다쳤다고 해도 절망하기는 마찬가지일 걸세. 무 엇보다 동철 군은 장래가 창창하다는 것을 명심해야 하네. 좌절은 곧 죽 음이야. 마음을 강하게 먹고 굳세게 살아가야 하네. 불행한 일이지만 현 실을 인정해야 한다니까. 누구에게나 걱정은 한 가지씩 있기 마련이야. 현 상태에서의 극복 의지가 중요하지. 내가 너무 말이 길었나. 다 동철 군 을 위해서 한 말이니까 이해하게."

공대철 사장은 작심한 듯 말을 길게 늘어놓았다.

"말씀은 고맙지만 혼자 있고 싶습니다."

"알았네. 자네가 정 그렇다면 그만 이야기하겠네. 다만 딱 한 가지 이 야기하고 싶은 것이 있네. 어머니의 마음도 조금은 생각하게. 자네가 속상해하면 어머니의 마음이 얼마나 아프겠나."

공 사장으로서는 동철이 혼자 있고 싶다고 하자 더 이상 할 말이 없었다. 공 사장과 순창댁은 병실 밖으로 나왔다.

"나가서 점심이나 같이합시다."

"지가 대접혀야지요."

"하여튼 누가 사든 나갑시다."

순창댁은 공 사장의 제의를 거절하지 못했다. 불안하고 뒤숭숭한 마음도 달랠 겸 공 사장을 따라 병원 밖으로 나왔다. 두 사람은 병원 앞에 있는 고향식당으로 들어갔다. 두 사람은 탁자를 가운데 놓고 마주 앉았다.

"순창댁, 뭘 드시고 싶소?"

"지가 대접혀야 헌다니께요."

"동철이 간호하느라 고생하였기 때문에 고단백질로 먹어야 하니까 그렇게 알고 한번 메뉴를 골라봐요."

"지는 아무거나 잘 먹는디요."

"그럼 내가 골라볼 테니까 순창댁은 먹기나 하시오."

공 사장은 곱창전골을 주문하고 소주도 한 병 시켰다. 순창댁은 술을 거부하지 않았다.

"순창댁, 얼굴이 많이 빠졌소. 동석이에 이어 동철까지 다쳤으니 얼마나 속이 상합니까. 무엇 때문에 순창댁이 이렇게 어려움을 당해야 합니까. 세상은 참 불공평하다니까요. 죄가 있다면 부모라는 죄밖에 없는데 말이요."

"그러게 말이오. 폭폭혀 못 산다니께요. 하여튼 바쁘실 텐디 찾아주셔서 고맙구만이라우."

두 사람은 잔을 부딪친 뒤 단숨에 비웠다. 곱창전골이 지글지글 끓기 시작했다.

"한잔합시다."

"맴이 괴로워서 한잔헐라요. 속이 푹푹 썩고 있다니께요."

두 사람은 또 잔을 부딪쳤다.

"공 사장님이나 맹 사장님헌티 신세만 진 것 같아서 미안허구만요. 이 고마움을 워떻게 혀야 쓴다요."

"순창댁, 그런 소리 말아요. 나는 도운 것도 없소. 맹 사장님이 많이 도와주었나 보지요. 맹 사장님 이야기가 나오니까 조금 기분이 그렇네요."

"지가 실수혔나요. 죄송허구만요."

"죄송할 것까지는 없고 술이나 마십시다."

공 사장은 맹 사장 이야기를 순창댁으로부터 직접 듣게 되자 소태를 씹은 기분이었다. 그렇다고 그러한 감정을 순창댁 앞에 표출하면 안 된다고 생각했다. 애써 밝게 웃으며 공 사장은 잔을 권했다.

"순창댁, 자식들도 필요 없는 거요. 술이나 마십시다."

"지도 거기에 동감헌당게요. 그럽시다잉."

그날 순창댁은 얼큰히 취해 병실로 돌아왔다.

"집안에 무신 액이 끼지 않고서야 연속 사고가 날리 없는디 말이여. 뭣 땀시 그러는지 모르겠당게. 고 원인을 찾아야 쓰겄는디 말이여."

순창댁은 동철이 누워 있는 침대 옆 보조 의자에 앉아 중얼거리다가 꾸벅꾸벅 졸았다.

동석은 몸 구석구석으로 파고드는 한기로 인해 어깨를 부르르 떨었다. 실내에는 썰렁한 냉기가 감돌았다. 바깥 날씨가 쌀쌀한 모양이었다. 동석은 무심코 창밖으로 눈을 주었다. 인도에는 흙먼지가 어지럽게 흩날리고 있었다. 빠끔히 열린 문틈으로 흙먼지가 날아들었다.

동석은 목발을 짚고 자리에서 일어나 출입문으로 다가갔다. 그러고는 소리 나게 문을 닫았다. 그러자 실내가 조금 안온하게 느껴졌다. 난로에 불을 댕길까 하다가 그만두었다.

'왜 손님이 없는 것일까?'

동석은 혼자 문방구를 지키고 있는 시간이 무료하게 느껴졌다.

'춥다. 무료하다. 날씨가 추운 게 아니고 세상이 추운 게 아닐까?'

동석은 문득 그런 생각을 했다.

'나는 고립 되어 있다. 고작 꼬마 손님들에게 딸랑거리는 동전 몇 푼을 받아 금고에 집어넣는 그것이 내 일의 전부이다. 왜 내가 손바닥만 한 문방구 속에 처박혀 유형의 나날을 보내야 하는가.'

동석의 시선이 왼쪽 고무다리(의족)에 가서 멎었다.

'아, 나는 불구자이다. 내가 할 수 있는 일은 극히 제한 되어 있다. 나에겐 희망이 없지 않은가.'

그는 담배를 꺼내 입에 물었다. 불을 붙여 세차게 빨아들였다. 그러나 그것만으로 그는 속이 상쾌하게 느껴지는 후련함을 느낄 수 없었다. 그는 탁자 밑에 감추어 둔 소주병을 꺼냈다. 안주는 없었다. 병나발을 불었다. 쿨렁쿨렁 쏟아지는 소주를 벌컥벌컥 마셨다. 소주가 달았다. 담배를 세차게 빨아들였다가 가슴에 맺힌 울분을 토해내듯 거칠게 불어 날렸다. 또 병나발을 불었다. 조금 시간이 지나자 얼굴이 화끈거렸다.

"동석이 총각, 무슨 술을 그렇게 마시는가."

옆집 시계포 아줌마가 문을 열고 문방구로 들어섰다.

동석은 재빨리 재떨이에 담배를 비벼 껐다.

"가슴이 답답해서 조금 마셨구만요. 아줌마도 한잔하시겠어요?"

"아니네. 나는 술을 못하네."

"앉으세요."

동석은 의자를 내밀었다. 그녀는 가끔 문방구를 찾아와 이야기 동무가 되어주곤 하였다.

"오늘은 동석이 총각한테 할 이야기가 있네. 좀 특별한 이야기지."

"그게 무엇인데요?"

"아주 중요한 거야. 인생에 대한 거지."

"궁금하게만 만들지 말고 빨리 말씀하세요."

"좋은 아가씨가 있네. 한번 선을 보라구. 아주 참한 아가씨라구."

"저한테 시집올 여자가 있을까요?"

"물론 있지. 얼굴 반듯하고, 직업 있고, 다리만 약간 불편한 것으로는 크게 문제 되지 않는다구."

"어떤 여잔데요?"

"식당에서 일해. 학교는 중학교밖에 안 나왔지만 아주 똑똑하다구. 나이는 23세이고 고향은 전남 광주야. 오빠네 식당에서 서빙을 하는데 괜찮더라구. 어때? 한번 보겠나?"

"글쎄요. 장가는 가야 되는데 큰일이네요. 나중에 동생이 퇴원해서 돌아오면 식구들과 상의해서 한번 선을 보는 쪽으로 해보지요."

"잘 생각해 봐. 그 아가씨 놓치면 안 되니까."

"알겠습니다."

시계포 아줌마가 궁둥이를 흔들며 출입문 밖으로 모습을 감추었다.

'과연 그 괜찮게 생겼다고 하는 여자가 나와 결혼해 줄까?'

동석은 고개를 저었다. 그는 다시 남은 소주를 벌컥벌컥 마셔대기 시작했다.

7

동철이 퇴원해서 집에 돌아왔다. 정부로부터 피해 보상금을 받기는 했지만, 그것이 동철의 절망을 바꿔 놓지는 못했다. 그는 마스크를 쓰고 선글라스를 낀 채 생활했다. 집에 돌아와 일절 외출하지 않았다. 병원에서처럼 동철의 우울한 표정은 여전했다. 회사 동료들이 찾아와 노동운동을 하자고 제의해도 동철은 쌀쌀하게 거절했다.

"나는 이제 끝난 거야. 낙오자가 된 내가 노동운동을 해서 뭐 하겠나. 다 쓸데없는 짓거리라구. 설사 복직시켜 준다고 해도 회사에 나가고 싶지 않다니까."

"동철이 네가 벌써 폐인이 되었단 말이냐. 코와 눈을 다쳤다고 해서 삶을 포기할 정도로 절망적인 상태냐. 너는 너무 비관적이야. 너는 노동운동을 하다 다친 거라구. 그러면 밸이 꼴려서라도 끝까지 노동운동을 해야 사내다운 것 아니냐. 나는 네가 그렇게 무력하게 될지 몰랐다."

영구가 눈을 부릅뜨고 동철에게 질타를 가했다.

"잔소리 말어. 내 인생은 내가 살아가니까. 나는 지금 누구와도 대화하고 싶지 않아."

동철은 영구를 보내고 안방으로 들어가 자리에 누워 버렸다. 그의 그러한 상태를 누구보다 걱정하고 있는 사람은 순창댁이었다. 그녀는 동철이에게 의욕을 갖고 살아야 한다는 내용을 알아듣게 수차례 이야기하였지만, 소용없었다.

'동석이가 내 속을 팍팍 긁어놓더니 너까지 에미 속에 생채기를 내야 쓰겠냐. 이놈아 니 에미 마음을 알기나 허냐. 돈이 없을수록 몸이 성혀야 허고 또한 성실혀야 살아갈 수 있는 것이여. 근디 시방 동철이 니 놈이 허는 짓거리는 망할 놈의 병이란 말이여. 동석이가 퇴원해 돌아와 속을 썩이더니 또 니가 에미 가슴을 산산이 부수어 놓는구나. 이놈아 정신 차려야 쓴다.'

순창댁은 좌판에 앉아 채소를 팔면서도 마음이 편치 않았다. 그렇지만 그녀는 어두운 표정을 짓지 않기 위해 노력했다. 장성한 동석이와 동철이가 불구자로 전락하여 낙담하고 있으니 곁을 지켜줄 버팀목이 필요하다고 생각했다. 그녀마저 방황하며 흔들린다면 바람 앞의 등불처럼 집안이 위태로울 것이었다. 그래서 그녀는 주먹을 그러쥐고 전보다 더 적극적으로 채소를 팔았다. 꿋꿋하게 살아가는 모습을 동석과 동철에게 보여주기 위해서 그녀는 더욱 소리를 높였다.

"마늘이 한 접에 만 원! 나중에 후회허시지 마시고 후딱 구경들 허시지 오잉! 싸게싸게 와서 구경들 허시오, 구경! 싸게 팔고 후딱 들어갈라요."

다른 때보다 목에 힘을 주고 외쳤지만, 채소가 많이 팔리지 않았다. 목만 아프고 물건도 많이 팔리지 않자 순창댁은 불안감에 휩싸였다. 동석이와 동철이가 사고를 당하여 직장마저 잃게 되었으니 다음에는 순창댁 자신이나 선영에게 재앙이 닥칠지도 모르는 일이었다. 불길했다. 순창댁은 어두운 그림자가 안방 깊숙한 곳에 하늘거리는 것 같은 불안에서 벗어날 수 없었다.

'뭣 땀시 그란대여. 자꾸만 불길한 생각이 드니 말이여. 이것 예삿일이 아니랑게. 뭐가 잘못되어도 단단히 잘못되었단 말이시. 그리여 가만히 있을 일이 아니랑게. 미리 손을 써야 쓴당게. 그리야 후환이 없단 말이시.'

순창댁은 악귀가 날카로운 뿔로 집안 곳곳을 쑤셔대는 무서운 환상 속으로 빠져들었다. 마음이 조급해지기 시작했다. 그녀는 처녀 점쟁이를 찾아가 다시 한번 점을 봐야 한다고 생각했다.

해가 기울자 순창댁은 귀갓길에 처녀 점쟁이를 찾았다.

"또 왔구만."

처녀 점쟁이는 목소리만 듣고도 순창댁을 금방 알아보았다.

"집안에 안 좋은 일이 자꾸만 일어나서 그러는디요."

"재앙을 당한 사람이 누구야? 당사자의 사주[1]를 대어보라고."

순창댁이 동철의 생년월일과 생시를 알려주자 처녀 점쟁이는 손가락을 꼽아보고 염주를 만지작거리더니 무겁게 입을 열었다.

"굿을 한 번 해야겠어."

"굿이요?"

"왜 놀라나. 악귀가 들끓고 있어. 가만히 놓아두면 더 큰일이 일어날 것이니까 그렇게 알고 있으라구."

처녀 점쟁이에게 더 궁금한 사항을 물어보고 싶었지만 입을 열 수 없었다. 그만 물러가라고 외치는 처녀 점쟁이의 위엄 있는 언동 앞에서 순

---

1 태어난 해·달·날·시의 네 육십갑자.

창댁은 잔뜩 주눅 들 수밖에 없었다. 처녀 점쟁이에게 인사를 다소곳하게 올린 후 조심스레 밖으로 나왔다.

순창댁은 대문 밖에 세워둔 리어카를 끌고 집으로 가기 위해 걸음을 재촉했다. 귀가하는 그녀의 심사는 어수선하였다. 만약 굿을 한다면 돈이 얼마나 들 것인지, 주인집에서 굿하는 것을 허락할 것인지, 동석·동철·선영이 굿하는 것에 찬성할 것인지, 굿을 하면 정말로 씻은 듯 상쾌한 기분과 만나 앞으로의 행로가 훤하게 뚫릴 것인지 궁금하였다. 이런저런 생각을 하며 한길 인도로 접어들었다. 보름달이 동녘 하늘에 둥실 솟아 있었다. 달빛이 은은하게 쏟아져 내리는 거리를 따라 순창댁은 가는 걸음 멈추지 않았다.

'달빛은 저토록 밝은디 말이여. 뭣 땀시 우리 집안엔 먹빛 그림자가 하늘거리고 있는지 모르겠네. 달님께 부탁허는디요. 우리 집안 깊숙한 곳에 밝은 빛을 뿌려주시오잉. 높은 곳에서 내려다보고 있으니께 우리 집의 어두운 곳을 다 알고 있을 것 같은디요.'

순창댁은 집에 도착하여 저녁을 먹는 자리에서 가족들에게 굿에 대한 이야기를 꺼냈다. 상의라기보다 통보 형식으로 강력하게 굿의 필요성을 역설했다.

"꼭 굿을 혀야 쓴다. 악귀가 들끓고 있다고 허니까 말이여. 그것을 몰아내야 허는 것이여. 고렇지 않으면 또 무신 사고를 당헐지 모른단 말이시. 빚을 지고라도 굿을 혀야 쓴다. 고렇게 알고 있거라잉."

"어머니도 한심하네요. 지금이 어느 시대인데 도시에서 굿을 하고 그럽니까. 사람들이 미쳤다고 욕해요."

선영이 불쑥 고갤 쳐들고 불가론을 내세웠다.

"굿을 안 해서 내가 실업자 된 겁니까. 그 돈 있으면 술 마시겠네요."

동철도 선영과 함께 굿을 한다는 것에 반대 입장을 표명했다. 장남 동석도 같은 입장이었다.

　　"너희들이 고렇게 나올 줄 알고 있었다. 그리도 에미는 꼭 굿을 혀야 쓰겄다. 굿을 안 허면 에미는 잠을 잘 수가 없으니께."

　　"주인집에서 시끄럽다고 허락할 것 같지 않네요. 주인아줌마가 얼마나 깐깐합니까."

　　순창댁이 걱정하고 있던 문제를 동석이 제기하였다.

　　"그건 걱정 안혀도 된다. 에미가 워떻게 혀서라도 허락을 받을 테니까 니들은 구경허고 떡이나 먹거라잉."

　　"어머니, 한 가지 말씀드릴 게 있는데요."

　　동석이 뒷머리를 긁적이며 말했다.

　　"그리여 후딱 이야그혀 봐라."

　　"문방구 옆 가게 시계포 아줌마가 중매를 한다고 하는데요."

　　"그것 좋은 이야그다. 뭐 허는 아가씨라고 허디야?"

　　"식당에서 서빙하는 아가씨라고 했어요."

　　"굿을 끝내고 이른 시일 내에 선을 보도록 허자. 구체적인 날짜는 니가 잡아보도록 허그라. 에미는 시계포 아줌마를 잘 모르니께."

　　"알았어요."

　　순창댁은 잠자리에 누워 쉽게 안락한 꿈의 나라로 갈 수 없었다. 동석이가 선을 본다는 것에 대한 한 가닥 설렘과 굿을 해야 한다는 당위성 앞에서 순창댁의 마음이 뒤숭숭했던 것이다. 그러나 일단 굿을 먼저 해놓고 다음에 선보는 문제를 생각해 보기로 하였다. 굿을 해서 액을 씻어내야 집안에 운이 감돌아 선보는 문제도 잘 풀릴 것 같았던 것이다. 일단 그렇게 생각을 굳혀 놓자 마음이 안온해지는 것을 느낄 수 있었다. 순창댁은 몇 번 뒤척거리다 물속 깊은 곳으로 자꾸만 빠져들어 갔다. 그러다가 순창댁은 아득하게 의식을 놓아 버렸다.

다음날 순창댁은 시장에 나가지 않았다. 굿에 대한 제반 준비 문제 때문이었다. 동석은 아침을 먹고 이른 시간 문방구로 향했다. 집에서 문방구까지는 멀지 않은 거리였다. 육교 옆에 위치해 있으니까 목발을 짚고 걸어도 10분이 채 걸리지 않았다. 선영은 학교로 떠났다. 선영은 근래 취업 공부를 한다고 부지런히 움직였다. 밤늦게까지 공부하고 아침에는 집안 식구 중에서 제일 먼저 기상했다. 그러니까 집에는 순창댁과 동철만 남게 된 셈이었다. 동철은 아침을 먹고 작은방으로 들어가 누워 버렸다.

"동철아, 방에 누워만 있으면 니 건강을 버리는 거여. 나가서 친구도 만나고 사회 활동을 혀야 쓴다."

"간섭하지 마세요. 혼자 있고 싶어요."

동철은 돌아누워 순창댁을 외면해 버렸다. 그녀는 거실로 나와 잠시 망연자실 서 있어야 했다.

'그리여 굿을 혀야 쓴당게. 그러면 동철이가 활기를 찾을 수 있을지도 모른단 말이시.'

순창댁은 현관 밖으로 나와 주인댁을 찾아갔다. 주인 부부가 거실에서 TV를 시청하고 있었다.

"순창댁이 웬일이요? 지금 시장에 나가실 시간인데."

주인 사내가 고개를 돌렸다.

"드릴 이야그가 있어서 왔구만이라우."

"그럼 여기 소파에 앉으세요. 차라도 한잔하셔야지요."

평소 떨떠름하게 대하던 주인 여자가 오늘은 친절하게 나왔다.

"커피를 마시고 왔구만이라우."

"그래요?"

세 사람이 나란히 소파에 앉았다.

"순창댁, 말해보시오. 긴요한 이야기가 있는 것 같은데 설마 이사 간다는 이야기는 아니겠지요?"

"고건 아니구만요. 고렇지만 매우 미안헌 이야그가 되어서……."

순창댁이 말끝을 흐리며 용건 꺼내기를 주저하였다.

"한집에 살면서 그럴 필요 있나요. 그동안 허물없이 지내왔잖아요. 터놓고 이야기해 봐요."

"쪼깨 이야그 꺼내기가 어렵네요. 사모님이 지 이야그를 들으면 깜짝 놀랄 것 같은디요."

"괜찮아요. 이야기해 보세요. 저는 이 양반하고 생각이 같으니까요. 이 양반이 좋다면 저도 좋은 것 아니겠습니까."

진한 화장에 귀걸이를 한 주인 여자가 말했다. 주인 여자는 연신 웃어가며 너그러운 심성을 가진 사람처럼 애처 밝은 표정을 지었다. 그렇지만 순창댁에게는 그 웃음이 징그럽고 무섭기까지 하였다. 그렇다고 순창댁으로서는 그 느낌을 표정으로 나타낼 수 없었다. 속이야 어떻든 겉으로 보이는 대화에서 매끄럽게 넘어가야 일이 순조롭게 풀릴 것 같았다. 그래서 순창댁은 밝은 표정을 지으며 용건을 꺼내었다.

"집에서 굿을 한번 혀볼라고 허는디요."

"뭐요? 굿이요?"

주인 여자가 눈을 동그랗게 뜨고 순창댁을 응시했다.

"두 아들놈이 빙신으로 늦게 생겼는디요. 점을 보니까 악귀가 들끓고 있다고 헌다니까요. 처녀 점쟁이가 고렇게 말했다니께요. 방치해두면 어떤 변고가 생길지 모른당게요. 굿을 혀서 악귀를 쫓아내야 헌다는디요."

비산동 일대에 처녀 점쟁이 하면 모르는 사람이 없었다. 영험하기로 소문이 나 있었다.

"굿을 해서 변고가 생기지 않는다면 해야지요. 여보, 자기 생각은 어때?"

주인 사내가 부인의 표정을 살피며 물었다.

"좋은 방향으로 해야지요."

"고맙구만이라우. 하룻저녁만 참아주시면 된당게요. 굿을 허면 아주 시끄럽거든요."

"하룻저녁 참는 거야 일 아니지요. 하여튼 잘 해보세요."

순창댁은 주인 부부에게 고개 숙여 고맙다는 인사를 하고 나왔다.

그녀는 외출복으로 갈아입고 대문 밖으로 나왔다. 택시를 탔다. 박달동에 산다는 박수무당(남자 무당)을 찾아가기 위해. 박수무당은 노루표 페인트 맞은편 언덕배기 산동네에 살고 있다고 들었다.

함석으로 짠 대문을 열고 들어서자 50대로 보이는 남자가 순창댁을 맞았다.

"혹시 어제 전화하셨던 분 맞나요?"

"맞습니다. 임걸찬 박수무당을 찾아왔는디요."

"제가 임걸찬입니다."

남자가 걸걸한 목소리로 이름을 밝혔다. 그의 목소리는 굿을 많이 하여 변성되었기 때문인지 탁한 음색을 띠었다.

"지는 희성촌에 살고 있는 순창댁이라고 허구만요. 소문을 듣고 굿을 한번 혀볼라고 왔는디요."

"아, 그러세요. 잘 오셨습니다."

순창댁과 임걸찬 씨는 마루에 걸터앉아 제반 준비 사항과 비용 문제를 이야기했다. 돼지머리를 준비해야 하는 것과 무녀를 따로 대동하는 데 따른 비용 등을 이야기했다.

"순창댁, 굿을 한다면서?"

좌판에 앉자 덕장댁이 물음을 던졌다.

"하여튼 소문 한번 빠르구만. 계속 재앙이 닥쳐오니까 한번 혀볼라고 결정을 혔어."

"나는 이해가 가는구만. 답답할 때는 그거라도 해보아야 한다구."

"남들은 헛짓이라고 떠들어대도 내 생각은 고것이 아니구먼. 굿을 혀서 신통한 효과를 본 사람들이 있으니께 말이여."

"그런데 한 가지 물어볼 것이 있는데."

"고것이 뭐신디?"

"다음 주 일요일 시장통 번영회에서 버스를 대절하여 야유회를 간다고 하는데 순창댁은 갈 수 있나?"

"글씨. 우리가 여태까지 다달이 쪼깨씩 낸 돈이 있단 말이시. 별일이 없으면 가야 쓰겄지."

"그래. 우리 함께 가자고. 세상을 재미있게 살아야 한다니까. 다 소용 없는 것이여. 자식도 필요 없다니까."

"하긴 그려."

순창댁은 집안에 우환이 끓어 내키지 않은 것이었지만 그동안 적립한 돈이 아까워 참여한다는 쪽으로 뜻을 굳혔다. 일단 그렇게 생각해놓고 보자 잘 결정했다는 판단이 들었다. 연속 닥치는 불운에 대한 근심으로 우울에 찌들어 있는 것보다 하루라도 멀리 떠나가 온갖 시름을 잊고 재미있게 놀아보고 싶었던 것이다.

　해가 기울고 어스름이 내리자 동철은 누워 있던 자리에서 몸을 일으켜 세웠다. 종일 방 안에 박혀 있었더니 몸이 찌뿌드드하고 가슴이 답답했다. 그래서 동철은 문을 박차고 마당으로 나왔다. 선영은 아직 학교에서 돌아오지 않았다. 대문 밖으로 나와 사람들의 발길이 뜸한 밤거리를 무작정 거닐었다.

　'나는 불구자이다.'

　동철은 그런 생각에서 벗어나지 못했다. 지나치는 사람들이 마스크를 쓰고 검은 안경을 낀 자신을 힐끗힐끗 쳐다보았다. 그때마다 그는 다친 코와 눈을 들켜 버린 것 같아 움찔움찔 몸을 떨었다.

　'아, 좋은 수가 있다. 소주를 사서 들고 형이 운영하는 문방구를 찾아가 한잔 겪는 것이다.'

　동철은 입가에 빙긋 회심의 미소를 지어 보이고는 동네 가게로 들어가 소주 한 병과 오징어 한 마리를 샀다. 소주와 안주가 든 검정 비닐봉지를 들고 육교 옆 문방구로 향했다.

　'아, 나에겐 희망이 없다. 내 꿈이 산산이 부서졌다. 나는 밤이 좋다. 밤은 그윽해서 좋다. 만물이 잠들 때 나만 깨어나 있을 수 있어 좋다. 노동 운동도, 돈도, 여자도 싫다. 밤이면 술로 달콤한 꿈을 꾸고 싶다. 왜 그럴까. 술만 먹으면 힘이 난다.'

　동철이 육교 옆 문방구로 들어서자 동석이 그를 맞았다.

　"니가 웬일이냐?"

　"형, 내가 못 올 곳을 왔나."

　"그게 아니고 갑자기 찾아와서."

"소주나 한잔하자고 왔어. 하도 답답해서."

"막 문을 닫으려고 했는데."

"그래서 서둘러 왔지."

"잘되었다. 나도 답답해서 술 생각이 간절했었거든."

"앞으로 자주 올 거야. 손님이 별로 없는 모양이네."

"오후에는 오전보다 손님의 발길이 뜸하지. 오전에는 어린이 손님이 많고 오후에는 어른 손님이 많은 편이다. 장사하는 것도 지루해서 못 해 먹겠다. 재미도 없구 말이야. 그렇다고 돈이 많이 벌리는 것도 아니고."

"그래서 말벗이 되기 위해 내가 왔잖아."

동철이 비닐봉지 속에서 소주와 안주를 꺼내 탁자 위에 놓았다.

"나도 갈증을 심하게 느끼던 터였는데 잘되었다."

두 사람은 의기투합하여 소주잔을 주고받았다. 밤이라서 그런지 찾아오는 손님은 없었다. 금세 소주 한 병이 바닥을 드러냈다. 동철이 밖에 나가서 소주를 한 병 더 사오려고 하였으나 동석이 만류하였다.

"아예 문 닫고 나가서 마시자. 이 앞 포장마차로 가자구."

"그래, 그것도 좋지."

두 사람은 툭툭 옷을 털고 자리에서 일어났다. 동석이 문단속을 끝내고 셔터를 내릴 때까지는 오래 걸리지 않았다. 동석이 다리가 불편하므로 셔터를 내릴 때는 동철이 곁에서 거들어 주었다.

동석이 목발을 짚고 불안스레 걸음을 옮겼다. 동철이 동석의 팔을 잡고 부축하여 주었다.

"이제 목발이 익숙해져서 안전하니까 놓거라."

그래도 동철은 잡은 손을 놓지 않았다. 거리에는 가로등 불빛이 질펀히 깔려 있었지만, 담장 구석진 곳에는 어둠이 도둑고양이처럼 웅크리고 있었다.

　포장마차는 초저녁이라서 그런지 텅 비어 있었다. 두 사람은 나무로 된 긴 의자에 나란히 앉았다. 소주와 꼴뚜기를 시켰다.

　"형제분인 모양이지요. 많이 닮았네요."

　주모가 나긋나긋한 웃음으로 친절을 건넸다. 그녀는 홀로 외로움을 달래다 손님이 찾아오자 반가웠던 모양이었다.

　"맞습니다. 형제간입니다. 이쪽이 제 형입니다."

　동철이 동석을 가리키며 말했다.

　"아, 그러시군요."

　"저는 요 아래에서 문방구를 하고 있어요. 아톰문방구라고."

　"그래서 그런지 뵌 것 같네요. 많이 찾아주세요."

　"그럽시다."

　동석과 동철은 술잔을 부딪쳤다. 꼴뚜기와 따끈한 어묵 국물이 그들 앞에 놓여 있었다.

　"형, 선본다는 데 자신 있어?"

　"자신 없다. 어느 여자가 나 같은 불구자한테 시집오겠나."

　"그래도 희망을 가져야지."

　"너나 나나 이게 무슨 꼴이니……."

　이야기 도중 동석이 재채기를 토하며 말을 잇지 못했다. 동석은 알고 있었다. 왜 재채기가 나오는가를. 그는 감기도 걸리지 않았고 사레도 들리지 않았던 것이다. 그 원인을 모르는 동철이 이렇게 말했다.

　"형 감기 걸렸군."

　그렇게 말한 동철이 재채기를 토하기 시작했다.

　"그럼 너는 감기 걸렸니?"

"아닌데."

동석은 알고 있다는 듯 빙긋 미소를 머금었다. 곁에서 물끄러미 지켜보고 앉아 있던 주모가 원인을 설명하여 주었다.

"이 앞에서 대학생들이 낮에 시위하였거든요. 최루탄 가루가 바람을 타고 날아들면 꼼짝없이 재채기와 콧물이 쏟아져요."

그 말이 떨어지기 무섭게 동철이 잔을 비웠다. 그는 최루탄이라는 말만 들어도 몸이 부르르 떨렸다. 소주 2병이 바닥나자 동석이 부스스 몸을 일으켜 세웠다.

"형, 한잔만 더 하지. 형과 나는 같은 배를 탄 사람들이니까."

"가자구. 더 마시면 집에 못 가. 너는 나보다 나으니까 너무 괴로워하지 말거라. 걱정하시는 어머니도 생각해야지."

동석이 술값을 지불하고 포장마차 밖으로 조심스레 걸음을 옮겼다. 동철은 한잔 더 하고 싶은데 일찍 간다고 투덜거리면서 그 뒤를 따랐다. 동철의 투덜거림에 동석은 아무런 대꾸도 하지 않았다. 동석은 몸이 불편하여 술을 더 마시면 중심을 잡을 수 없다는 것을 잘 알고 있었다.

"형, 내가 업고 갈게."

동철이 동석의 앞을 가로막았다.

"혼자서 갈 수 있다. 천천히 가자구나. 많이 취하지 않았으니까."

"아니야. 위험해."

한사코 동철은 동석을 업고 가겠다고 우겼다. 동석은 몇 번 거절하다가 마지못해 목발을 손에 들고 동철의 등 뒤에 업혔다. 동철은 동석을 업고 끙끙대며 인도를 따라 걸음을 떼어놓았다. 하늘엔 별 무리가 안개꽃처럼 수놓아 있었다. 그만 내려서 걸어간다고 동석이 우겨도 동철은 말을 들어주지 않았다. 괜찮아, 괜찮아, 를 연발하며 동철은 가는 걸음 멈추지 않았다.

굿을 하는 날 동석·동철·선영은 집을 피해 친구 집에서 하룻밤 자고 오겠다고 했다.

"니들이 그러면 못 쓰는겨. 누구 땀시 굿을 허냐. 니들 건강허고, 허는 일 잘되라고 굿을 허는 것 아니겄냐. 그런디 니들이 피신혀 간다고. 안 되니께 그렇게 알거라잉. 에미는 절대루 이해 못허니께 그렇게 알고 있거라잉."

순창댁은 얼굴을 붉히며 단호하게 말했다. 그녀가 강력하게 나오자 동석들은 못마땅한 표정을 지으면서도 밖으로 나간다는 이야기는 하지 않았다. 오히려 순창댁은 선영과 동석·동철에게 이것저것 일거리를 주어 잔일을 시켰다.

박수무당 임걸찬 씨는 예정 시간보다 일찍 찾아와서 굿상을 차리는 데 주도적 역할을 했다. 안방 윗목에 큰상을 차려 놓고 그 가운데 돼지머리를 올려놓았다. 부엌에서 준비한 부침개 등 음식을 나르는데 선영과 동철이 도와주었다. 무녀 김기옥 씨와 임걸찬 씨는 하얀 한복을 입고 있었다. 굿을 한다는 소문을 듣고 근처에 사는 아낙들이 일찍부터 구경을 나와 기웃거렸다. 그들의 눈동자는 호기심으로 밝게 빛났다. 8시가 가까워져 오자 임걸찬 씨가 장구를 잡고 돼지머리 앞에 앉았다. 동네 아낙들은 문틀에 기대어 고개를 안으로 쑥 디민 채 박수무당이 하는 하나하나의 동작을 놓치지 않고 바라보았다. 박수무당은 장구 가운데에 꽹과리를 매달았다. 전등은 일제히 소등하고 촛불을 두 개 밝혀 놓았다. 그러자 실내는 산만한 느낌이 사라지고 착 가라앉은 은은한 느낌을 가져다주었다. 그는 미리 준비해 온 날달걀 한 개를 깨어 목구멍 깊숙이 털어 넣었다.

"소리를 하려면 이걸 먹어야 합니다."

그는 그 계란이 집에서 가져온 것인데 손수 기른 토종닭에게서 뽑은 것이라고 하였다.

굿은 8시 정각부터 시작되었다. 고인鼓人[2]은 박수무당이 맡았으며 무녀는 창호지가 매달린 대나무를 들고 너울거리면서 흥을 돋웠다. 당산철융[3]을 시작하며 굿이 활기를 띠었다. 당산철융은 당산[4], 철융[5], 성주[6], 조상, 삼신[7]을 불러들이기 위해 무가를 노래하는 단계이다.

팽—칭 팽—칭……. 꽹과리 소리가 요란하게 실내 공간을 흔들었다.

"아아 임금의 굿이요. 공심은 사사로움이 없음이요. 남산은 본이로다. 조선은 국이요. 조당은 비산동 희성촌이로다. 20시부터 다음 날 새벽까지 삼신께 축원하겠나이다. 최동석·최동철 형제가 시대의 아픔을 안고 있음이로다. 그들을 위하여 하얀 축복을 내리심이요. 그것은 성주님 은덕으로 가능하외다. 악귀가 들끓고 있다고 하는 데 신통력을 발휘하여 두 형제가 평안하고 단란한 가정을 이루도록 하여 주시옵소서. 어기야 청청 살이로구나. 몽둥이로 내리치고 칼로 쓱싹 잘라내어 자손만대 부귀영화 누리게 하여 주옵소서. 액이로구나 ……."

각각의 신을 청한 후 집안 식구들의 정성이 얼마나 지극한지를 알리고

---

2 악사.

3 민간 신앙에서 장독대에 모시는 신을 철융신이라 하고, 전라도 씻김굿에서 안방에 모시는 신 중 하나이다.

4 민간신앙에서 신을 모셔놓고 위하는 장소, 또는 집.

5 주로 호남에서 모시는 가신(家神)의 하나.

6 성주는 가신 중에서 가장 상위의 신이다. 한 가정의 가장을 대주라고 하는데, 이는 가신의 대표인 성주와 더불어 한 가정의 운을 결정짓는다는 의미를 갖고 있다.

7 삼신할매, 삼신바가지, 삼신할머니, 산신이라고도 한다. 옛날에는 태(胎)를 보호하는 신을 삼신이라 했다.

성주와 삼신을 축원함으로써 당산철융은 끝났다.

성주굿이 시작되었다. 무녀는 대나무 가지 끝에 백지를 묶은 성주대를 들고 더욱 활기차게 너울거린다. 성주는 가신이다.

박수무당은 치국잡이[8] 무가를 부르며 집을 한 채 잘 짓는다. 명당을 찾아 좋은 나무를 베어 온 후 어그영차 땅을 다진다. 용의 머리를 다칠세라 조심조심 다져 상량을 올린다. 집을 다 짓고 나면 부자 되라고 곡식을 쌓으며 소원을 축원한다. 그다음은 고인에게 말을 건넨다.

"여보시오, 거룩하신 성주님네. 우람하신 성주님네. 비가 와도 성주님네 은덕이요. 바람이 불어도 성주님네 은덕이요. 관재구설 손재입담 다 제살허시고[9] 이 터 이 집안 자손만당허시고 천추만대 만대유자 방생불사다 시켜주시던 성주님네요. 어찌 주인 모르는 공사가 있소. 집안 어른 모르는 일 있소. 나라가 편해야 백성이 편하고 백성이 편해야 나라가 편하지요. 가엾고 불쌍헌 최동석·최동철 형제에게 전후로 오시고 좌우로 오실 적에 문중의 자손들 번성하게 하여 주소서. 어진 연분 만나 장가도 쉽게 가고, 늘 재수가 있으며 운수 대통하게 하여 주옵소서.

성주님네요, 불쌍한 어머니 아직도 청춘인데 외짝 부모 모시는 것은 더 어려운 것이오. 효성이 지극허고 동기간에 화목허니 부귀영화 누리게 하여 주옵소서. 이렇게 성주님네 모시고 잠깐 거상 풍류로 놀고 갑세……."

무녀는 굿거리장단에 맞추어 잠시 춤을 춘다. 이어 쌀을 담은 주발 위에 돈을 놓고 그 위에 술 먹인 백지를 올린다.

---

8 부정굿에서 화랭이는 부정상과 말벼를 앞에 놓고 장구를 치면서 삼현육각의 반주로 앉은부정을 부르는데, 이는 창세부터 오늘에 이르는 역사를 풀이한 노래.
9 살풀이를 해서 미리 재액을 막음.

"어기야 청청 살이로구나."

이렇게 외치며 주발을 들고 방 안에 쌀알을 뿌린다. 고인은 무녀의 노래를 받아 후렴을 부른다.

"액이로구나. 어어둥청 액이로구나."

조금 장단이 빨라지자 액막이 노래를 부른다.

"옥관자 사모 관자 붙이옵나이다!"

무녀는 술 먹은 종이를 꺼내 들고 외치다 안방 벽에다가 덜컥 붙인다.[10]

다음은 지왕풀이 단계로 이어졌다. 무녀는 안방에 서서 밖의 구경꾼들을 향해 지왕풀이를 부른다. 지왕풀이의 내용은 굿을 하는 최씨 문중의 귀한 자손들이 복과 명을 타서 입신출세하기까지의 과정을 노래하는 것이다. 삼신지왕께 정성을 다한 그 덕으로 태어난 자손이 석숭[11]의 복과 동방삭[12]의 명을 받아 부모님께 효자요, 동기간의 화목둥이로 자라난다. 훌륭한 인품이 사방에 알려져 나라에서 아시고 알성급제 주어 각도 감사를 지내고 내직으로는 병조, 호조판서를 지낸 후 부인 거느리고 고향으로 내려오기까지를 노래한다.[13]

"이렇게 훌륭한 아들을 두었는데 춤 안 추고 그냥 갈 수 있소이까. 우리 모두 거상 풍류[14]로 춤추고 갑세다."

무녀는 굿거리장단에 맞추어 잠시 춤추고 끝낸다.

---

10 황루시 저. 『한국인의 굿과 무당』 (서울: 문음사, 1988), pp.256-257에서 변용.

11 중국 진나라 때의 큰 부자이다.

12 중국 전한(前漢)의 동방삭(東方朔)이 18만 세나 살았다 하여 통속적으로 부르는 이름.

13 황루시 저. 앞의 책, p.257에서 변용.

14 잔치나 큰손님 대접에, 큰 상을 올리기에 앞서 먼저 풍류와 가무를 아룀.

다음 단계는 칠성풀이다. 박수무당이 꽹과리와 장구를 신명 나게 두드리며 칠성풀이를 부르기 시작했다.

"칠성님 본은 천하궁 사람이요, 부인은 지하궁 사람인데 칠성님 17세, 부인 15세, 되던 해 칠월 칠석날 혼인을 맺었어요. 둘은 아무런 부족함 없이 잘 살았으나 20세 넘어 30세가 되도록 일점혈육이 없어 근심이 되었지요. 하루는 도사 스님이 내려와 시주를 하라고 합니다. 칠성님이 자손도 없는데 누구를 위해 시주를 하겠느냐고 반문하니 스님은 불공을 착실히 드리면 자손을 볼 수 있다고 주장했지요. 그날부터 ……(중략)…… 부인을 용왕으로 봉허시고 첫째 애기는 동두칠성, 둘째 애기는 남두칠성, 셋째 애기는 서두칠성, 넷째 애기는 북두칠성, 다섯째는 중앙칠성이요. 여섯째는 산에 올라 산제 받아 잡수시고, 일곱째는 절에 올라 칠성당에 봉허시니 자손 없는 인간들 자손만당시켜주고 명복 없는 인간들 명복 많이 주어서 죽은 사람도 살려내니 이 아니 좋소. 선한 끝은 있어도 악한 끝은 없는 법입네다."[15]

칠성풀이는 칠성이 신으로 좌정하기까지의 내력을 푸는 신화이다. 박수무당의 걸걸한 음색에서 구수한 입담이 느껴진다.

다음은 지신풀이 단계이다. 박수무당은 여전히 안방에 앉아 굿상을 향해 장구를 치면서 무가를 노래한다.

"지신은 기둥 주춧돌 밑이 본이신데 머리는 용의 모양이시고 귀는 삽살귀였지요. 이마는 됫박이마이고 코는 유자코, 입은 뱅어 입이고요. 주걱턱에 조막손으로 두럽게 생겼지만, 농사는 장원이고 밭농사는 으뜸이었어요. 농부가로 모를 심고 시월이 돌아오니 추수가 좋아 차곡차곡 노적이 쌓였어요. 지신님은 이제 광 안에 곡식을 쌓아놓으시고 ……(중

---

15 황루시 저, 앞의 책, p.258에서 변용.

략)…… 거부 장자 되어 환갑 넘고 진갑 넘도록 자손 자랑 후분[16] 자랑하면서 장생불사하게 도와주시옵소서."

둥당둥당 꽹칭……. 장구와 꽹과리 소리가 밤의 적막을 흔들며 분위기를 압도한다. 무녀가 장구 소리에 맞추어 경중경중 뛰며 성주대를 흔들어 댄다.

다음은 장자풀이 단계이다. 박수무당이 격렬하게 장구를 때리다가 서서히 속도를 죽이며 소리가 낮아지더니 이어서 장자풀이를 노래한다.

"사마장자[17]는 사악하고 불효하며 부자이나 구두쇠였어요. 그러나 같은 마을에 사는 우마장자[18]는 가난하지만 선행을 베풀며 착하게 살아 마을 사람들로부터 칭송이 자자하였지요. 제사를 지내지 않아 사마장자의 조상은 너무 배가 고파 시왕[19] 앞에 나아가 하소연하니 도사 스님을 불러 사정을 알아 오게 하셨지요. 도사 스님이 사마장자를 찾아 시주를 청하니 요구하는 동냥은 안 주고 매 때리고 거름을 한 바가지 퍼서 주었어요. 스님이 비참한 심정으로 돌아 나오자 며느리가 쫓아 나와 쌀 서 말을 퍼주며 시아버지 사마장자의 허물을 용서해 달라고 부탁했답니다.

그날부터 사마장자는 병이 들어 백약이 무효라 며늘 아기의 생각대로

---

16 사람의 일생을 셋으로 나눈 것의 마지막 부분. 늘그막의 운수나 처지.

17 서사 무가(敍事巫歌)인 장자풀이에 등장하는 인물로 인심 사나운 부자이다. 저승사자에게 융숭한 대접을 하여 목숨을 건진다.

18 서사 무가(敍事巫歌)인 장자풀이에 등장하는 인물이다. 하루 벌어서 하루 먹고 살 정도로 가난한 집안의 가장이었다. 그렇지만 늘 부모님께 효도하고 형제 간에도 우애가 좋았으며 마을 사람들과도 친절하게 잘 지내는 사람이어서 칭찬이 자자하였다.

19 저승에서 죽은 사람이 생전에 지은 선행과 악업 따위를 재판한다고 하는 열 명의 왕(王). 진광왕, 초강대왕, 송제대왕, 오관대왕, 염라대왕, 변성대왕, 태산대왕, 평등왕, 도시대왕, 오도 전륜대왕이다.

문복쟁이[20]를 찾아갔지요. 문복쟁이 하는 말. 틀림없이 죽을병이나 앞 노적 헐어 동네 주민에게 나누어 주고 뒤 노적 헐어 사흘 동안 굿을 하면 살아날 수 있다고 했어요. 며늘 아기 이 말을 듣고 쌀로 떡을 하고 …… (중략) …… 저승사자는 재치 있고 영리하다 하여 사마장자 대신 요사한 귀신들을 잡아갔지요. 사람이 한 번 가면 다시 못 오니 어찌 아니 서러운가요."

꽹칭 꽹칭 둥당둥당……. 박수무당이 장구를 때리다 잠시 멈추고 미리 준비된 냉수를 마셔 목을 축인다. 장구와 꽹과리 소리가 갑자기 멎자 실내에 팽팽한 긴장감이 감돈다. 전쟁터에서 갑자기 총소리가 멎었을 때처럼. 무녀도 흔들던 성주대를 잠시 놓고 물을 벌컥벌컥 마신다.

"자, 갑세다. 저 아늑한 세상으로 떠나봅세다."

다음은 오구물림[21] 단계이다. 박수무당이 장구를 들고 거실로 나온다. 무녀도 성주대를 들고 그 뒤를 따른다. 무녀는 거실에 자리를 깔고 그 위에 쌀과 붉은 고추 일곱 개를 놓은 후 흰 종이로 오린 망자의 신체(돌아가신 동석·동철의 아버지)를 펴놓았다. 오구시루의 떡을 통째로 빼서 베개로 받쳐놓고 신체 위에는 사람 모양을 오려서 묶은 넋과 지전[22]을 놓는다. 빈 오구시루 안에는 쌀이 담긴 주발을 놓고 타래실을 시루 밑의 구멍으로 나오게 뽑아놓고는 그 오구시루를 상에 올린다. 망자가 다음 생에 무엇이 되는가를 보기 위해서 키를 놓고 그 위에 다시 신체를 놓은 후 백지 한 장을 덮는다. 곱게 채친 밀가루를 백지 위에 뿌리고 대나무 세 개를 가로로

---

20 점쟁이.
21 주로 전라도 지방에서, 죽은 사람의 영혼을 깨끗이 씻어 주어 극락왕생하게 하고 자손의 복을 비는 굿.
22 돈 모양으로 오린 종이.

걸쳐 놓는다. 다시 창호지로 덮고 넋을 두 개 놓고 대신칼[23]을 서로 비켜 놓는다.

이렇게 꾸며 놓고 박수무당은 오구시루 앞에서 장구와 꽹과리를 신명 나게 치고 무녀는 너울거리며 오구풀이를 부르기 시작한다.

"오구시왕님네 본을 받고 빌 때 비후님은 절 받세 오굿시왕님은 십칠 세요 일대 비후님은 십오 세가 되얐난데 천금에 넉넉하사 결혼을 정할 적에 천금패를 내어놓고 육갑으로 구함마차 한 장에다 이름 두고 두 장에 성을 두고 길일영진 좋은 날에 천정배필 가약을 매기실 때야 정월이라 망 월 일에 사성을 드리시고 칠월이라 칠석날은 납채를 디리실 제⋯⋯ (후략)."

일곱째 딸은 아버지에게 버림을 받고 그 벌로 죽을병에 든 아버지를 위해 목숨을 걸고 시왕산에 들어간다. 산신님과 혼인하여 아들 셋을 낳아 주고 약물을 얻어 돌아가신 아버지를 살려낸다는 바리데기 신화가 오구 풀이의 주요 내용이다. 오구풀이가 진행되는 동안 옆에 앉아 지켜보던 동 석이 꾸벅꾸벅 존다. 그러자 순창댁이 동석의 옆구리를 쿡 찌른다. 그때 야 동석이 움찔 놀라며 꼿꼿하게 허리를 세운다. 오구풀이를 마친 무녀가 숨을 몰아쉬며 이마 위의 땀을 손등으로 훔친다. 그녀는 냉수를 마셔 목 을 축이며 여유를 찾는다. 둥당거리던 박수무당의 장구도 잠시 멈추고 침 묵을 유지한다. 박수무당은 조심스럽게 신칼과 넋을 걷고 창호지를 걷는 다. 그런 다음 댓가지 사이로 밀가루 위에 남겨진 흔적을 보고는 외친다.

"다음은 극락왕생하신 아버님께 인사를 올립시다."

준비된 제사상이 들어오고 거기에 술을 올리고 향을 피운다. 동석·동

---

23 무구(巫具)의 일종. 얇고 짧은 한 쌍의 놋쇠칼. 무당은 대신칼을 들고 춤을 추기 도 하고, 대신칼을 땅에 던져 신이 잘 대접 받았는지 점치기도 함.

철·선영 순서로 재배를 올린다. 인사가 끝나자 박수무당은 소지[24]를 세장 올린다. 그런 다음 키를 치우고 넋은 넋 상자에 담는다. 오구시루에서 명실 복실을 빼내어 손가락에 감으면서 말한다.

"아버님 오늘 이 굿 영광 되게 받으시고 늘 평안하세오. 동석·동철·선영을 좀 돌보아주셔야 하겠습니다. 아버님을 믿고 있사오니 자녀들 모두에게 축복을 내리소서. 비나이다 비나이다 처마 밑 구석구석에 환한 빛을 내려주소서."

박수무당은 염불이 끝나자 종이로 오린 아버지의 신체를 자리에 말아 가운데 묶고 그 위에 사람 모양으로 오린 넋을 올려 세로로 툇마루에 세워 놓고는 대신칼을 양손에 쥐고 무가를 부른다.

"아버님, 불쌍한 동석·동철·선영을 굽어살펴주세요. 낮에는 파란 하늘을 훨훨 날아다니시고 밤에는 별나라에서 편안히 주무세요. 아버님, 동석과 동철이 어둠 속에서 길을 잃고 헤매고 있사옵니다. 가련한 자식들이 어둠 속에서 속히 걸어 나와 콧노래를 부르며 오솔길을 걷게 하여주소서."

노래가 끝나자 성주대를 들고 춤을 추던 무녀가 대신칼에 종이로 만든 넋을 붙여 높이 들어 올린다. 무녀가 이걸 들고 거실 밖 마당으로 나간다. 박수무당은 어깨에 멘 장구를 치며 마당으로 나간다. 둥당둥당 꽹칭 꽹칭……

이제부터 제석[25]은 마당에서 하게 된다. 마당에는 병풍을 치고 조상상

---

24 신령 앞에서, 부정(不淨)을 없애고 소원을 비는 뜻으로 얇은 종이를 불살라서 공중으로 올리는 일.

25 마당굿.

과 망제를 위한 상을 준비했다. 상 밑에는 열 명의 시왕[26]을 써서 붙였다. 무녀는 주발 뚜껑을 땡땡 치면서 염불도 하고, 노적 쌓기, 업 불러 들이기, 입춘 붙이기 등을 하며 흥겨운 바라춤을 추기도 하였다.

제석이 끝나자 고풀이로 이어진다. 무녀는 미리 준비한 무명 띠 끝에 쌀이 담긴 주발을 묶어 맨 후 나머지 헝겊에 일곱 개의 매듭을 만든다. 그녀는 무명 띠를 들고 너울너울 흔들며 고풀이 무가를 부른다.

"성주님네 감동하사 설리설리 풀어보세. 생이 꼬이고 꼬여 설설설 풀어보세. 불쌍하신 동철이 아버지 무슨 한이 맺혀 고통을 이리 주나이까. 이승에서 올라오는 신음 가엾어 눈물 나지 않나이까. 풀어보세 풀어보세, 설설설 풀어보세. 극락왕생하옵시고 우리 동석·동철·선영을 따뜻한 곳으로 ……."

무녀가 무명 띠를 들고 둥당둥당 장구 소리에 맞추어 너울너울 춤을 추며 매듭을 하나하나 풀어간다.

고풀이가 끝나자 망자를 씻기는 의례가 시작된다. 마당에는 조그만 상을 놓고 그 위에 쑥물·향물·쌀·비누·수건·빗자루 등을 올려놓는다. 옆에는 청수를 담은 독을 놓고 솥뚜껑을 덮는다. 그리고 신체를 말은 돗자리는 세워서 그 위에 넋을 담은 주발을 올리고 바가지를 덮는다. 무녀는 쑥물을 조금씩 바가지 위에 뿌린다. 이어서 향물을 조금씩 붓고 비누로 씻은 후 맑은 물을 뿌려 헹군다. 물기를 빗자루로 깨끗이 씻어낸다.

"정읍 산외 동진강[27] 쌀이요."

이렇게 외치며 쌀을 바가지 위에 뿌린다. 수건으로 다시 바가지를 깨

---

26 저승에서 죽은 사람을 재판한다는 열 명의 대왕. 십대왕(十大王).

27 전라북도 정읍시 산외면(山外面) 풍방산(豊方山)에서 발원하여 전라북도 남부 북서쪽으로 흘러 황해로 들어가는 강으로 길이는 44.7킬로미터이다.

끗이 닦는다. 무녀는 신칼로 솥뚜껑을 두드린다. 솥뚜껑을 연 후 신칼로 바가지를 쳐서 독에 담긴 물 위로 떨어지게 한다. 무녀는 신칼을 들고 장구 리듬에 맞추어 춤을 춘다.

다음은 길 닦는 순서이다. 준비 된 긴 무명 띠(다리)의 끝을 동철이 잡고 다른 쪽 끝은 순창댁이 잡는다. 무녀는 쌀, 망자의 옷, 넋을 담은 대바구니를 다리 위에 올려놓는다. 그녀는 쌀을 다리 위에 뿌리면서 신칼을 들고 노래한다.

"걷어주소서, 걷어주소서. 최씨 집안에 드리운 검은 장막을 걷어주소서. 아버님께 간절히 호소하옵나이다. 이제 맺힌 마음을 풀고 동석, 동철, 선영을 돌보아주소서. 자, 쌀밥 먹고 놀고 갑세, 놀고 갑세……."

무녀가 성주대를 흔들며 신명 나게 춤을 춘다.

이제 마지막 단계이다. 밤이 깊어 구경하던 사람들은 모두 돌아가고 마당에는 서늘한 기운이 감돈다. 박수무당의 장구 소리는 한층 높아져 어둠을 흔든다. 무녀는 굿상의 음식을 조금씩 떼어 바가지에 담는다. 왼손에 바가지, 오른손에 빗자루를 들고 흔들며 마당에 서서 외친다.

"산에서 헤매는 잡귀, 바다에서 허위적이는 잡귀, 거리에서 구걸하는 잡귀, 약한 여자의 멱살을 잡고 흔드는 잡귀, 희성촌 주위를 얼씬거리는 굶주린 잡귀는 모두 배부르게 먹고 썩 물러갑세, 물러갑세!"

무녀는 굿에 모여든 잡귀에게 배부르게 먹인 후 바가지 음식을 대문 밖에 버린다. 신체(옷), 넋, 무명 띠 등을 마당에 모아놓고 성냥으로 불을 댕긴다. 너울거리며 불꽃이 춤을 춘다. 불티와 연기가 나비처럼 훨훨 날아 어두운 하늘로 날아간다. 마당이 대낮처럼 환하다. 하품하며 지켜보는 동석, 동철, 선영은 피로한 기색이 역력하다. 그러나 순창댁은 다르다. 훨훨 타오르는 불꽃을 보며 얼굴에 환한 미소를 짓는다. 한참 후 불꽃이 사그라들고 연기가 가늘어지자 장구와 꽹과리 사이를 격렬하게 오갔던 박수무당의 손놀림이 멈춘다. 성주대를 흔들던 무녀의 동작도 멎고 두 사람은 나란히 서서 안방을 향하여 다소곳이 허리 숙여 인사를 올린다.[28]

'그리여 굿을 허기는 잘혔어. 내 마음이 편안해지는 것만 보아도 말이여. 앞으로 다가오는 집안의 대소사가 잘 풀려갈 것이구만. 동석아, 동철아, 선영아, 너희 맴은 워떨지 모르지만 에미는 가슴이 시언허단다. 앞으로 두고 보거라잉. 지나놓고 보면 니들도 에미가 굿을 잘혔다고 헐 것이다잉. 동석이 니 오늘 선보는 날인디 고것도 잘될 것이다잉. 아니 시방 내가 뭐 허고 있대야. 후딱 들어가야 쓰겄구만.'

순창댁은 곱게 차려입은 한복 치맛자락을 여미며 동석과 약속한 희망다방으로 들어섰다. 다방 안으로 들어가 고개를 기웃거리자 한 사내가 벌떡 일어나 손을 흔들어대었다.

"이쪽으로 오세요."

동석이가 양복 차림으로 순창댁을 맞았다. 의자에는 목발이 세워져 있었다.

"늦지는 않았지야?"

"시간 충분해요."

순창댁은 동석과 나란히 앉아 옷매무새를 만지작거렸다.

'일이 잘 풀려야 헐 것인디 요걸 워쩌야 쓴대야. 약간 촌시러워 보여도 챙피는 당허지 말아야 쓴당게. 참말로 원통한 일이구만. 얼굴은 워디다 내놓아도 반듯한디 다리가 불편허니 참말로 미치고 환장헐 일이당게. 긍

---

28 황루시 저, 앞의 책, pp.252-266에서 이 소설에 서술된 순창댁네 굿 장면을 인용 및 변용하였음.

게 누가 동석이에게 몰매를 가했다는 것이여. 이놈의 자슥들을 그냥! 공부는 안 허고 사람이나 때려잡는 것이 학상이란 말인가. 아니여, 시방 콩이야 팥이야 따질 때가 아니랑게. 다 지나간 이야그여. 시방 중요헌 것은 색시란 말이시.'

머리를 길게 늘어뜨린 아가씨 하나가 부모님와 함께 다방 안으로 들어섰다. 그들을 앞에서 인도하는 아낙 하나가 눈에 띄었다.

"저 부인이 옆 가게에 사는 중매쟁이여요."

동석이 순창댁의 옆구리를 툭 치며 말했다. 그들 일행이 가까이 다가오자 동석이 자리에서 일어나 공손하게 인사를 건넸다. 색시가 부모님과 나란히 앉고 맞은편에 동석, 순창댁, 중매쟁이가 앉았다. 순창댁의 가슴이 자꾸만 콩닥콩닥 뛰었다.

'나는 뭐시대야. 날개 부러진 새가 아닌감. 부부가 나란히 앉아 있으니께 참말로 보기 좋네잉. 내처럼 복이 없는 여자도 없을 것이구만. 요럴 때 냄편이 필요허단 말이시.'

중매쟁이가 활짝 웃으며 이쪽저쪽에게 상대방을 소개하였다. 가벼운 대화가 오고 가면서 쌍방간에 긴장된 분위기가 조금씩 풀어지기 시작했다.

"아가씨가 착허고 예쁘게 생겼는디요. 일이 잘되면 좋겠구만이라우."

순창댁이 마음에 든다는 의사 표시를 분명히 하였다. 그러자 듣고 있던 색시의 어머니가 말을 받았다.

"고맙네요. 곱게 봐주셔서요. 총각이 다리를 다쳤다고 하던데 많이 아프나요? 넘어져서 다친 모양이지요?"

색시 어머니가 중매쟁이를 빤히 쳐다보며 말했다. 다소곳하게 앉아 있던 색시가 이 대목에서 번쩍 고개를 들었다.

"별것은 아닙니다. 다리만 약간 불편할 뿐이지 다른 곳은 건강합니다."

중매쟁이는 가볍게 이야기를 받았다. 걱정할 만한 것이 못 된다는 투로. 그러나 궁금증이 풀리지 않는다는 듯 색시 가족들은 연신 고개를 갸웃거렸다. 물음의 핵심을 피하고 있다는 걸 눈치챈 색시 어머니는 더 이상 묻지 않았다.

동석은 긴장으로 인하여 몸이 뻣뻣하게 굳어져 몹시 부자연스러웠다. 그래서 무슨 말을 꺼내 긴장을 이완시켜보고자 하였지만 생각대로 되지 않았다. 다리를 전다는 약점 때문인지 떳떳하게 말을 꺼낼 수 없었다. 머릿속으로 많은 이야기 내용이 떠올랐지만 정작 입 밖으로 표출되어 나오지는 않았다. 입 안에서 뱅그르르 돌다 목구멍 깊숙이 꼴깍 넘어가곤 하였다. 일행이 차를 마실 때도 동석은 찻잔만 들고 만지작거리며 말을 꺼내지 못했다. 일행은 가볍게 이야기를 주고받으며 담소를 나누었지만 분위기는 딱딱했고 조심스러웠다.

"당사자들끼리 이야기하게 우리는 그만 일어납시다."

"그럴까요."

중매쟁이 아주머니가 제일 먼저 자리에서 일어났다. 어른들이 희망다방 출입문 쪽으로 걸어 나가자 동석도 목발을 짚고 다가가 공손하게 배웅했다. 색시 부모들은 걸어 나가면서도 마음에 걸린다는 듯 동석의 목발을 연민 어린 시선으로 바라보았다. 그럴수록 동석은 태연한 표정을 짓기 위해 노력했다.

어른들이 떠나가고 동석은 아가씨와 마주 앉았다. 두 사람은 다시 자기소개를 하였다. 동석은 아까와 달리 긴장이 풀어지고 마음이 가벼워져 자유롭게 이야기를 전개했다. 그는 여자와의 대화에서 이야기를 주도해야 한다고 생각했다.

"다리의 상처가 예사롭게 생각되지 않는데요. 많이 다쳤는가요? 완치가 가능한가요?"

동석은 다리 이야기가 나오자 갑자기 안색이 벌게지면서 자꾸만 말을 더듬거렸다. 그러나 그는 그렇게 주눅이 들 필요가 없다고 생각했다. 결혼한다고 하더라도 자신의 불구를 숨길 수는 없어서 밝힐 것은 일찌감치 까발려야 한다고 생각했다. 그래서 용기를 내어 말했다.

"사실은 전투경찰로 군복무를 수행하다 다쳤습니다. 학생들의 저항을 받아 다리를 다쳤습니다. 상이군인으로 연금이 나오기는 합니다. 제 왼쪽 다리는 의족입니다."

"아, 그러셨군요."

색시는 고개를 끄덕거렸다. 그러면서 충격적이라는 듯 딱딱하게 굳은 표정을 지었다.

"그렇지만 활동하는 데 큰 지장은 없습니다."

"다행입니다. 약속이 있어서 가보아야 할 것 같은데요. 먼저 일어나겠습니다."

"그렇게 하십시오."

동석은 자리에 앉아 색시가 출입문 쪽으로 총총히 걸어 나가는 모습을 망연자실 바라보았다. '끝났구나.' 동석은 직감으로 그렇게 생각했다. '당했구나. 비참하다.' 이런저런 생각들이 소용돌이쳐 왔다. 다리와 어깨 그리고 팔 등에 걸쳐 힘이 쭉 빠졌다. 그는 맥없이 자리에서 일어났다. 목발을 짚고 계산대 쪽으로 걸어 나가 계산을 끝냈다. 그는 희망다방 밖으로 조심조심 걸어 나갔다.

'오늘은 문방구고 뭐고 다 싫다. 좀 창피하다. 이것 말이야, 영원히 장가를 못 가는 것 아닐까. 빌어먹을. 한잔 꺾는 거야. 집에 가서 어머니에게 뭐라고 한담. 낭패다. 그러나 어쩔 수 없다. 이게 나의 운명이다.'

동석은 육교 옆 포장마차가 일자로 길게 늘어서 있는 곳까지 왔다. 어느 집으로 들어가 한잔 꺾을까 망설이다 이어도로 걸음을 옮겼다. 해가 서산으로 기울면서 포장마차는 조금씩 생기를 띠기 시작했다. 전처럼 소주와 꼴뚜기를 시켰다.

그날 동석은 제대로 몸을 가누지 못할 정도로 마셨다. 동석을 찾아 나섰다가 합류한 동철과 함께 주거니 받거니 술을 마셨으므로 더욱 취하지 않을 수 없었다. 얼큰히 취한 동철이 동석을 업고 귀가했다. 동석은 마스크를 쓰고 선글라스를 낀 동철의 등 뒤에서 혀 꼬부라진 소리로 자신의 신세를 절망적으로 읊조렸다.

"도옹철아, 형으은 이이제 끝나안 거다. 스을픈 새란 말이여! 아알겠지?"

"너무 그러지 마. 슬퍼진다구. 나도 날개 부러진 새란 말이여."

동석을 업고 집으로 들어서는 동철에게 순창댁이 다가왔다.

"동철아, 형이 뭣 땀시 요렇게 술을 퍼마셨다냐잉?"

"뻔하지요, 뭐. 선본 아가씨에게 퇴짜를 맞은 거지요."

"고렇게 되야뿌렸구나. 요걸 워찌 혀야 쓴다냐. 장가는 보내야 쓰는디 말이여."

동석은 안방에 뉘여졌다. 동석은 코를 골며 깊은 잠 속으로 빠져들었다.

순창댁은 잠자리에 들어서도 눈을 붙이지 못했다.

'예사로운 일이 아니란 말이시. 자식 놈이 다 반편으로 되어 버렸으니 요걸 워찌 혀야 쓴대야. 결혼도 못허고 총각 귀신으로 늙어 버린다면 에미는 미쳐 버린단 말이시. 참말로 큰일이란 말이시. 지지리도 복이 없는 년이랑게. 덕장댁은 선생 며느리를 본담서 자랑을 허는디 내는 요게 무신 꼴이래여. 환장허겄당게.'

불구인 동석과 동철을 대하며 지내야 하는 것은 흡사 어두운 동굴 속 생활처럼 암담한 나날의 연속이었다. 순창댁은 불구인 동석이나 동철이 술을 마시고 절망하는 모습을 볼 때마다 가슴이 갈기갈기 찢어졌다. 그렇다고 동석이나 동철을 벗어나 시장으로 나가면 마음이 편한 것도 아니었다. 좌판에 앉아 있으면 덕장댁이 가슴을 후비곤 하였다.

"순창댁, 혹시 우리 며느리 될 색시의 상여금을 아는가? 대충이라도 말이야."

"아, 내가 고걸 워찌 알겄는가. 뭣 땀시 묻고 그러는가. 나는 폭폭혀 미치겄는디 말이여."

순창댁은 냉갈령스럽게 대꾸했다.

"모를 것이구만. 본봉 빼고 보너스만 600%가 넘는다고 하더라고."

덕장댁은 해죽해죽 웃으며 여유 있는 태도를 보였다. 순창댁은 선생 며느리를 얻는다는 말을 들을 때마다 목구멍 속에서 구역질이 치밀었다. 그때마다 가슴을 쓸어내리며 가까스로 견디어 내어야 했다.

그래서 순창댁은 시장도 아니고 집도 아닌 곳으로 시장 번영회에서 야유회를 간다고 할 때 거부 의사를 표하지 않았다. 순창댁은 어디론가 떠나가 잠시나마 모든 일을 잊고 싶었다. 시장 번영회에서 야유회 계획을 세운 것은 자신을 위한 것이 아닌가 하는 착각을 할 정도였다. 야유회는 속리산으로 간다고 결정되었다. 덕장댁·순창댁·맹 사장·공 사장 등 시장통 아낙과 사내들이 대부분 야유회를 희망하였다. 그러니까 그날은 모

단진자는 멈추지 않는다

든 가게가 문을 닫고 야유회를 떠나는 것이다. 그건 연례행사였다.

가게마다 셔터를 내린 시장 골목에 썰렁한 바람만이 활개를 치고 다녔다. 시장을 찾아온 아낙들이 빈 바구니를 든 채 허탈한 표정으로 돌아가곤 하였다.

그러나 관광버스에 몸을 싣고 야유회를 떠나는 번영회 동지들은 달뜬 기분으로 몹시 흥분되어 있었다. 차 속에서 소주잔을 돌렸다. 고고와 트로트 박자의 메들리가 끊이질 않고 이어졌다. 차 가운데 통로로 나와 몸을 흔들며 춤을 추는 아낙들도 있었다. 춤을 추다 마이크를 인계받은 번영회 회장 정달수 씨가 사회를 맡았다. 그의 요구로 한 사람씩 돌아가며 노래를 들어보기로 하였다. 정달수 회장을 시작으로 노래를 부른 사람이 다음 사람을 지명하기로 하였다. 가라오케 반주에 맞추어 한 사람씩 노래를 불렀다. 순창댁과 덕장댁은 나란히 앉아 손뼉을 치며 노래를 따라 불렀다. 맹 사장이 노래를 할 때 순창댁은 통로로 나와 엉덩이를 흔들며 춤을 추었다.

"순창댁은 맹 사장이 좋은 모양이구만. 절로 흥이 나는 것 보니까 말이야."

"무신 헛소리야. 여그까지 와서 질투하는 거여. 그리여 참말로 좋다고 허면 워쩔 것이여잉."

"잘해보라고."

덕장댁이 기분 나쁘다는 표정으로 순창댁을 외면하였다. 맹 사장의 노래가 끝났다. '돌아와요 부산항'을 부른 맹 사장이 큰소리로 외쳤다.

"다음은 비산시장 최고의 미녀 아줌마를 소개합니다. 그 이름도 찬란한 순창댁!"

사람들의 박수 소리가 터져 나왔다. 그러나 덕장댁과 맨 뒷좌석에 앉은 공 사장만 박수를 치지 않았다.

"지가 무신 미녀라고 허는지 모르겄네요잉. 소쿠리 비행기를 타보니께 기분이 좋기는 헌데 말이요."

순창댁이 마이크를 잡고 '이별의 부산정거장'을 부르기 시작했다. 사람들이 손뼉을 치며 박자를 맞췄다. 그러나 공 사장만 손뼉을 치지 않고 있었다. 공 사장으로서는 맹 사장이 눈엣가시처럼 여겨졌는데 그가 순창댁을 지명했다는 데에 심한 불쾌감을 느끼고 있었다. 그는 심한 불쾌감 속에 빠져 있다 앙코르라면서 터져 나오는 박수 소리를 듣고 순창댁의 노래가 끝났음을 알았다.

"앙코르는 받을 수 없구만이요. 지는 마이크를 공 사장님헌티 넘기고 싶은디요."

마이크를 잡은 공 사장은 웃지도 않고 덤덤한 표정이었다.

"순창댁, 너무 하네."

덕장댁이 시비조로 말을 걸었다.

"무신 이야그여 고게."

"두 남자를 다 가지고 놀참이구만. 이 덕장댁도 조금은 생각해 주는 것이 도리 아닌가."

"참말로 요상허네. 무신 소린지 통 알아듣지를 못허겄구먼."

아까 침울했던 것과 달리 활짝 펴진 얼굴로 공 사장이 '신사동 그 사람'을 불렀다. 걸걸한 목소리가 차내 공간을 송두리째 흔들었다. 덕장댁이 내키지 않는다는 듯 힘없이 손뼉을 쳤다. 그러나 순창댁은 활기차게 손뼉을 치며 간드러진 노래의 곡조에 흥을 실었다. 차내는 출렁거리는 열기로 가득했다. 그렇지만 냉정하게 가만히 앉아 있는 사람이 하나 있었다. 심각한 표정의 맹 사장은 아까 활기차게 노래를 불렀던 경우와는 판이한 태도로 창밖만 바라보았다.

'그러니까 말이여, 내가 보는 앞에서, 그것도 내 배턴을 받아서 꼭 공 사장에게 마이크를 넘겨야 했었단 말인가.'

맹 사장은 순창댁이 원망스러웠다. 또한 공 사장이 벌레처럼 이물스럽게 느껴지는 것이었다.

차가 속리산 국립공원 입구에 도착하자 흥을 돋우던 노래방 가라오케가 멈췄다.

"아이구 조용해서 좋구만."

한사코 노래를 거부하던 사람들이 활짝 웃으며 좋아했다.

버스가 주차를 끝내자 일행들이 차에서 하차하기 시작했다. 술기운으로 대부분 벌겋게 충혈된 얼굴들이었다. 차에서 내린 승객들이 속리산에 대한 이야기로 가벼운 정담을 나누었다.

"번영회 회원님들께 알립니다. 잠깐만 가까이 모여주시기 바랍니다."

번영회장 정달수 씨가 큰소리로 외쳤다. 그러자 회원들이 웅성거리며 2호차 가까이 모여들었다.

"번영회에서 준비한 도시락이 있습니다. 도시락을 가지고 가서 각자 점심을 드시며 자유 시간을 보내세요. 저는 점심을 먹고 문장대를 다녀올 생각입니다. 하여튼 각자 시간을 유용하게 쓰시고 4시 정각에 이 장소로 모이는 겁니다. 이상입니다."

번영회장 정달수 씨의 말이 끝나자 회원들이 도시락을 들고 하나씩 뿔뿔이 흩어지기 시작했다. 순창댁이 도시락을 든 채 잠깐 망설이고 있을 때였다.

"순창댁, 갑시다. 함께 식사합시다. 그리고 한잔해야지요."

맹 사장이 다가와 순창댁의 손목을 잡고 끌었다. 그 광경을 공 사장이 목격하였다.

'지분거리는 저 녀석을 그냥.'

공 사장으로서는 속이 확 뒤집혔지만 어쩔 수 없었다. 순창댁은 맹 사장에게 끌려 식당으로 들어섰다. 사람들이 흩어져 가고 뒤에 남은 사람은 공 사장과 덕장댁뿐이었다.

덕장댁은 순창댁과 맹 사장이 식당으로 들어가는 것을 보고 가슴 속에서 치밀어 오르는 강한 질투를 느꼈다. 덕장댁은 남은 공 사장이라도 잡아야 한다고 생각했다. 짝을 찾아야 하루를 즐겁게 지낼 수 있다고 생각하고 있기 때문이었다.

"공 사장님, 우리도 저 식당으로 들어갑시다."

덕장댁이 이렇게 제안을 했다. 공 사장은 대꾸하지 않았다.

'꿩 대신 닭이라고?'

순창댁을 놓치고 덕장댁과 동행한다는 것이 공 사장으로서는 영 내키지 않았던 것이다. 그렇다고 홀로 행동할 수는 없지 않은가. 맹 사장의 요구에 선뜻 응했던 순창댁의 가벼운 행동이 야속하게 느껴지면서 그녀에 대한 반발 심리에서 벗어날 수 없었다. 그래서 공 사장은 이렇게 대꾸했다.

"갑시다. 우리도 짝이 될 수 있지요. 외로운 사람끼리 갑시다."

덕장댁과 공 사장은 순창댁 일행이 들어갔던 속리식당 맞은편 대전식당으로 들어섰다. 두 식당 모두 둘레가 온통 투명 유리로 되어 있어서 맞은편 속리식당 내부가 훤히 들여다보였다. 공 사장은 덕장댁과 탁자를 가운데 놓고 마주 앉았다. 탁자 위에 도시락을 까놓고 소주와 도토리묵과 파전을 시켰다. 맞은편 속리식당에서는 순창댁과 맹 사장이 활짝 웃으며 술잔을 부딪쳤다. 두 사람은 다정해 보였지만 공 사장의 목구멍에서는 자꾸만 주먹만 한 것이 치밀고 올라왔다. 가슴이 벌렁거리고 얼굴이 화끈거렸다.

"공 사장님, 어디를 그렇게 멍하니 바라보십니까?"

덕장댁이 공 사장의 눈을 빤히 쳐다보았다.

"아 저기요. 밖의 풍경이 너무 멋있어서요."

공 사장은 애써 태연한 표정을 지었지만, 속마음을 들켜 버리기라도 한 것처럼 몹시 당황한 표정이 역력했다.

"우리도 한잔합시다."

덕장댁이 두 사람의 잔에 찰랑찰랑하게 술을 따랐다.

"그럽시다."

두 사람은 술잔을 부딪치고는 단숨에 비웠다.

"덕장댁은 재혼 안 할 겁니까?"

공 사장이 속리식당을 힐끗 쳐다보고는 물었다.

"마땅한 홀아비가 있으면 할 겁니다."

"그래야지요. 과부로 산다는 것은 슬픈 일입니다. 자식도 필요 없다니까요."

두 사람은 사랑을 위하여, 라고 외치며 술잔을 부딪쳤다.

"여기서 밥 먹고, 한잔하고 문장대나 올라가시지요."

"글쎄요. 여기서 술이나 마시는 게 낫지 않을까요. 다리 아프게 그곳까지 올라갑니까."

공 사장은 그렇게 말하면서 힐끗힐끗 속리식당 쪽을 훔쳐보았다. 덕장댁이 예리하게 움직이는 공 사장의 시선을 느끼지 못할 리 없었다. 덕장댁으로서는 불쾌하기 짝이 없었다. 자신이 버려진 듯한 슬픈 비애감마저 들었다. 순창댁에게 가 있는 공 사장의 마음을 어떻게 끌어올 것인가. 그것이 문제였다. 그래서 덕장댁은 공 사장에게 살살 수작을 걸어보기로 하였다. 덕장댁은 공 사장이 앉아 있는 옆 빈자리로 옮겨 앉았다. 그러고는 실실 웃으며 공 사장의 허벅지를 집적거렸다.

"공 사장님은 참 매력적이라니까요."

"취했구만요. 징그러워요."

공 사장은 덕장댁의 손을 뿌리쳤다.

"공 사장님, 술 한잔 주세요."

덕장댁이 샐샐 웃으며 술잔을 내밀었다. 공 사장은 술을 따르면서도 힐끗 속리식당을 응시했다.

'이 양반이 해도 해도 너무하는구만.'

"염불에는 마음이 없고 잿밥에만 마음이 있군요. 매우 기분이 나쁘네요. 나는 여자로 보이지 않는 모양이지요."

덕장댁이 얼굴을 붉히며 불만을 표출했다.

"그건 오해입니다. 덕장댁이 여자로 보이지요. 술이나 마십시다."

두 사람은 소리 나게 술잔을 부딪쳤다. 공 사장은 술잔을 부딪치고 나서도 힐끗 속리식당을 바라보았다. 그때였다. 공 사장은 순창댁과 맹 사장이 속리식당에서 나오는 장면을 포착했다.

'워매 어디로 가는 거야. 쥐 같은 맹 사장 녀석이 오늘 순창댁을 요절낼 모양이네. 이렇게 방관하고 있으면 안 된다니께. 맹 사장의 손아귀로부터 순창댁을 구해야 한다니까. 내가 이러고 있으면 무슨 일이 나도 크게 터질 것이구만.'

"덕장댁, 나 잠깐만 나갔다 올게요."

공 사장이 자리를 박차고 일어나 밖으로 뛰어나갔다.

"저 양반이 미쳤나. 무슨 일 때문인지 모르겠네. 그렇게 당신은 뛰어보시오. 나는 술이나 마실라요."

덕장댁은 무관심한 태도로 혼자 술잔만 꺾었다. 그러다가 덕장댁은 손바닥으로 자신의 얼굴을 더듬었다.

'참으로 이상한 일이구만. 내가 지금까지 못생겼다는 이야기는 들어보지를 못했는데 말이야. 내 얼굴이 보통은 되는데 말이야. 사내들이 접근해오지 않는단 말이야. 모르겠다. 술이나 마시자.'

덕장댁은 술잔을 들어 투명한 소주를 목구멍 깊숙이 털어 넣었다.

그녀가 그렇게 술을 마시고 있을 때 공 사장은 순창댁과 맹 사장의 뒤를 미행했다. 공 사장은 자신의 짝을 맹 사장에게 빼앗겼다는 열패감에서 벗어나지 못했다. 그는 나무 뒤에 몸을 숨겨 가면서 은밀한 미행을 멈추지 않았다. 순창댁과 맹 사장은 상당히 술에 취한 듯이 보였다. 순창댁은 제대로 몸의 중심을 가누지 못했다. 실제로 취한 것인지 취한 척하는 것인지 모를 일이었다. 그래도 순창댁에 비하면 맹 사장은 안정된 행보를 하고 있었다. 두 사람은 숲속으로 걸어 들어갔다. 맹 사장이 순창댁의 어깨 위로 팔을 올려 살을 밀착시킨 채 걸음을 옮겼다.

'정말 미치겠네. 이놈의 자식을 그냥! 아, 순창댁은 내가 점을 찍어놓았는데 말이야.'

생각 같아서는 달려 나가 맹 사장의 멱살을 잡고 흔들어 버리고 싶었다. 그러나 소위 사장이라는 체면과 품위 때문에 그럴 수도 없는 일이라고 판단했다. 공 사장은 주먹을 그러쥐고 바르르 떨었다. 순창댁과 맹 사장은 소나무가 밀집된 곳으로 가더니 나란히 자리에 앉았다. 공 사장은 낙엽 밟는 소리도 나지 않게 살금살금 몸을 움직여 갔다. 맹 사장이 고개를 들고 주위를 유심히 살폈다. 그러다가 공 사장과 하마터면 시선이 마주칠 뻔하였다. 공 사장은 노간주나무 뒤에 재빨리 몸을 숨겼다. 그러고는 서서히 고개를 들면서 순창댁과 맹 사장의 행동을 살폈다. 맹 사장이 순창댁을 그윽이 바라보더니 와락 끌어안았다. 그러고는 육체를 탐내기 시작했다. 순창댁은 몸을 뒤로 빼면서 거부 의사를 표시하다가 나중에는 저항을 포기하고 힘없이 무너져 내렸다. 두 사람은 스산한 바람이 불어오는 산속에서 한 몸이 되어가고 있었다. 공 사장은 눈을 질끈 감았다.

'아, 나는 망했다. 이제 모든 것이 끝났다.'

그는 몸을 돌이켜 산을 터덜터덜 내려오기 시작했다. 산이 흔들리고 있었다. 나무들이 너울거리며 춤을 추고 있었다. 하늘이 무너져 내리고 있었다. 귓속에서는 번지를 알 수 없는 소리가 윙윙 울어대었다.

그날 귀갓길 관광버스 속에서 네 사람은 아무 일도 없었다는 듯 노래를 부르며 오락 게임에 참여했다. 순창댁과 맹 사장은 누구보다 적극적으로 손뼉을 치며 놀이에 참여했다. 그러나 덕장댁과 공 사장은 달랐다. 처음에는 놀이에 흥을 갖고 참여하는 듯하더니 차차 흥미를 잃고 소극적인 태도를 보였다. 덕장댁은 의자에 젖버듬히 앉아 잠이 들어 버렸고 공 사장은 맨 뒷자리에 앉아 혼자 홀짝홀짝 소주잔만 비웠다.

방 안에만 박혀 생활하던 동철이 변화를 보이기 시작했다. 그것은 밖으로 돌면서 활동적인 양태로 바뀌어 가고 있다는 점이었다. 그렇다고 긍정적인 방향으로의 양상은 아니었다. 동철은 하릴없이 마을을 배회하면서 자주 음주 행각을 벌였다. 그는 밖으로 돌다 어두워지면 돌아왔는데 그때마다 잔뜩 취해 있었다.

"이이제 끄으난 거업니다. 이 최도옹철이가 이이렇게 보잘것없이 주우저앉아야 하아는 거업니까?"

동철은 눈물을 훔치며 절망적인 몸부림을 치다 잠들곤 하였다. 절망적인 몸부림은 동철뿐이 아니었다. 문방구를 하여 마음의 안정을 얻은 듯한 동석도 술을 마시는 횟수가 많아지면서 괴로워하였다. 동석은 선본 아가씨로부터 퇴짜를 맞고 더욱 절망스러워하였다.

"장가가기는 틀렸다니까요. 반편인 나에게 누가 시집오겠어요. 돈 벌어서 뭐 합니까. 돈도 필요 없다구요."

동석도 문방구에서 퇴근해 돌아올 때마다 얼큰히 취한 상태였다. 밖으로 도는 동철과 합류하여 그들은 소주잔을 기울이곤 하였다. 술에 취해 늦은 밤 함께 귀가하는 횟수가 많아지면서 순창댁의 심려가 깊어지기 시작했다. 동석과 동철은 흥얼거리며 집에 들어서 저녁도 먹지 않고 작은방에 길게 누워 몸부림치다 잠들어 버리기 일쑤였다. 걸때가 큰 두 아들이 절망적인 모습으로 송장처럼 누워 있는 모습을 보면 순창댁의 가슴은 미어지는 듯 아팠다.

'이놈들아, 젊은 놈들이 무신 꼴이냐. 앞으로 장래가 창창한디 말이여. 니들은 에미 맴을 모를 거다. 애비도 없는디 니들까지 그러믄 에미는 무신 재미로 살아야 쓴다냐. 정신 차려야 쓴다. 하늘이 무너져도 솟아날 구멍이 있는 법이여. 그리고 말이여, 고무신도 짝이 있다고 허지 않더냐. 염려헐 것 없는 것이여. 지발 술 좀 먹지 말거라잉. 술 많이 먹으면 돈 날아가고 니들 몸 버리는 것이여. 건강이 재산이라고 헌게 고것을 명심혀야 쓴다. 굿을 혔은게 앞으로 일이 잘 풀릴 것이다잉. 희망을 품고 살아야 쓰는 것이여. 알겄지야?'

순창댁에게 한 가지 기대되는 희망이 보인다면 그것은 선영의 존재였다. 선영은 저녁이면 순창댁의 다리와 팔을 주물러 주면서 효녀 역할을 아끼지 않았다. 순창댁이 이런저런 내용으로 잠 못 이루고 있으면 곁에 누워 있던 선영이 눈치를 채고 위로의 말을 아끼지 않았다.

"어머니, 너무 걱정하지 마세요. 당분간 괴로워하지만, 오빠들은 마음의 안정을 얻을 것이라구요. 대범하게 생각해야 한다고요."

"그리여 에미도 고렇게 생각허고 있다. 근디 고게 생각대로 잘되지 않는다. 후딱 자거라. 공부하느라 힘이 들지야. 너는 워떤 일이 있어도 건강혀야 쓴다."

"저는 어머니가 원하는 그런 딸이 될 거여요."

순창댁은 선영의 손을 부여잡았다. 따뜻한 온기가 전해져 왔다. 선영은 순창댁이 시장에서 늦게 돌아오면 마중을 나오곤 하였다.

'그리여 너는 참으로 기특헌 내 딸이란 말이여. 사랑스러운 것 같으니라구.'

모녀는 손을 꼭 잡고 잠이 들었다.

"어 떨이요, 떨이! 후딱 팔고 갈 것잉게 구경들 허시오, 구경! 배추 한 포기에 1,500원! 나중에 후회 마시고 후딱 오셔서 배추들 사시오, 배추!"

순창댁은 좌판에서 일어나 열정적으로 떨이를 외쳤다.

"떨이요, 떨이! 꽁치 한 마리에 700원!"

어물전 쪽에서도 떨이를 외치는 소리가 끊이질 않고 들려왔다. 어스름이 내리면서 떨이를 외치는 소리가 시장 바닥을 활기로 넘치게 했다. 그러나 그 활기는 오래 가지 않았다. 어둠이 깊어지면서 사람들의 발길이 끊어졌고 동시에 활기도 없어졌던 것이다. 순창댁은 남은 채소를 간신히 팔아치우고 좌판을 정리하기 시작했다.

"순창댁, 나 먼저 갈게."

덕장댁이 먼저 좌판을 정리하고 귀가를 서둘렀다.

"아들 결혼이 원제라고 혔지?"

"이번 달 스무이틀이야."

"선생 며느리를 얻게 되어 기쁘겠구만 그리여."

"물론이지. 이제 이 장사도 때려치워야 될 것 같애."

"누구는 좋겄네. 내는 이게 뭐시다여. 어서 가보라구."

덕장댁이 콧노래를 흥얼거리며 리어카를 끌고 시장 바닥을 벗어나기 시작했다. 순창댁은 부지런히 손을 놀렸다. 땅에 널린 시래기 줄기들을 주워 쓰레기통에 넣고 비로 좌판 바닥을 쓸기 시작했다.

"순창댁, 갑시다."

맹 사장이 활짝 웃으며 순창댁 곁으로 다가왔다. 그의 하얀 이가 불빛을 받아 반짝하고 빛났다.

"먼첨 가시오잉. 남들이 보니께요. 나는 천천히 갈라요."

순창댁은 맹 사장을 대하는 게 싫지 않았지만, 겉으로는 내색을 하지 않았다.

"같이 귀가하자니까 그래요."

"후딱 먼첨 가시오잉. 절대루 같이는 가지 안 헐 것인게요. 앞으로 남들 보는 디에서 아는 체하지 마시오잉."

"그렇게 합시다. 그럼 나 먼저 가요."

맹 사장이 담배를 물고 골든슈퍼 골목으로 걸음을 옮겼다. 그때 문득 순창댁에게 공 사장의 차가운 표정이 떠올랐다. 공 사장의 태도가 심상치 않았다. 야유회를 다녀온 뒤로 공 사장은 순창댁을 볼 때마다 차갑게 외면해 버렸던 것이다.

'공대철 사장이 무신 낌새를 눈치챈 게 분명허단 말이여. 만약 맹호근 사장과 니롱내롱헌 사건이 소문나는 날이면 큰일이단 말이시. 당분간 행동을 조심혀야 쓰겄구만.'

순창댁은 좌판 바닥이 거의 정리되자 앞치마처럼 두른 돈주머니에서 지폐를 꺼내었다. 불빛 앞에서 구겨진 지폐들을 펴 하나하나 세어보았다. 하루의 뼈아픈 노고가 기쁨으로 환치되는 순간이었다. 큰돈은 아니지만 하루의 일당을 벌었다는 자족감으로 빳빳하게 느껴지는 지폐들을 치마 속 안주머니에 쑤셔 넣었다. 그러니까 돈주머니에는 딸랑거리는 동전만 남은 셈이었다. 순창댁은 그 돈주머니를 리어카에 싣고 시장 골목을 벗어나기 시작했다. 거리의 휘황찬란한 네온사인 불빛들이 현란스레 춤을 추었다. 순창댁에게는 매우 눈에 익은 풍경들이었다. 아침저녁으로 어김없이 지나쳐 가는 거리이므로 눈을 감고도 무사하게 귀가할 수 있을 것 같았다. 빈 리어카인데도 불구하고 어기적어기적 걷는 순창댁에게는 힘겹게 느껴졌다. 긴장이 풀린 탓인지 이때쯤이면 늘 피로가 몰려왔다. 어깨가 축 처져 있었다.

그녀는 비산안경점 앞을 지나치면서 아기를 안고 걸어가는 50대 초반쯤으로 보이는 여자를 하나 발견하였다. 그 여자가 참 행복하게만 보였다.

'내는 원제나 손주를 안아볼 수 있을지 모르겠네. 영원히 불가능한 것일까. 고건 아니겠지. 지지리도 복이 없는 년이라 신경이 쓰인단 말이시. 리어카를 집어치우고 손주들과 함께 놀면서 원제쯤 안락한 행복감에 젖어볼 수 있을지 모르겠네.'

순창댁은 그 여자의 뒷모습을 한 번 더 힐끗 쳐다보았다.

비산약국 앞에서 오른쪽으로 방향을 꺾어 길게 펼쳐진 인도를 따라 걸음을 떼어놓았다. 인도에는 가로수 은행나무가 일자로 길게 늘어서 있었다. 은행나무들은 가로등 불빛 속에서 손을 흔들고 있었다. 그녀는 걸음을 옮기다 오른쪽 수석빌딩 옥상에 나룻배처럼 떠 있는 상현달을 발견하였다.

'엊그제 저 달을 본 것 같은디 말이여. 참말로 세월이 빠르당게.'

순창댁은 세월의 무상함을 느끼며 고갤 들어 앞을 바라보았다. 갈 길이 멀게 느껴졌다.

'후딱 가야 쓴당게. 선영이가 학교에서 돌아와 저녁을 준비해놓았는가 모르겠구먼. 만약 선영이가 돌아오지 않았다면 후딱 가서 저녁을 혀야 쓴단 말이시. 그런디 말이여, 뭣 땀시 요렁콤 다리가 팍팍허대야. 몸을 무리혔나. 주저앉고 싶은디 말이여. 쉬었다 가야 쓰겠구만. 쪼깨 나이는 먹었어도 마음은 청춘인디 말이여. 내가 많이 늙었단 말이시. 그런디 말이여, 맹 사장은 나보고 처녀 같다고 혔단 말이시. 사탕발림으로 헌 소리가 아니겠지. 진심이겠지. 아이구 모르겠네. 지가 늙은 것 아니면 젊은 것 하나겠지. 그리도 말이여, 젊다고 헌게 좋던데 말이여. 하여튼 잠깐 쉬었다 가야 쓰겠어.'

순창댁은 삼화아파트 정문 앞에 리어카를 세우고 손잡이 밖으로 나와 돌팍 위에 앉았다. 살랑살랑 부는 밤바람이 차갑게 피부에 와 닿았다. 움찔 몸을 떨었다. 갑자기 눈이 따가워 손등으로 쓱쓱 비볐다. 지나치는 거리의 차량들이 눈을 부릅뜨고 맹수처럼 질주해 갔다. 콧속이 간질간질하더니 코허리가 시큰함과 동시에 거센 재채기가 쏟아져나왔다. 연속 세 번의 재채기를 토해내고 나자 눈가에 눈물이 핑 돌았다. 손등으로 쓱 눈을 훔쳤다.

'그리여 대학생과 전경들이 이곳에서 화염병과 최루탄을 갖고 닭싸움을 혔었지.'

눈물·콧물이 줄줄 흘러내렸다. 코끝을 잡고 보도블록 위에 팽 코를 풀었다. 그러자 콧속이 시원해져 왔다. 손수건으로 연신 흘러내리는 눈물

·콧물을 훔치고 있는데 누군가 뒤에서 어깨를 툭 쳤다. 순창댁은 화들짝 놀라며 고갤 뒤로 돌렸다.

"어머니, 저여요."

선영이 빙긋 미소를 머금었다.

"너였구나. 깜짝 놀랐다."

"저녁을 준비해놓고 나왔어요. 오빠들도 없구요. 저 혼자 있으니까 집이 무섭던데요."

"그럴 수도 있겠지야. 근디 말이여, 동철이 땀시 큰일이다. 매일 술을 마시니 말이여."

"지금 오면서 보니까 문방구에서 큰오빠와 함께 술을 마시고 있더라구요. 큰오빠, 작은오빠 둘 다 취해 있었어요. 그만 마시라고 해보았지만, 소용없었어요. 어서 가라고 소리만 치더라구요. 그래서 그냥 빠져나와 어머니를 기다리고 있었던 거라구요."

"그랬었구나. 후딱 가야 쓰겠다. 오빠들을 데리고 가야 쓰지 않겠냐."

"그래요. 빨리 가요."

선영이 재빠르게 리어카 손잡이 안으로 들어가 쇠막대를 움켜잡았다.

"나오거라. 이 에미가 끌고 가야 쓰지 않겠냐."

"아니어요. 제가 끌어볼게요. 어머니는 뒤에 따라오세요."

"그리여 그럼 싸게 가보자구나."

선영이 몸을 앞으로 기울이자 리어카가 잘가닥거리며 움직이기 시작했다. 순창댁은 허리를 굽혀 뒤에서 리어카를 밀었다. 달빛이 하얀 눈가루처럼 은빛으로 부서져 내리고 있었다.

"선영아, 힘들면 바꾸자구나."

"걱정하지 마시라니까요. 힘들지 않아요."

육교가 시야에 모습을 드러냈다. 순창댁에게는 리어카의 굴러가는 속도가 완만하게 느껴졌다. 동석과 동철이 술에 취해 몸을 가누지 못하고 있을 걸 생각하자 마음이 다급해져 왔다.

"선영아, 쪼깨 속력을 내야쓰겄다."

"알았어요."

순창댁에게는 불길한 장면들이 머리에 떠올랐다.

'몸부림치다 구토허고 있지는 않는지, 누구와 말다툼허고 있지는 않는지, 요렇콤 가슴 졸이는 에미 마음을 지들은 모를 것이구만.'

굴러가던 리어카가 멎었다.

"다 왔어요."

"워디 구석에 세워두자구나."

리어카를 육교 밑 한적한 곳에 세워두었다. 순창댁은 리어카에서 동전이 든 돈주머니를 들어 옆구리에 끼었다. 모녀는 문방구로 향했다. 문방구에는 환하게 불이 켜져 있었다.

"시방도 술을 마시고 있는가 부다."

"글쎄요."

문방구 가까이 다가가 출입문을 당겼을 때 꼼짝하지 않았다. 출입문은 굳게 잠겨 있었다. 순창댁과 선영은 기린처럼 고갤 쳐들고 안을 들여다보았다. 탁자 위에는 소주병이 어지럽게 널려 있었다. 서터를 내리지 않은 점, 안에 불을 켜놓은 점, 실내를 정리해 놓지 않은 점 등으로 미루어 동철과 동석은 멀리 가 있을 것 같지 않았다.

"얼큰히 취하자 오빠들이 2차를 간 모양인데요. 다리가 불편한 큰오빠 때문에 멀리 가지는 안 했을 것 같아요."

"고렇기는 헌디 워디서부터 찾아보아야 헐지 모르겄다."

"혹시 오빠들이 자주 가는 단골 술집을 모르세요?"

"에미가 고걸 워떻게 알겄냐잉."

"그럼 포장마차부터 찾아보지요."

"그리어 고렇게 허자구나."

육교 옆으로 포장마차가 길게 늘어서 있었다. 목포집·이어도·흑산도·오감도·고향집·강릉집 등 포장마차의 이름은 다양했다. 순창댁과 선영은 목포집에서부터 차근차근 찾아 나섰다. 다섯 번째 고향집 안으로 들어섰을 때였다.

"오빠!"

선영이 다급하게 외쳤다. 순창댁은 눈을 크게 부릅떴다. 동석과 동철이 벌겋게 취한 얼굴로 술잔 앞에 앉아 있었다. 선영의 외침에 그들은 시큰둥한 태도를 보였다.

"누구야아! 누구운데 오빠라고오 허나?"

처다보지도 않고 고개를 숙인 동철이 혀 꼬부라진 소리로 뇌까렸다.

"이놈들아, 누가 고렇게 술을 마시라고 허대야. 빈속에 소주만 마시면 죽는단 말이시."

순창댁이 언성을 높여 난색을 보였다. 그러자 그들은 순창댁의 음성을 듣고 감을 잡았는지 부스스 고개를 들었다.

"어어머니가 어어쩐 일이십니까! 하안잔 했습니이다아!"

동석이 머리를 꾸벅거리며 중심을 잡지 못했다.

"싸게 일어나야 쓰겄다. 가자구나. 니놈들이 그러믄 에미 가슴은 미어지는 거야."

"요옹서 하아시입시요오."

동철이 일어나려다 모로 쓰러졌다. 잽싸게 선영이 다가가 팔을 잡으려

하였지만 한발 늦은 상태였다. 순창댁은 주모에게 술값부터 지급했다.

"많이 취한 것 같아서 그만 마시라고 해도 막무가내더군요. 청하는 대로 술을 주었으면 더 취했을 겁니다. 아드님들이 무엇 때문인지 몹시 괴로워하더군요. 고민들이 있어 보였어요."

"지 아들들을 생각혀 주어서 고맙구만이라우. 몸이 약혀서 술 먹으면 안 된다니께요. 다음부터 찾아오면 술을 주지 말아야 쓰겄는디요."

주모는 알았다면서 공손하게 허리를 굽혔다. 순창댁과 선영은 비틀거리는 동석과 동철을 부축하고 밖으로 간신히 나왔다. 동석과 동철은 제대로 걸음을 옮기지 못했다. 그들은 몇 걸음 옮기지 못하고 땅에 주저앉았다.

"이이제 끝난 거어란 말입니다아."

동석이 인도에 벌렁 누워 버렸다.

"간섭 마아시고 머언저 가아시입시오."

마스크를 쓰고 선글라스를 낀 동철이 두 발을 뻗고 앉아 연신 딸꾹질을 해댔다. 순창댁의 오른손에는 동석의 목발이 들려 있었다.

"어머니, 택시를 잡아야겠어요."

"그리어 고렇게 혀야 쓰겄다. 고럼 얼른 택시를 잡아보거라잉. 에미는 여그 서 있을 테니까."

선영이 지나쳐 가는 택시들을 향해 손을 흔들었다. 멈춰 서는 택시들은 주로 합승하자는 차들뿐이었다. 그러나 네 사람이 승차하여야 하기 때문에 합승할 수 없었다. 빈 택시를 잡아야 했다. 그런데 그게 용이하지 않았다. 좀처럼 빈 택시는 나타나지 않았던 것이다. 선영이 발을 동동 구르며 한참을 서 있다 좋은 방도를 하나 찾아내었다.

"어머니, 택시를 못 잡겠는데요. 집이 가까우니까 리어카에 두 오빠를 싣고 가지요."

"그게 가능헐까 모르겠다잉."

"리어카에 두 사람은 충분히 실을 수 있다구요."

"그럼 고렇게 혀보자구나."

선영이 육교 밑에 세워둔 리어카를 끌어왔다. 모녀는 동석과 동철을 차례로 들어 리어카에 실으려 하였지만 육중한 걸때 때문에 뜻을 이룰 수 없었다.

"안 되겠는디 워찌 혀야 쓴다냐."

순창댁이 땀을 훔치며 난감한 표정을 지었다.

"걱정 마세요. 방법이 있다구요."

선영이 지나가는 청년들에게 도움을 요청했다. 그러자 청년들은 선영의 요구에 선뜻 응해주었다. 네 명의 청년들이 동석을 가볍게 들어 리어카에 실었다. 똑같은 방법으로 동철도 리어카에 실었다. 그들의 동작은 민첩했다. 순창댁은 손에 들고 있던 목발을 리어카 구석에 실었다.

"수고혔는디 요걸 워떻게 혀야 쓴대요. 대접도 못허고."

"아닙니다. 별로 힘들지 않았습니다. 그럼 가보겠습니다."

"고맙습니다. 안녕히 가세요."

선영이 활짝 웃으며 인사를 건넸다. 그러자 청년들은 휘파람을 불면서 야경 속으로 사라져 갔다. 리어카에 실려진 동석과 동철은 고개를 숙이고 잔뜩 웅크린 채 바위처럼 앉아 있었다. 그들은 입을 가만히 두지 않았다. 알아들을 수 없는 소리로 연신 구시렁거렸다.

"어머니, 문방구 셔터를 내리고 가야지요."

"암, 그려야 허지. 열쇠가 있어야 문을 따고 들어가 안에 전등도 끄고 헐 것 아니냐."

"동석이 오빠가 가지고 있을 거예요."

선영은 동석의 주머니를 뒤져 열쇠 꾸러미를 찾아내었다. 출입문을 열고 들어가 실내 소등을 끝내고 셔터까지 내려 완전무결하게 문단속을 끝내는 데는 오래 걸리지 않았다. 셔터를 내릴 때는 순창댁도 함께 힘을 합쳤는데 드르륵거리며 내려오던 철문이 굳게 닫히면서 그녀 자신이 암담한 어둠의 벽과 만난 것만 같은 묘한 충동 속으로 빠져들었다. 새삼스럽다고 할 수 없는 그녀로서는 낯익은 감정이었다. 그녀는 지금의 상황이 한참 잘못된 것으로 생각했다. 자식들이 술 취한 어머니를 리어카에 싣고 간다면 그건 납득할 수 있었다. 하지만 지금은 그 반대의 상황이라는데 순창댁은 자신의 드센 팔자를 피부 절절히 느껴야 했다.

"어머니 출발해야지요. 제가 끌겠어요."

선영이 자세를 낮추어 타원형 리어카 손잡이 안으로 걸싸게 들어가더니 쇠막대를 움켜잡았다.

"아니다, 나오거라. 워찌 혀도 이 에미가 나을 성싶다."

순창댁은 자신이 끌어보겠다는 선영을 밀어내고 손잡이 안으로 들어가 끄응, 하고 힘을 쏟으며 리어카를 끌기 시작했다. 선영은 나도 끌 수 있는데, 라고 중얼거리다 뒤로 가더니 리어카를 밀었다.

"어어머니 괴로워어 하아잔 했습니다. 요용서하십시오."

꼼짝하지 않던 동철이 꼼지락거리며 허공 속으로 팔을 휘저었다. 기우뚱거리는 리어카가 인도를 따라 불안스레 굴러갔다.

"내가 어서 죽어야 이 꼴을 보지 않을 텐디, 전생에 무신 죄를 지었는지 몰라."

순창댁은 새근발딱거리며 가풀막진 경사 길을 걸쌈스럽게 올라갔다.

"인새앵은 나아가네 길, 어디서 왔다가아 어어디로 가아는가……."

동석이 하숙생이란 유행가를 구슬프게 읊조린 것은 경사 길 중간 지점이었다.

"이놈들아, 니들이 그러믄 이 에미는 미치는 겨. 내 속은 불붙어 활활 타고 있단 말이시. 그리여 웬수여, 웬수랑게!"

달빛을 받아 번득이는 순창댁의 이마 위에는 연방 땀방울들이 방울져 흘렀다. 헉헉거리며 용쓰는 순창댁의 가쁜 숨결이 턱 끝에 닿았다. 길바닥에는 하얀 달빛이 질펀히 깔려 있었다. 잘가닥거리며 굴러가는 리어카 뒤에서 교교한 달빛이 안개처럼 너울거렸다. 언덕을 오르는 네 사람의 귀갓길을 흰 조각달이 종종걸음으로 따라가고 있었다.

▶참고 문헌

* 임동권 저, 『한국의 민요』, 일지사, 1980.

* 황루시 저, 『한국인의 굿과 무당』, 문음사, 1988.

* 서선계·서선술 저, 한송계 역, 『풍수지리 명당 전서』, 명문당, 1983.

* 김장한 외 지음, 『80년대 한국 노동 운동사』, 도서출판 조국, 1989.

* 유인철 저, 『암호명−B.295, 물넷?−상권』, 도서출판 영재, 1990.

* 유인철 저, 『암호명−B.295, 물넷?−중권』, 도서출판 영재, 1991.

* 정동화 저, 『한국 민요의 사적 연구』, 일조각, 1987.

* 김용서 역, 『노사관계론』, 법문사, 1990.

단진자는 멈추지 않는다

초판 1쇄인쇄 2023년 6월 16일
초판 1쇄발행 2023년 6월 20일

저 자 박규현
발행인 박지연
발행처 도서출판 도화
등 록 2013년 11월 19일 제2013 - 000124호
주 소 서울시 송파구 중대로34길 9-3
전 화 02) 3012 - 1030
팩 스 02) 3012 - 1031
전자우편 dohwa1030@daum.net
인 쇄 유진보라

ISBN ㅣ 979-11-92828-17-6 *03810
정가 15,000원

도화道化, fool는
고정적인 질서에 대한 익살맞은 비판자,
고정화된 사고의 틀을 해체한다는 뜻입니다.